신神의 아들 1권

신(神)의 아들 1

초판 1쇄 인쇄 | 2020년 6월 24일
초판 1쇄 발행 | 2020년 6월 30일

지은이 | 이원호
펴낸이 | 박연
펴낸곳 | 한결미디어

등록 | 2006년 7월 24일(제313-2006-000152호)
주소 | 서울시 마포구 모래내로 83 한올빌딩 6층
전화 | 02-704-3331
팩스 | 02-704-3360
이메일 | okpk@hanmail.net

ISBN 979-11-5916-133-9   979-11-5916-132-2(set)   04810

신神 의

이원호 지음

1
신과 사탄의 전쟁

아 들

한결미디어
HANGYEOL
MEDIA

저자의 말

죽음이 닥치면 '귀신'이 붙는다.

죽음의 사자, 즉 사신(死神)이다.

아름다운 여자 위에 붙은 사신(死神)을 설득하면서 김동호는 악마와의 전쟁을 시작한다.

신(神)은 악마의 대칭점에 있는 존재다.

신과 악마는 동전의 앞뒷면이나 같은 것이다. 신과 악마는 함께 존재하며 서로의 세력을 견제한다.

'신의 아들'이 된 주인공이 세상의 균형을 맞추려고 악마와 전쟁을 하는 것이 이 책의 줄거리다.

이 세상에 어처구니없는 일들이 얼마나 많이 일어나는가?

이 세상에 억울하게 사라져간 인간이 또 얼마나 많은가?

정의와 공정을 내세우지만 영영 미궁에 빠져 묻혀버린 사건도 부지기수다.

역사가 진실을 밝혀낸다고?

턱도 없는 이야기다. 그 말을 믿는 사람은 드물다.

역사는 승자의 기록이기에 승자는 선(善)이요, 패자는 악(惡)으로 남기 때문이다.

'신의 아들'은 신통력을 가진 주인공이 당면한 난제를 통쾌하게 풀어내는 이야기다. 답답한 현실에서 독자 여러분의 정신 건강을 위해 필요한 이야기라는 생각이 든다.

건강하게 잘 이겨내시기를 기원하면서 엎드려 절한다.

2020년 5월 10일 이원호

차례

1장
신의 아들

"얀마, 일루 와 봐."

뒤에서 외치는 소리. 무의식중에 머리를 돌린 김동호는 다가오는 사내를 보았다. 50대쯤? 회색 바지, 후줄근한 반팔 셔츠, 머리를 박박 깎은 걸 보니 이 근처 절의 스님? 체격은 크다. 김동호가 뒤를 한 번 더 돌아봤을 때 사내가 다시 말했다.

"너야, 인마. 너 불렀어."

"나?"

이제는 김동호도 반말을 했다. 좀 열도 났다.

"왜 불렀는데?"

"허, 이놈 봐라?"

다가선 사내가 빙그레 웃었다. 둥근 얼굴, 물론 초면이다. 이곳은 북한산 입구에서 2백 미터쯤 들어간 산길. 평일 낮이라 주위에는 둘뿐이다. 그때 사내가 다시 물었다.

"너, 환생하고 싶지?"

"뭐? 요?"

'뭐?'라고만 하긴 좀 그렇다, 아버지뻘이니까. 가슴이 뜨끔. 사내가 지그시 김동호를 보았다.

"너 지금 그 생각 했잖아, 인마."

"아니, 근데……."

김동호는 조금 당황했다.

"아저씨는 나한테 왜 반말하는데?"

"병신. 기는 살아서."

"아니, 이보셔."

"너 오늘 회사 빠지고 내일 어떻게 될지는 생각해 봤어?"

김동호는 주춤했다. 맞다, 오늘 그 같잖은 회사 빠졌다.

"너, 내가 그 환생 소설에 자주 나오는 선지자 같지?"

사내가 웃었다.

"그런 놈들 있잖아. 리드해 주는……."

"뭘?"

"네가 환생했다는 사실……."

"아유, 골치 아퍼."

김동호가 한 걸음 물러섰을 때 사내는 그만큼 다가왔다. 어느덧 사내 얼굴에 웃음이 지워졌다.

"동호야."

"내 이름 어떻게 아는데?"

"환생은 믿지 마. 죽었다가 깨어난 놈들마다 개지랄하는 건 진짜 지겹지도 않냐?"

"아니, 글쎄……."

"현실이 더럽더라도 환생은 바라지 마."

"아저씨."

"너 조금 전까지 어디 바위 위에서 한번 뛰어내려 볼까? 하고 생각했잖아."

맞다. 조금 위축된 김동호에게 사내가 숲 안쪽을 눈으로 가리켰다.

"들어가서 얘기 좀 하자."

들어가서 둘은 바위를 등지고 마주 보며 앉았다. 아래쪽은 작은 개울물이 소리도 없이 흐른다. 여긴 산새도 없고, 바람도 없다. 8월 중순, 더위는 좀 가셨다. 사내는 책상다리로 앉았지만 김동호는 한쪽 다리를 세웠다. 얼른 일어날 수 있는 자세. 그때 사내가 하품을 했다. 김동호는 한숨을 쉬었다, 문득 제 신세가 처량하게 느껴졌기 때문에. 사내가 말했다.

"병신."

"예?"

"아니."

"방금 뭐라고 했어요?"

"방금?"

사내가 눈썹을 모았다.

"언제?"

"아이, 씨."

"너, 스물넷이지?"

김동호는 어깨를 늘어뜨리고 생각했다.

'근데 이놈이 어떻게 내 이름, 나이, 그리고 회사 빼먹고 여기 왔고 더구나 환생 생각을 했다는 것까지 알까?'

그사이에 사내가 다시 물었다.

"내가 누군지 궁금하지?"

"예."

"내가 네가 바라던 사람이라면 어쩔 테냐?"

"뭘요?"

"네가 바라는 신통력을 건네줄 도사, 신(神), 고승, 그따위 존재들."

김동호가 '빵'했다. 맞다, 수많은 공상 속에 그런 존재들이 많았지. 요즘은 환생 소설에 빠져서 환생 꿈을 꾸다가 이곳까지 왔고. 사내가 머리를 저었다.

"믿지 마라."

"……."

"너, 인연을 믿느냐?"

"무슨 인연……요?"

"예를 들어서 너하고 나하고의 인연."

"오늘 초면이 아녜……요?"

"얀마, 요 자 빨리 붙여."

"……."

"알았어?"

"예."

"너하고 나는 오랜 인연이 있어."

"전생이겠군요."

"영혼 불멸이 증명 안 되었지?"

"아저씨가 증명하려고요?"

"야, 귀찮아."

"근데 나를 어떻게 아시죠?"

"인연이라니까."

"전생, 영혼 불멸 이야기는 뺍시다."

"한마디만."

사내의 얼굴에 웃음이 떠올랐다.

"나는 한순간을 휘둘러보지만 너희들한테는 수백 년 수천 년의 세월이겠구나."

"에휴."

"이 자식 봐라? 한마디만 더."

"빨리 하세요."

"명심해라."

"뭔데요?"

"원한과 원한은 서로 갚는 것으로 그 기한이 없다."

김동호는 눈만 껌벅였고 사내의 말이 이어졌다.

"원인과 결과는 진실로 있는 것이니 두려워하고 신중해야 될 것이다."

순간 김동호는 숨을 들이켰다. 사내의 말이 뇌에 새겨진 느낌이다. 정으로 쪼아 한 자 한 자 적힌 것 같다. 그때 사내가 똑바로 김동호를 보았다.

"김동호."

"네."

"내가 바쁘다."

"근데 왜 가는 사람 불렀어요?"

"내가 너한테 나를 두고 가마."

"예?"

그 순간 김동호는 눈앞에 있던 사내가 없어진 것을 보았다. 눈도 깜박이지 않았는데 사라졌다. 바위뿐이다. 둘러보고 벌떡 일어나서 목을 늘여 이쪽저쪽을 보았지만 나무, 바위, 물, 풀뿐이다.

"이런 씨."

어깨를 부풀렸다가 내린 김동호가 발을 떼었다.

산에 올라갈 생각이 싹 달아났다. 환생? 떠올리자마자 '픽' 웃음부터 나온
다. 북한산 입구로 되돌아 나와서 버스를 타려고 발을 떼었다가 바지 주머니
에서 지갑을 꺼내 보았다. 카드는 연체되어서 못 쓴다. 지갑에는 현금 1만 7천
원이 들어 있다, 전 재산. 쓴웃음을 지은 김동호가 머리를 들고 길가를 둘러
보았다. 편의점이 우측 15미터 거리에 있다. 편의점으로 다가가면서 김동호는
어깨를 펴고 목도 회전시켰다. 목에서 뼈가 부딪치는 소리가 났다.

"어서 오세요."

편의점 카운터에 서 있던 사내가 김동호를 맞았다. 40대쯤? 편의점은 텅
비었다. 곧장 카운터로 다가간 김동호가 2천 원짜리 즉석 복권 1장을 뽑았다,
고르지도 않고 맨 앞쪽의 것으로. 요즘 새로 나온 복권 방식인데, 현장에서
복권 당첨금을 지급한다. 금액은 10만 원, 5만 원, 3만 원, 1만 원, 5천 원, 꽝. 이
렇게 6종이다. 김동호가 2천 원을 냈더니 사내가 빙그레 웃었다.

"왜 웃어요?"

김동호가 묻자 사내가 다시 웃었다.

"그냥."

"꽝일 것 같아서요?"

"그럴 가능성이 많죠."

"99퍼센트라면서요?"

"99.9쯤 될 거요."

"그럼 이거 한번 벗겨 주시죠."

김동호가 금방 산 복권을 내밀었다.

"내가?"

14

사내가 심심한지 복권을 받아 들었다. 동전으로 금박을 문질러 벗기면 10만 원짜리는 별이 5개, 5천 원은 1개가 나온다. 사내가 동전을 집어 들었을 때 김동호가 물었다.

"10만 원짜리 당첨된 거 봤어요?"

"아, 있었겠죠."

사내가 동전으로 복권을 긁기 시작했고 김동호는 바깥을 둘러보았다.

택시가 외곽도로를 신나게 달리고 있다. 평일 한낮이어서 차가 잘 뚫린다. 마침 손님을 기다리고 있던 택시로 가서 대림동으로 가자고 했더니 기사가 '환장'을 했다.

김동호 지갑에는 10만 원 현금이 추가되었다. 편의점 사내가 긁은 복권에 별이 5개 드러난 것이다. 편의점 사내도 제가 된 것처럼 법석을 떨었다. 그러나 김동호는 태연했다. 원인이 있었기 때문에 이 결과를 받은 것이다. 뭐, 길게 따질 것 없다. 바로 전에 복권 사 간 사내가 그 앞쪽 복권을 가져갔기 때문에 내가 10만 원짜리를 갖게 된 거겠지.

김동호가 손바닥으로 잠깐 제 머리를 만졌다가 내렸다. 사내가 한 말이 떠올랐기 때문이다.

'내가 너한테 나를 두고 가마.'

사내 얼굴을 떠올린 김동호가 이제는 손바닥으로 제 얼굴을 쓸었다. 그 얼굴이면 안 되는데. 차라리 내 얼굴이 나은데. 유리창에 얼굴이 비치지 않아서 서둘러 핸드폰을 꺼내 보았다. 됐다. 얼굴은 그대로다. 택시는 열나게 달리고 있다.

핸드폰을 꺼낸 김에 전원을 켰더니 문자, 카톡, 부재중 통화가 주르르 떴다. 월급도 안 주는 회사가 야단법석이다.

15평형 임대 아파트, 문간방이 김동호 방이다. 안방은 어머니하고 동생 김윤희가 사용한다. 오후 1시 반, 어머니는 마트에 갔고 김윤희는 지금쯤 일어났을 거다. 하지만 김동호하고는 일주일에 한두 번 정도나 말을 섞는 터라 문소리가 나도 거들떠보지도 않는다. 김윤희는 2년제 전문대를 졸업하고 1년째 편의점 알바를 한다. 밤 근무라 아침에 돌아와 낮에는 잔다. 어머니는 마트 계산원이기 때문에 저녁 8시에 퇴근.

김동호? 한동유통의 말단 사원. 직원 18명의 농수축산물 판매 회사의 사원이다. 제일 말단으로 입사 경력 1년. 월급도 쥐꼬리만큼 주는 데다 지난해부터 회사 형편이 어려워져서 현재 두 달째 월급을 못 받은 상태.

"윤희 자냐?"

현관에서 안방까지는 네 발짝 거리다. 문 앞에 서서 불렀더니 바로 문이 열렸다.

"왜?"

부석한 얼굴, 머리는 뒤로 묶었고, 헐렁한 셔츠 차림, 싸늘한 표정. 김동호가 주머니에서 돈을 꺼내 내밀었다, 15만 원. 집에 오면서 편의점 하나에 들어가 또 10만 원을 받아 왔다. 이번 편의점 여자 주인은 제가 안 긁는다고 해서 보는 데서 별 5개를 드러냈더니 비명을 지르고 발광을 했다. 김윤희의 눈이 동그래졌다.

"이거 뭐야?"

"너 용돈 쓰라고, 15만 원."

"왜?"

그렇게 묻는 건 당연하다, 난생처음 있는 일이니까. 김동호가 어깨를 폈다.

"내가 알바해서 번 돈이야. 왜? 너한테 용돈 주면 안 되냐?"

"월급도 못 받았다면서?"

16

아직 손은 내밀지 않았지만 목소리는 부드럽다. 이런 목소리도 있었는가?

"그건 상관없어. 이건 알바한 돈이야."

"무슨 알바?"

"내가 몇 시간씩 정비해 준 데가 있어."

김동호는 전문대 차량정비과 졸업이다.

"나 괜찮아."

이제는 김윤희가 그렇게 나왔다. 김동호가 김윤희의 손을 쥐고는 손바닥에 지폐를 놓고 물러섰다.

"그냥 써. 그리고 돈 필요하면 말해, 내가 용돈은 대 줄 테니까."

그러고는 몸을 돌렸다. 김윤희 표정은 안 보고 상상하는 것이 더 낫다. 그때 주머니에 든 핸드폰이 울렸다. 자, 사회생활이 다시 시작된다.

"어? 너 웬일이야?"

백기천의 눈이 커졌다. 그 앞자리의 오수정은 힐끗 보고 말았지만 자판 두드리는 속도가 빨라졌다. 오타 났다. 자, 조성일은? 눈이 가늘어졌다. 의심쩍은 표정, 이유는 김동호의 옷차림 때문이다. 오늘 김동호는 캐주얼 양복에 명품 운동화를 신었다. 좋은 것은 비싼 것. 어제 오후에 쇼핑을 했다. 위아래, 신발까지 구입한 비용은 70만 원. 척 보면 비싼 티가 난다. 가격 따져 볼까? 백기천 치장 비용 25만, 오수정 32만, 조성일은 35만이다. 신발, 허리띠, 지갑, 액세서리까지 포함. 물론 김동호의 구입 비용은 즉석복권. 편의점 9군데에 가서 9개 당첨, 90만 원 수금. 어제 모두 11번 복권이 당첨되어서 당첨 왕이 되었지만 표시는 안 난다. 자리에 앉았을 때 조성일이 으르렁거렸다.

"왜요?"

"문자 안 봤냐?"

"그냥 오라고만 하던데."

"반품해 가래."

"예."

"반품 안 받으면 거래 끝낸다니까 가 봐."

"예."

오전 8시 반, 사무실에는 이쪽 영업부까지 직원이 대여섯 명뿐이다. 옆쪽 업무부는 절반쯤이 회사를 안 나온다. 그때 조성일이 자리에서 일어섰다.

"나, 공장 출장."

바람을 일으키며 조성일이 사라지자 백기천이 의자에 등을 붙였다.

"사장이 오늘도 안 나왔는데, 월요일부터 사흘째야."

김동호는 서류만 챙겼고 백기천이 말을 이었다.

"채무가 15억이나 된다는데 어디로 도망간 건 아니겠지?"

시선을 든 김동호가 오수정의 옆모습을 보았다. 얼굴 옆선이 아름답다. 23세. 전문대 행정학과 졸. 똑똑하고 치밀해서 부장의 신임을 받는다. 영업팀장 조성일이 그동안 수없이 치근댔지만 넘어가지 않은 상태다. 그래서 백기천은 엄두도 내지 못하고 있다. 그때 백기천이 김동호에게 물었다.

"너 갑자기 웬일이야?"

"뭐가요?"

"갑자기 명품을 뒤집어쓴 이유."

오수정의 자판 두드리는 속도가 다시 빨라졌다. 또 오타. 김동호가 백기천을 보았다. 27세, 배가 나온 비만형 체격, 175에 90킬로쯤. 한동유통 경력 2년 반, 대리, 국도대 경영학과 졸. 맨날 그만둔다 그만둔다 하면서 계속 다니고 있다. 김동호가 웃음 띤 얼굴로 대답했다.

"아, 형이 명품 매장을 해서요."

"그런 형도 있어?"

"예."

백기천의 취미는 김동호를 갈구는 것이었다. 지금까지 그랬다, 지금까지는. 그때 백기천이 벌떡 일어나더니 서둘러 사무실을 나갔다. 갑자기 똥이 마려웠기 때문이다. 설사다. 화장실은 복도 끝 쪽인데 사무실 문을 열고 나가기 전부터 어기적거리고 있었다. 팬티로 흐르고 있기 때문이다. 이그, 드러.

백기천의 뒷모습을 보면서 김동호가 감동했다. 자신의 능력을 하나씩 인지할 때마다 감동이 일어난다. 조금 전에도 백기천이 갈구기 시작하자 '저 자식한테 똥벼락은 안 내리나?' 하고 머릿속으로 욕설을 퍼부었더니 이런 현상이 일어났다. 똥벼락 대신 똥을 싼 것이다. 이것은 환생 따위로 만들어질 사건이 아니다. 기적도 아니다. 우연히 당겨 일어났을 뿐이다. 거기에다 원한이 일찍 갚아진 건가?

팀에 둘이 남았을 때 오수정이 모니터에서 시선을 떼고 김동호를 보았다. 검은 눈동자가 반짝인다. 코가 조금 들창코지만 귀여운 모습이다. 입술을 조금 벌리는 버릇이 있는 것은 안젤리나 졸리 흉내를 내는 걸까? 하나도 안 닮았는데. 그때 오수정이 말했다.

"김동호 씨, 어제 영업부장님이 사표 내고 회사 떠났어요."

"영업부장?"

영업부장이 바로 오수정의 '백'이 아닌가? 그것부터 떠올렸다. 김동호가 사무실을 둘러보았다. 영업부장 자리는 물론 업무부장 자리도 비었다. 오수정이 말을 이었다.

"곧 회사 창고에 채권자들의 압류가 들어올 거라고 해요."

"야단났네."

"김동호 씨는 어쩔 거죠?"

"나야……."

갈 데가 있었으면 진즉 떠났지. 그때 김동호는 오수정의 마음이 알고 싶어졌다.

"오수정 씨는?"

"모르겠어요, 아직."

그랬지만 오수정의 눈동자가 흔들렸다.

안 되는 건가? 오수정의 마음을 알 수가 없는 건가? 내가 된 당신이여, 환생 소설에서는 죽었다 깨어나더니 상대방 머릿속 말이 줄줄 흘러나오더만은. 김동호가 다시 입을 열었다.

"며칠 두고 봐야지요. 두 달분 월급도 못 받았으니까."

이런 상황에서 진마트로 반품된 물건을 가지러 가야 하다니. 김동호가 일어섰다.

회사 복도에 서서 김동호가 창밖을 내다보고 있다. 오후 1시 반, 덥고 흐린 날씨다. 반품된 물건은 창고에 쌓아 두고 돌아온 참이다. 점심시간이 지났지만 사무실은 텅 비었다. 업무부 여직원 하나가 앉아 있을 뿐이다. 오수정은 보이지 않았지만 딱히 찾을 일도 없다, 지금까지 업무가 연결된 적이 드물었으니까. 팀장 조성일이 어떻게 해 보려고 자주 제 일을 시켰고 같이 나갔다. 결혼을 약속했다는 여자까지 있는 놈이 껄떡거린다. 백기천은 땡땡이 선수다. 갖은 핑계를 대고 밖에서 도는데 오늘은 팬티에 똥까지 쌌으니까 들어오지 않은 것 같다.

그때 핸드폰의 벨이 울렸다. 꺼내 보았더니 동창 윤재한이다.

"어, 웬일이냐?"

20

"야, 나 경찰 시험 봐야겠다."

"경찰?"

"응, 알바 그만두고 공부해야겠어."

"공부?"

"그래."

"경찰? 너같이 나쁜 놈이?"

윤재한은 학교 다닐 때부터 친구 등쳐먹는 데 선수였다. 책 빌려서 팔아먹는 것은 보통이고 돈 빌려서 떼어먹기, 친구 학생증으로 술값 외상 달기, 심지어는 친구 아버지 자동차를 팔아먹기도 했다. 다행히 제 부모가 해결해 주었지만 아주 더러운 놈이다.

그때 윤재한이 한숨을 쉬었다.

"내가 공수부대 있었던 것이 가산점을 좀 받는단다."

"정말이야?"

"학원에서 그러던데……."

"너 같은 놈이 경찰이 되면 우리나라가 망할 거다."

"그런 의미에서 오늘 저녁 술 먹자, 내가 살 테니까."

누가 유유상종이라고 했던가? 같은 놈끼리 어울린다는 말인데 김동호는 전혀 윤재한 같은 짓을 한 적이 없다. 다만 술을 얻어먹었을 뿐이다.

책상에 앉아서 서류를 보던 김동호가 머리를 들었다. 오수정이 들어서고 있다. 그런데 얼굴이 이전과 달리 뽀얗게 되었고 윤기가 났다. 오수정의 체격은 좀 풍만한 편이다. 허리, 다리가 날씬한데도 젖가슴과 엉덩이는 볼륨이 있다. 사무실에는 이제 둘뿐이다. 업무부 여직원도 어디로 나가 버렸다. 지금까지 김동호 혼자서 앉아 있었던 셈이다. 앞자리에 앉은 오수정이 눈을 크게 뜨고 물었다.

"혼자 앉아 있었어요?"

"네."

"오늘은 웬일이래요, 열심히 일하고?"

"내가 언제는 농땡이 쳤어요?"

"그래도 요즘 같이 회사가 엉망인 때……."

그때 김동호의 시선이 오수정의 가슴 위쪽을 스치고 지나갔다. 오수정은 반팔 티셔츠를 입었는데 위쪽 단추 하나만 풀어 놓은 단정한 차림이다. 숨을 들이켠 김동호가 오수정의 젖가슴을 보았으면 좋겠다는 생각을 했다. 이 자리에서 오수정이 티셔츠를 벗고, 그렇지, 앉아서 벗어도 좋다. 그런 다음 브래지어를 풀고 나서 젖가슴을 받쳐 들고 보여 주었으면 좋겠다. 오수정의 풀린 윗단추를 주시한 채 김동호가 그렇게 기대했다.

그 순간이다. 오수정이 차분한 얼굴로 티셔츠의 밑쪽을 두 손으로 엇갈려 잡더니 홀떡 벗었다. 김동호가 숨을 들이켠 순간 오수정의 브래지어만 찬 상반신이 드러났다. 그때 오수정이 김동호에게 시선을 준 채로 두 손을 뒤로 돌려 브래지어의 후크를 풀었다. 그 순간 풍만한 젖가슴이 드러났다. 오수정은 두 손으로 젖가슴 밑 부분을 받쳐 들더니 선물을 주는 것처럼 김동호를 보았다. 아름답다. 선홍빛 젖꼭지가 보석처럼 박혀 있었다. 숨을 세 번쯤 쉬고 난 김동호가 그때서야 제정신을 수습하고 나서 다시 기대했다.

'이젠 원위치.'

그 순간 오수정이 브래지어를 찾아 침착하게 젖가슴을 넣더니 후크를 잠그고 김동호에게 시선을 둔 채로 셔츠를 찾아 입었다. 그러고는 셔츠 단추 2개를 단정하게 채우고 나서 머리까지 어루만진 다음에 눈을 깜박이고 김동호를 보았다.

22

"뭘 그렇게 봐요?"

오수정의 목소리는 밝다.

오수정을 혼자 두고 복도로 나온 김동호는 자신의 능력을 또다시 확인한다. '기대한 대로 되는' 것이다. 상대가 눈앞에 있을 때 소원(?)을 빌면 이루어진다. 그러나 머릿속은 읽지 못한다. '복권'도 기대하고 가서 집으면 된다.

복도 끝 쪽의 막힌 벽에 대형 거울이 걸려 있다. 창가에서 몸을 뗀 김동호가 거울로 다가가 섰다. 신장 1미터 80, 체중 75, 얼굴은 평범, 그러나 명품 옷 때문에 때깔이 난다. 거울을 보던 김동호가 제 몸을 보고 말했다.

"그래. 한 5센티 키가 더 컸으면 좋겠다, 체중도 5킬로쯤 늘어나고. 물론 근육질에다 지방은 없어야겠지. 얼굴도 원형은 그대로 두고 조금씩 표시 안 나게 변형시켰으면 좋겠어."

잠시 후에 사무실로 들어선 김동호가 자리에 앉았을 때 힐끗 시선을 주었던 오수정이 다시 머리를 들고 보았다. 놀란 것 같은 표정이다.

"왜요?"

김동호가 물었더니 고개를 저었던 오수정의 얼굴이 붉어졌다. 머릿속을 읽는 능력은 없지만 김동호는 이것쯤은 알아맞힐 수가 있다.

'어머, 이 사람이 이렇게 매력적인 모습이었어?'일 것이다.

신장과 체격이 갑자기 커졌기 때문에 어제 산 명품 옷이 작아졌다. 몸은 늘어났지만 옷은 그대로였기 때문이다. 그리고 그래야 이치가 맞다. 회사에서 나온 김동호가 다시 편의점에 가서 복권을 사려다가 문득 건물을 올려다보고는 발길을 돌렸다. 사설 경마장이 있었기 때문이다.

30분쯤 후에 경마장에서 나온 김동호의 주머니에는 현금 650만 원이 들어 있다. 1, 2, 3등을 두 번이나 귀신같이 맞히는 바람에 번 돈이다. 경마장은 개점 후 처음 있는 일이라고 떠들었지만 경마가 끝나서 다행이라는 표정이 역력했다. 어제 산 명품 옷을 버리고 또 새 옷을 사려고 매장으로 향하면서 김동호는 문득 자신이 무엇이 될 것인가를 생각했다.

"아니, 이 자식이 키가 이렇게 컸나?"

눈을 둥그렇게 뜬 윤재한이 김동호를 위아래로 훑어보았다.

"아니, 너 이 옷 진짜야?"

명품이냐는 소리가 그렇게 나왔다. 이곳은 홍대 앞 돼지갈비 집. 저녁 손님들이 가득 차 있었는데 모두 젊은 남녀다. 오후 7시 반, 둘이 자리 잡고 앉았을 때 윤재한이 다시 물었다.

"너 무슨 일 있어?"

"응."

"거짓말 말고."

"정말."

술잔을 든 김동호가 식당 안을 둘러보았다. 금방 돼지고기 냄새가 온몸을 뒤덮고 있다.

"야, 여기서 나가면 동네 개들이 다 모이겠다. 우리 좀 더 분위기 있는 데서 마시자."

"미친놈. 횟집에서 나오면 생선들이 모이냐?"

한 모금에 술을 삼킨 윤재한이 투덜거렸다.

"얀마, 오늘 술 사는 돈도 우리 불쌍한 어머니한테서 겨우 뜯었다."

"네 어머니는 상가 임대료로 한 달에 4백씩 받잖아."

"그걸로 자식 셋 가르친다, 한 놈은 용돈 뜯어가고."

"네 아버지가 생활비 150씩 준다며?"

윤재한 부모는 13년 전에 이혼했고, 김동호 아버지는 15년 전에 결핵으로 사망했기 때문에 둘은 비슷한 환경이다. 먼저 전작이 있었기 때문에 술기운이 오른 윤재한이 옆쪽 테이블을 흘겨보면서 말했다.

"오늘 밤 한 건 하자."

"너나 해."

"왜? 넌 안 해? 네 회사 여자는 어떻게 되었어? 젖가슴 한 번 보는 것이 소원이라면서."

"봤어."

"응? 봤어?"

목소리가 커서 옆자리 여자들이 시선을 주었다. 두 명이었는데 둘 다 김동호에게 호의가 섞인 시선을 던지고 있다. 김동호가 머리를 끄덕였다.

"응, 오늘 회사에서."

"회사에서 젖가슴을?"

"응."

"어떻게?"

그때 김동호가 옆자리 여자들에게 말했다.

"합석하실래요?"

둘과 하나씩 시선을 마주치자 그 순서대로 여자들이 머리를 끄덕이며 대답했다. 놀란 윤재한이 다음 말을 잊어버리고 분주하게 테이블을 정리했다.

밤 11시, 나이트클럽 안. 소음, 번쩍이는 조명. 테이블에는 위스키가 2병째 놓였다. 윤재한은 김동호가 2차를 낸다고 하자 놀라더니 지금은 흥분이 최

고조에 이른 상태다. 고급술에 파트너까지 옆에 있는 이 환경을 만끽하고 있다.

"오빠, 지금 뭐 해요?"

김동호 옆에 앉은 여자가 불쑥 물었다. 지금까지 서로 이름과 나이만 밝혔을 뿐이다. 김동호가 스물넷이라고 했더니 둘은 스물둘, 대학 4학년이라고 한 것이다. 여자 이름은 정소영. 한성대 불문과라고 했다. 한성대면 일류대로 김동호의 전문대 학벌로는 쳐다보지도 못하는 등급이다. 김동호가 웃음 띤 얼굴로 정소영을 보았다.

"회사 다녀."

"무슨 회사?"

"무역 회사."

"무슨 무역을 하는데?"

"프랑스하고도 거래를 해."

"그럼 불어도 알아야겠네."

여기까지는 문답이 술술 나왔다. 그때 정소영이 취한 김에 한발 더 나갔다.

"불어 할 줄 알아?"

머리를 끄덕인 김동호가 불어로 대답했다.

"내가 사르트르의 소설은 원서로 다 읽어 봤다. 너 이번에 프랑스에서 출간한 사르트르의 《사랑과 이별》 읽어 봤어? 한국에는 아직 원서도 들어오지 않은 것 같던데 말이야."

유창한 불어다. 앞쪽의 윤재한은 '이놈이 갑자기 미쳤나?' 하는 표정이다. 김동호의 말을 들은 정소영과 앞쪽 친구의 얼굴이 순식간에 굳어졌다. 불어가 원어민인 교수보다도 더 유창했기 때문이다. 더구나 사르트르의 신작 《사랑과 이별》은 말만 들었지 구경도 못 했다. 김동호가 웃음 띤 얼굴로 술잔을 들었다.

"자, 다른 이야기 하자."

기가 죽은 정소영이 서둘러 술잔을 따라 들었고 윤재한은 입을 달싹이다가 말했다. 윤재한은 조금 전에 김동호가 프랑스어를 했는지 스페인어를 했는지도 분간 못 한다.

김동호는 능력 또 하나를 인지했다, 마음만 먹으면 지구상 언어는 입 밖으로 술술 나온다는 것. 신(神)은 모든 나라의 말로 소통한다. 따라서 나는 '신의 아들' 같다.

"집에 가."

나이트클럽에서 나왔을 때는 오전 12시 반. 클럽 앞에서 김동호가 정소영한테 말했다.

"내가 택시 태워 줄 테니까."

"싫어."

정소영이 다가서더니 김동호의 팔을 두 손으로 감싸 안았다. 어느새 윤재한과 파트너는 어둠 속에 묻혔다. 클럽 앞은 취한 남녀가 오가고 있었지만 이쪽에 신경 쓰는 사람은 없다. 김동호는 정소영과 함께 큰길로 나왔다. 정소영이 김동호에게 빈틈없이 붙은 채로 말을 이었다.

"나, 오늘 밤 외박할 거야."

"너 술 취했어."

"취했으니까 이러지, 바보야."

정소영이 김동호의 어깨에 얼굴을 붙였다. 옅은 향내가 맡아졌다. 정소영은 갸름한 얼굴형에 곧은 콧날, 단정한 입술의 미인이다. 키도 크고 날씬한 몸매가 팔등신이다. 그때 빈 택시가 오자 김동호가 세웠다.

"자, 타자."

정소영을 먼저 태운 김동호가 주머니에서 5만 원권 한 장을 꺼내더니 정소영의 손에 쥐어 주고 운전사에게 말했다.

"서초동요."

문을 닫고 한 걸음 물러서자 택시가 출발했다. 택시 안의 정소영 얼굴은 보이지 않았다.

신촌에서 택시를 타고 가다가 여의도에서 내렸다. 오전 1시 10분. 길가의 편의점으로 들어서자 카운터에 혼자 서 있던 김윤희가 깜짝 놀랐다.

"오빠."

"응, 너 보려고."

편의점 안에는 그들 둘뿐이다. 김동호가 다가가자 김윤희는 이맛살을 찌푸렸다.

"오빠 술 많이 마셨어? 아유, 술 냄새."

"응."

"여기 어떻게 알았지?"

김윤희가 갑자기 생각난 듯 머리를 끄덕였다.

"참, 그때 어머니 심부름 왔었지?"

그때는 낮이었다. 다가선 김동호가 트림을 했더니 김윤희는 눈을 흘겼다. 스물둘, 조금 전에 헤어진 정소영과 동갑이지만 김윤희는 싸구려 셔츠에 바지를 입었고 신발은 만 원짜리다. 전문대 국문과를 졸업하고 1년째 편의점 알바다.

"윤희야."

"왜?"

"내일부터 알바 다니지 말고 네 소원대로 4년제 편입해."

"요즘 왜 그런대?"

김윤희가 불안한 표정으로 김동호를 보았다.

"오빠, 왜 그래?"

"뭐가?"

"갑자기 용돈을 주더니 이렇게 찾아와서 대학 편입하라고 하고."

"이상하냐?"

"그럼 안 이상해?"

"이게 정상이지."

"안 하던 짓을 하니까 그렇지."

"내가 엄마하고 너는 고생 안 시키고 살 거야."

"에휴."

"여기."

김동호가 주머니에서 5백만 원 뭉치를 꺼내 김윤희 앞에 놓았다.

"어마나!"

깜짝 놀란 김윤희는 돈뭉치가 흉기나 되는 것처럼 노려보았다.

"이게 웬 돈이야?"

"회사에서 밀린 월급에다 보너스까지 받았어."

여기 오면서 생각해 낸 이유다. 김윤희가 돈뭉치를 집더니 김동호에게 내밀었다.

"엄마 갖다 줘."

"네가 편입할 때 쓰라고 할까?"

"어쨌든."

"얼마 더 들더라도 내가 마련할 수 있어."

그때 김윤희의 눈에서 주르르 눈물이 떨어졌다. 그것을 본 김동호가 숨을 들이켰다.

집에 갔더니 그때까지 안 자고 있던 어머니 박경숙이 김동호를 맞았다.

"너 윤희한테 들렀다면서?"

오는 동안 김윤희가 전화를 한 것이다. 한 번 더 설명을 할 필요가 없어진 김동호가 5백만 원 뭉치를 내밀었다.

"아이구!"

두 손으로 돈뭉치를 받은 박경숙의 얼굴이 금방 벌게졌다.

"이게 웬일이다냐, 너한테 이런 돈을 다 받고?"

"아이구! 그놈의 돈, 돈타령, 이젠 우리 돈 걱정 안 하고 삽시다."

"얘가 도대체."

"어머니, 나 잘게."

뭔가 행복한 순간에는 그 장면이 일어난 장소에서 도망가고 싶어지는 법이다. 김동호가 서둘러 몸을 돌렸을 때 박경숙이 등에 대고 말했다.

"고맙다, 동호야."

다음 날 회사에 출근한 김동호가 앞에 앉은 오수정을 보았다. 오늘은 안쪽 사장실에 사장이 출근해 있다. 업무부장도 와 있고 직원을 모두 세어 보니까 11명이다. 영업부는 부장만 퇴직하고 팀원 넷이 모두 나왔다. 업무부는 6명 중 3명, 생산부는 7명 중 4명이다.

"왜요?"

김동호의 시선을 받은 오수정이 입술만 빠끔대며 물었다. 시선을 돌린 김동호는 어제 사무실에서 본 오수정의 젖가슴을 떠올렸다. 심장 박동이 빨라지더니 숨까지 가빠졌다. 사무실 한복판에서 옷을 벗어 던지던 오수정의 모습에 뒤늦게 충격을 받은 셈이다. 얼굴까지 붉어졌기 때문에 머리를 숙였던 김동호에게 조성일이 물었다.

"김동호 씨, 진마트에서 수금 안 되나?"

"반품된 물량이 클레임 처리되면 얼마나 결산이 될지 모릅니다."

"클레임은 나중 계산하고 정품으로 입고된 건 결산해 달라고 해 봐."

"그것이……."

김동호가 시선을 내렸다. 억지소리다. 클레임부터 해결하고 결산하는 것이 순서다. 조성일이 그것을 알고 있으면서도 억지를 쓴다. 그러나 회사가 어려운 상황이다. 원칙만 내세울 수는 없다. 그런데 왜 저는 나서지 못하고 말단한테 시키는가?

조성일은 30세, 입사 경력 5년, 마른 체격, 긴 얼굴. 사장에게 비비는 건 선수인데 엊그제 나간 영업부장하고는 안 맞았다. 영업부장이 나갔으니 잘된 셈이지만 회사가 흔들리는 상황이라 별로다. 이윽고 김동호가 자리에서 일어섰다.

"그럼 다녀오겠습니다."

그때 오수정이 따라 일어섰다.

"저도 같이 갔다 올게요."

조성일이 쳐다보았지만 말리지 않았다.

말릴 이유도 없지.

"달라졌어요."

택시에 탔을 때 오수정이 한 말이다.

"내가요?"

앞쪽을 향한 채 물었지만 김동호는 안다. 당연하지. 윤곽만 그대로 둔 채 조금씩 섬세하게, 그야말로 신(神)의 솜씨로 가다듬은 얼굴과 몸 아니냐. 내가 꿈을 꾼 대로 몸이 만들어졌다. 오수정은 김동호가 굽이 10센티쯤 높은 신발을 신은 줄 알고 자꾸 신발을 보았지만 천만의 말씀. 키가 10센티 커졌다. 본래는 5센티쯤 커질까 했더니 어깨 폭도 넓히는 바람에 견적이 그렇게 된 것 같다, 물론 그것(?)도 마찬가지. 꿈꾼 대로 다 되었다. 오수정이 말을 이었다.

"전혀 다른 사람 같아요."

"헤에."

"김동호 씨가 맞긴 한데 정말······."

"내가 이렇게 잘생기고 멋진 남자인지 1년이 지나도록 몰랐단 말이죠?"

"저 봐. 말하는 것도 다르고."

"에이, 그럼 딴사람이라고 합시다."

"목소리는 똑같고."

"목소리가?"

"아니, 목소리도 더 멋있어졌고."

"오수정 씨가 나한테 관심이 있었던 것 아뇨?"

"정말 김동호 씨 아닌 것 같아."

"우리 지금 사귀는 거요?"

"그제만 해도 김동호 씨 이러지 않았는데."

오수정이 눈을 흘겼다. 요염하다. 오수정의 이런 모습도 처음 본다. 그렇구나. 내가 오수정의 관심을 바랐구나. 그래서 이렇게 되었구나. 진실을 깨달았더니 콩나물국 맛이 좋은 이유가 '조미료'를 듬뿍 넣었기 때문이라는 것을 안 것 같은 느낌이다. 그래서 머리를 반대편으로 돌려 창밖을 보았다. 오수정

32

은 갑작스러운 침묵이 부담스러운지 꼼지락거린다. 그러나 놔두었다. 택시는 '진마트'를 향해 달려가고 있다.

진마트? 마트 치고는 커서 5백 평쯤 되는 매장에 김동호가 다니는 '한동유통'의 식품류를 한 달에 2억쯤 취급하는 곳. 그런데 납품된 배추, 토마토, 당근이 절반 정도 반품되어서 클레임을 6천쯤 떼이게 되었다. 클레임 처리하고 결산하려면 다음 달쯤 되어야 한다. 그것이 정상이다. 진마트 안쪽 사무실로 들어갔더니 직원 둘이 앉아 있다가 외면했다. 무슨 일로 온지를 아는 것이다.

"사장님 계세요?"

오수정이 조심스럽게 묻자 여직원이 눈으로 사장실을 가리켰다.

"계세요. 하지만 지금 컨디션 안 좋아요."

여직원의 얼굴에 쓴웃음이 떠올랐다.

"들어가 보시든지. 난 경고했어요."

40대쯤의 여직원은 나름 배려를 해 준 셈이다. 오수정이 김동호를 보았다. 오수정의 검은 눈동자에 불안, 초조, 망설임까지 섞여 있다. 그것을 본 김동호가 씩 웃었다. 그러고는 바짝 다가섰다.

"오수정 씨."

"왜요?"

"애인 있어요?"

"지금은 없어요."

오수정이 술술 대답하더니 놀라 손바닥으로 제 입을 막았다. 말이 저절로 쏟아진 것이다. 김동호가 머리를 끄덕였다. 이제 하나씩 능력을 알아 간다. 눈을 들여다보면서 물으면 제 머릿속 말이 다 나온다. 입을 막아도 안 되는가 보다. 김동호가 낮게 다시 물었다.

"나하고 오늘 밤 잘 수 있어요?"

"그래요."

오수정의 얼굴이 빨개졌다. 그러더니 김동호에게 눈을 흘겼다.

"내가 왜 이러는 줄 모르겠네."

둘의 옆쪽 3.5미터 지점에서 사무실 여직원이 쳐다보고 있다. 그때 김동호가 물었다.

"우리 여기서 돈 받아 갖고 그냥 한잔합시다. 돈은 내일 입금시켜도 되겠지."

"어머나. 돈 주기나 하겠어요?"

정신을 차린 오수정이 사장실을 힐끗 보았다. 진마트 사장 진대철은 악질로 소문이 났다. 조폭 출신이어서 업자들이 설설 기는 것이다. 물품 대금을 떼어먹지는 않지만 불량품이 생겼을 때는 돈 못 받을 각오를 해야만 한다. 김동호가 다시 오수정을 똑바로 보았다.

"약속하지요?"

"뭘요?"

"돈 받으면 나하고 한잔하고, 그리고."

"그리고 뭐요?"

다시 오수정이 빨개졌다.

"나하고 자는 거."

"그래요."

오수정이 홍시 같은 얼굴로 머리를 끄덕였다.

사장실로 들어선 김동호를 진대철이 보았다. 이맛살을 찌푸리고 장부를 보다가 머리를 든 것이다. 그러니 찌푸린 얼굴이다. 김동호 뒤에 반쯤 몸을 가리고 따라오던 오수정이 그 얼굴을 보고는 아예 전신을 숨겼다. 진대철은 조폭 출신답게 스포츠머리에 귀 위쪽은 머릿살이 하얗게 나오도록 깎았다. 비대한 체격, 눈이 가늘고 입은 컸지만 입술이 얇다. 40대 중반이지만 욕이 입에 붙었다.

"아, 김동호 씨 왔어?"

"예, 사장님. 이번 달 결산 좀 해 주시면 좋겠는데요."

그때 오수정이 김동호 뒤에 바짝 붙었다. 김동호가 허리를 폈더니 등에 물컹한 느낌이 전해졌다. 젖가슴 같다. 그때 진대철이 말했다.

"아, 그래. 이번 달, 가만 있자."

진대철이 서류를 뒤지다가 다시 머리를 들고 김동호를 보았다.

"이번 달 1억 8천50만 원이구만. 근데 반품이 있어서 결산이 안 되겠는데 말이야."

"그래서요?"

김동호의 시선을 받은 진대철이 술술 말했다.

"반품한 물량을 빼면 1억 5천5백이 되는구먼."

"그렇죠."

"클레임이 2천쯤 되는데 그걸 까야겠지? 그럼 1억 3천5백이야."

"클레임 2천을 저 주시죠."

"그러지. 현금으로 줄까?"

"5만 원권으로."

"아아, 금고에 있을 거야."

"물품대 1억 3천5백은 수표로 주셔도 됩니다."

"거기 앉아서 10분만 기다려. 준비할게."

그러더니 소리쳐 바깥 사무실 직원을 불렀다.

15분 후에 둘은 진마트를 나와 길 건너편의 커피숍에서 탁자를 사이에 두고 앉아 있다. 오수정은 지금도 눈동자의 초점이 잡혀 있지 않았고 입이 반쯤 벌어져 있다. 멍한 표정, 정신이 반쯤 나간 표정이라야 맞다. 커피를 시킨 김동호가 오수정을 보았다.

"오수정 씨, 왜 그래요?"

"뭐가요?"

"왜 멍하니 있어요?"

"근데 내가 이상한지, 진 사장이 이상한지 지금도 이해가 안 가요."

"뭐가요?"

"결산해 준 건 기분이 좋아졌기 때문이라고 하더라도 왜 클레임 깔 돈을 우리한테 준 거죠?"

"그건 나한테 준 건데."

"그러니까 왜 김동호 씨한테 준 거냐고요."

"나한테 빌려간 돈이 있거든."

"2천만 원이나?"

"응."

"김동호 씨가 빌려준 돈이라고요?"

"그렇다니까."

"에효, 모르겠다."

한숨을 쉰 오수정이 손목시계를 보았다.

"아직 11시 반밖에 안 되었네."

"오늘 나하고 놀기로 한 거 까먹었어요?"

"돈 회사에다 입금시켜 놓고 놀까요?"

"사장님한테 직접 연락하고 입금시키죠."

김동호가 말했다.

"조성일한테 생색내게 할 수는 없으니까."

"맞아요."

오수정이 환하게 웃었다.

"우리가 미쳤어요? 걔 갖다 주게?"

"사장님, 영업부 김동호입니다."

김동호가 말하자 저쪽은 잠깐 주춤하는 것 같더니 대답했다.

"아, 김동호, 웬일이야?"

한동유통 사장 안택수는 45세, 성실하지만 융통성이 부족했고 항상 빚에 시달렸다. 요즘은 경쟁업체가 늘어나 가격으로 밀어붙이는 바람에 적자 영업을 계속했다. 그러다가 한 군데에서 어음이 부도가 나자 연타를 먹는 중이다. 대개 이런 식으로 영세 기업이 넘어간다.

정신없는 상황에서 신입 사원의 전화를 받은 안택수가 아직 멍한 상태였을 때 김동호가 말했다.

"사장님, 제가 방금 진마트에서 지난달 결산 대금 1억 3천5백을 수표로 받았습니다. 그걸 갖고 있는데요."

"응? 뭐? 네가 갖고 있어?"

눈을 크게 뜬 안택수가 우선 주위부터 둘러보았다. 사장실에는 마침 그 혼자뿐이다. 그때 김동호가 말을 이었다.

"이걸 팀장한테 주면 요즘 회사가 어수선한데 딴생각을 할지도 몰라서요."

"아아, 그렇지."

"그냥 업무부에 입금시키면 엉뚱한 곳으로 나갈 수도 있을 것 같고요."

"그래, 맞다."

"사장님께 직접 드리는 것이 나을 것 같아서요."

"너 지금 어디 있냐?"

"진마트 건너편 커피숍입니다, 사장님."

"너 거기 있어라, 내가 바로 갈 테니까."

"예, 사장님."

"고맙다."

안택수의 목이 메어 있었다.

"사장님이 온대?"

전화를 들은 오수정이 묻자 김동호가 머리를 끄덕였다.

"응, 여기로."

"여기서 수표 주려고?"

"응."

"팀장이 붕 뜨겠다."

"걔가 생색내게 할 수는 없지. 그리고 걔가 수표 갖고 튈지도 몰라."

"맞아. 김동호 씨 똑똑해."

오수정이 눈을 가늘게 뜨고 웃었다.

"네가 모르고 있었던 거지."

"뭐? 너?"

"내가 너보다 한 살 위잖아?"

"난 너보다 경력이 1년 많아."

"그럼 말 트자."

"내가 손해지만 좋아."

그래 놓고 오수정이 이맛살을 좁혔다.

"우리 둘이 있을 때만 하기다."

"좋아."

"내가 어쩌다 이렇게 되었지?"

"네가 나한테 끌린 거야."

김동호가 그것도 몰랐느냐는 표정으로 대답했다.

헐레벌떡 들어온 안택수가 털썩 김동호의 앞자리에 앉았을 때는 20분쯤 후다. 옆에 앉은 오수정의 인사를 건성으로 받는 안택수에게 김동호가 수표를 건네주었다.

"고맙다."

눈물이 글썽해진 안택수가 수표를 받았는데 손까지 떨었다. 그것을 본 김동호의 가슴이 뭉클했다. 그래서 말이 저절로 나와 버렸다.

"사장님, 제가 내일부터 밀린 물품 대금, 떼인 돈 받으러 다니겠습니다."

"아유, 네가?"

안택수의 시선을 받은 김동호가 옆에 앉은 오수정을 눈으로 가리켰다.

"오수정 씨하고 같이요."

"아이구, 네가 오늘처럼 받아만 준다면 내가 춤을 추겠다."

안택수가 벌게진 얼굴로 말을 이었다.

"난 진마트는 다음 달에도 못 받을 줄 알고 있었는데 말이다."

그러더니 번들거리는 눈으로 김동호를 보았다.

"그럼 너희들 둘을 비서실로 발령을 내지. 둘 다 대리로 진급시켜 주마."

망해 가는 회사니까 전무도 시켜 줄 수 있겠지.

"웃기고 있네."

안택수가 허겁지겁 커피숍을 나갔을 때 오수정이 한 말이다. 오수정이 다시 뒷소리를 했다.

"뭐? 비서실 대리? 대리 좋아하네."

"좋잖아?"

김동호가 웃음 띤 얼굴로 오수정을 보았다.

"너 대리 달면 백기천한테 시달리지 않아도 될 거 아니냐? 같은 대린데."

"너도 그렇지."

오수정의 얼굴에도 웃음이 떠올랐다.

"입사 1년 만에 대리 달고 좋냐?"

"백기천이 얼굴 보고 싶네, 내일."

"회사가 난리 날걸?"

"회사에 몇 명 남아 있다고 난리가 나?"

"참, 그렇지."

머리를 끄덕인 오수정이 지그시 김동호를 보았다.

"너 어쩌려고 그런 약속을 해, 외상값 다 받는다고 말이야."

"글쎄."

"글쎄? 자신도 없이 그런 말 하면 어떻게 해, 나까지 끼워 놓고."

"글쎄 말이다."

"사장이 붕 떠서 진급까지 시켜줬다가 돈 못 받으면 어떻게 하고?"

"그땐 그만두지, 그까짓 회사."

"나도?"

"넌 네 마음대로 하고."

"그러면 왜 나까지 잡고……."

말을 그친 오수정이 길게 숨을 뱉었다.

"에휴, 모르겠다."

"오늘은 이만 헤어지자."

김동호가 말했더니 오수정의 눈이 동그래졌다.

"벌써? 아직 점심때도 안 됐는데."

"왜? 나하고 같이 있고 싶어?"

"응."

김동호의 시선을 받은 오수정의 얼굴이 금방 빨개졌다. 그때 김동호는 자신의 시선을 받은 상대는 '거짓말을 못 한다'는 사실을 깨닫는다. 심장 박동이 빨라진 김동호가 다시 물었다.

"너 제정신이냐?"

"무슨 말이야?"

"제정신으로 그런 대답을 했냐고."

"무슨 대답?"

"나하고 같이 있고 싶다는 대답."

"그럼 제정신으로 대답했지."

양 볼이 빨개진 오수정의 얼굴이 아름답게 느껴졌다. 하지만 절대적으로, 완벽한 미인은 아니다. 김동호가 천천히 머리를 끄덕였다.

"알았다."

"뭘 알아?"

"네가 날 좋아한다는 거."

"나, 참."

"사실 아니냐?"

"그건 맞아."

"근데 왜 얼굴이 그렇게 빨개지냐?"

"나도 모르겠어."

두 손으로 양 볼을 감싸 쥔 오수정이 울상을 지었다.

"입에서 말이 술술 나와."

"그럼 술술 나오지, 기어서 나오냐?"

"그러니까 창피하지."

"너, 오늘 나하고 잘래?"

"네가 원한다면 자도 돼."

다시 숨을 들이켰던 김동호가 시선을 돌렸을 때 오수정이 울상을 지었다.

"아유, 내가 정말 미쳤나 봐."

김동호는 이제 상황을 완전히 이해한다. 상대는 자신의 의도대로 움직일 뿐만이 아니라 그것을 표현까지 하는 것이다. 그리고 자신이 무엇을 하는지도 분명히 인식하고 있다. 최면에 걸려 자신이 무슨 짓을 하는지 모르는 것과는 다른 것이다. 이것은 완전한 개조고 변신이다.

김동호가 탁자 위에 돈 가방을 올려놓았다. 그러고는 가방 안에서 5만 원권 한 뭉치를 꺼내 오수정에게 내밀었다.

"이거 받아."

"응? 왜?"

놀란 오수정의 눈이 커졌다.

"너도 두 달 월급 못 받았잖아. 이거 갖고 써."

"내가 왜?"

"그냥 써. 집에도 갖다 드리고."

"싫어."

다시 빨개진 오수정이 머리까지 흔들었을 때 돈을 오수정 앞에 내려놓은 김동호가 자리에서 일어섰다.

"내 말대로 해. 그럼 내일 보자."

"어디 가?"

"갈 데가 있어."

몸을 돌린 김동호의 뒤에서 오수정은 더 이상 부르지 않았다. 아마 돈은 가방에 집어넣었겠지.

갈 데는 없다. 그래서 지나는 택시를 세운 김동호가 운전사에게 말했다.

"시청 앞으로 가 주세요."

시청이 서울의 중심이니까. 의자에 등을 붙인 김동호는 눈을 감았다. 이틀 동안의 일들이 뒤죽박죽이 되어서 떠올랐다가 차츰 진정되었다. 이것은 현실이다. 나는 신(神)의 능력을 얻었다. 아니, 지금까지 어떤 신(神)도 이런 능력을 발휘해 보지 못했을 것이다, 소설에서나 요즘 자주 상영되는 SF 영화에서 보았을 뿐이지.

김동호는 눈을 떴다. 나는 아직 내 능력이 어디까지인지도 모른다. 몇 가지만 알 뿐이다. 복권이 바라는 대로 나온다든지, 상대방 마음을 내가 바라는 방향으로 바꾸는 것 외에는 아직 모른다. 영화나 소설처럼 턱도 없는 짓거리는 말자. 그냥 이 세상에 살면서 좋은 세상을 만들자. 그렇지, 세상을 바꾸자.

그때 운전사가 백미러로 김동호를 보았다. 시선이 마주친 순간 운전사가 입을 열었다.

"맞습니다."

"예?"

김동호가 백미러에 대고 물었다.

"뭐가요?"

"방금 세상을 바꿔야 한다고 말씀하셨지 않습니까?"

"내가요?"

놀란 김동호가 숨을 들이켰다. 마음속 말이 나간단 말인가? 이건 문제 아냐? 그때 운전사가 말했다.

"예, 방금 손님께서 그렇게 말씀하셨지요."

60대쯤의 운전사는 검게 그을린 얼굴에 말랐다. 운전사가 말을 이었다.

"불공평한 세상입니다. 죽어라고 일하는 사람들은 계속 허덕이면서 살고 다른 사람 등이나 치고 사는 놈들은 대를 이어서 잘삽니다."

"맞아요."

김동호가 저도 모르게 동의했다. 그때 사내가 다시 백미러를 보았다.

"저는 30년째 택시 운전을 하면서 아들 하나, 딸 하나를 결혼시켰습니다. 근데 이제 좀 살 만한가 했더니 하느님은 또 시련을 주시네요."

"무슨 일인데요?"

"제가 암 선고를 받았습니다. 전혀 증상이 없어서 몰랐는데 어제 병원에서 종합 검진을 받았더니 간암 말기라네요."

운전사가 백미러로 다시 김동호를 보았다. 눈에 가득 눈물이 고여 있다.

"아직 마누라한테 말도 못 하고 이렇게 밖에서 일을 하고 있습니다. 정말 세상이 바뀌었으면 좋겠어요. 그래서 내가 꿈을 꾸고 있는 중이라면 좋겠습니다."

그때 김동호가 손을 뻗어 운전사의 어깨를 짚었다. 놀란 운전사가 머리를 들었을 때 김동호가 말했다.

"어때요? 지금 뜨거운 기운이 내 손바닥에서 아저씨 몸으로 전해지는 것이 느껴지세요?"

"아앗, 정말 그러네요."

놀란 운전사가 소리쳤다.

"뜨거운 기운이 온몸으로 퍼져 나가고 있습니다. 이게 뭡니까?"

"내가 세상을 바꾼다고 했지요?"

"네, 들었습니다."

"아저씨 몸부터 바꿉시다."

"아이구, 뜨거. 아이구, 시원해."

운전을 하면서 운전사가 비명처럼 소리쳤다.

"아이구, 선생님은 누구십니까?"

"세상을 바꾸려는 사람이오."

"아이구, 선생님."

"어때요? 시원하지요?"

"예, 기운이 펄펄 나는 것 같습니다."

"시청 앞까지 가는 동안에 간에 붙은 암 덩어리가 다 죽고 간이 다시 살아날 겁니다."

"아이구, 하느님."

"열심히 사세요."

"열심히 봉사하고 살겠습니다."

"시청 앞에서 바로 병원으로 가세요. 가서 다시 진단을 받아 보세요."

"그렇게 하겠습니다."

"어제 간 병원에 가시지 않는 것이 나아요. 기적이 일어났다고 펄펄 뛰다가 어제 찍은 시티가 잘못되었다고 난리가 날 테니까요."

"예, 선생님."

그때 택시가 시청 앞에서 멈춰 섰고 김동호는 택시 요금까지 내고 내렸다. 운전사가 안 받는다고 하는 것을 억지로 준 것이다.

운전사의 간암은 그가 소원했던 대로 꿈에서 일어났던 일처럼 흔적도 없이 사라졌을 것이다. 시청 앞에서 내린 김동호가 호텔 커피숍으로 들어섰다. 우선 정리를 할 필요가 있었기 때문이다.

운전사에게 자신의 의지가 전해진 것도 기억해 놓아야 한다. 그것을 억제시킬 필요도 있을 것 같다. 그리고 저도 모르게 운전사의 어깨에 손을 올려놓았을 때 뜨거운 기운이 뻗쳐 나가는 것을 느낄 수 있었다. 이것이 신통력인가? 운전사의 간암이 치유되었는지 확인을 해 봐야 되겠지만 확신이 일어났다. 치유되었을 것이다. 그렇다면 나는 그런 능력도 갖추고 있었는가?

그때 핸드폰이 울렸기 때문에 김동호가 생각에서 깨어났다. 발신자를 보았더니 조성일이다. 김동호는 핸드폰을 귀에 붙였다.

"여보세요."

"너 지금 어디 있어?"

대뜸 조성일이 물어서 김동호는 쓴웃음을 지었다.

"왜요?"

"진마트 건은 어떻게 되었어?"

조성일은 진마트에 확인도 하지 않은 모양이다. 확인을 할 염치도 없었겠지, 경리부에 연락을 하면 아예 대꾸도 해 주지 않을 테니까.

"그거 받아서 사장님한테 드렸는데."

"뭐?"

"사장님한테 드렸다고요."

"받아서?"

"예, 받아서."

"너, 정말이야?"

그때 김동호는 조성일의 말투가 거슬렸다.

46

"받아서 사장님한테 드렸다고? 언제?"

"한 시간쯤 전에."

"진 사장이 정말 줬어?"

"그럼 직접 물어보시든지."

"너 말투가 왜 그래?"

"내가 어때서?"

"아니, 이 자식 봐라."

성질이 난 조성일의 목소리가 더 높아졌다.

"너 거짓말 한 거면 회사 다 다닌 줄 알아. 진마트에서 클레임도 결정하지 않고 지급했을 리가 없어, 이 자식아."

"그런 상황인데도 나한테 돈 받으라고 보냈단 말이지?"

"아니, 이 자식이."

"넌 개새끼야."

마침내 김동호가 욕을 했다.

"너 같은 놈이 과장이라 회사가 엉망인 거야."

"너 이 새끼, 회사 그만둘 작정이군."

그때 김동호가 핸드폰을 귀에서 떼었다. 세상을 바꾸려면 이런 인간부터 교정해야 한다.

그럼 한동유통부터 바로잡아야 할 것인가? 내일 출근하면 사장은 약속한 대로 비서실로 발령을 내고 대리 진급을 시켜 줄 것인가? 아니면 아까는 너무 정신이 없어서 그냥 헛소리를 한 것일까?

나쁜 놈들이 판을 치는 세상이다. 김동호가 지금까지 겪은 바로는 착하고 바르게 사는 사람은 대개 약자였다. '성공하려면 독해야 된다'고까지 했다. 나는? 착한 놈이었다. 돈을 못 벌고 출세 못 해서 착한 놈이 아니라니까. 세상을 바꾸겠다. 그래서 '그'가 나타난 것이다.

"저기요."

옆에서 들리는 콧소리에 김동호가 고개를 돌렸다. 그 순간 저절로 숨이 들이켜졌다. 이게 웬일? 여자가 옆에 서서 이쪽을 바라보고 있다. 거리는 55센티미터. 시선이 이쪽으로 꽂혔고 입가에는 옅은 웃음까지 떠올라 있다.

"나요?"

물은 순간 김동호는 제 목소리가 여유롭다는 것을 깨달았다. 다른 때 같았으면 버벅거렸을 것이다. 왜냐? 기가 막힌 미녀였으니까. 걸그룹의 귀싸대기를 칠 정도의 미녀, 거기에다 성숙하고 이지적인 분위기를 보탠 여자다. 그런 여자가 자기를 불렀는데도 이렇게 여유 있는 태도로 반응하는 것 좀 봐라. 그때 여자가 조금 상기된 얼굴로 말했다.

"저, 핸드폰 좀 잠깐 빌려주시겠어요? 제 핸드폰 배터리가 나가서요."

여자가 허리까지 비틀면서 손에 쥔 핸드폰을 내밀었다.

"근처에 있는 엄마한테 여기로 오시라고만 하면 되거든요."

목소리도 섹시하고 몸에서 나는 향내까지 맡아졌다. 이때 핸드폰을 내주지 않는 사람은 간첩이나 불감증에 걸린 사람이 아닐까? 그때 김동호가 여자의 눈을 보았다. 검은 눈동자가 반짝이고 있다. 시선이 마주친 순간 여자가 조금 코맹맹이 소리로 말했다.

"그래요. 핸드폰 통화 상태가 되면 바로 저쪽 유료 채널을 연결시켜서 150만 원까지 요금을 부담시킬 수가 있죠."

그 순간 여자가 손바닥으로 제 입을 막더니 하얗게 굳어졌다.

"어머나, 내가 왜 이래?"

비명처럼 말한 여자가 김동호를 노려보며 말했다.

"제 뒤쪽에 서 있는 남자가 파트너예요. 감시를 맡고 있죠. 어머나."

옆을 지나던 종업원이 멈춰 서더니 여자를 보았다. 여자의 얼굴이 새빨갛게 달아올랐지만 기를 쓰고 말했다.

"그래요. 조직이 있어요. 보통 하루에 1개 팀이 20번에서 30번까지의 실적을 올려요. 평균 2천에서 3천만 원. 어머나."

그때 뒤쪽에서 사내 하나가 서둘러 다가오더니 김동호를 보았다. 이곳은 호텔 커피숍이다. 김동호와 여자가 마주 보고 선 곳으로 종업원 하나가 더 늘어났다. 손님들의 시선도 모였다. 그때 김동호의 시선을 받은 사내가 소리쳤다.

"그래! 난 핸드폰 사기단이다! 어쩔래!"

여자가 기운을 얻은 것처럼 따라서 외쳤다.

"그래! 어쩔 거야! 난 지금까지 1백 건도 더 실적 올렸어!"

김동호는 자신이 시선을 떼었는데도 둘이 법석을 떨고 있다는 사실을 깨닫고 있다. 이 능력의 유효기간은 언제까지인가? 머리를 돌린 김동호가 옆에 선 종업원에게 말했다.

"빨리 신고하세요. 둘이 전화 사기범이라고 자수를 하잖아요."

그 말을 들은 다른 종업원이 김동호에게 물었다.

"미친 거 아닐까요?"

그때 여자가 소리쳤다.

"우린 미친 거 아냐! 빨리 신고해!"

"저 봐요. 신고하라잖아요?"

김동호가 말했을 때 옆쪽 손님 하나가 핸드폰을 귀에 붙이는 것이 보였다. 커피숍 손님들이 다 쳐다보고 있어서 다른 손님도 신고했는지 모른다.

커피숍을 나온 김동호가 다시 능력을 정리했다. 일단 시선을 떼고 나서도 영향력이 지속되기는 한다. 그러나 언제까지 계속될지는 알 수가 없다. 마음 같아서는 머릿속을 싹 바꿨으면 좋겠지만, 이것만 해도 엄청난 능력 아닌가?

이제는 조금씩 머릿속에서 굳어지고 있는 의식이 있다. 그것은 인연은 우연히 얻어지는 것이 아니라는 의식이다. 복권이 당첨된 것도, 저 전화 사기꾼 여자를 만난 것도 모두 인연이 이어진 결과라는 것. 언젠가 그 인연의 시작을 하나씩 추적해 갈 수도 있을 것이다. 운전수의 몸에 뜨거운 기운이 뿜어져 나가는 것도 분명히 느꼈다. 운전수가 간암이 사라졌을 때 신(神)을 만났다고 하겠지.

자, 정리를 하자. 그리고 하나씩 실행하자. 서둘 것 없다. 김동호는 천천히 발을 떼었다.

밤 9시 반, 주방에서 어머니의 콧노래 소리가 들린다. 누군지 가수 이름은 모르겠지만 50대 아줌마들이 좋아하는 가수다. 노래도 귀에 익다. 어머니가 저렇게 콧노래를 하는 것을 처음 듣는다. 물론 옛날에는 자주 불렀겠지. 그런데 김동호는 처음이다.

갑자기 코가 매운 냄새를 맡은 느낌이 들면서 목구멍이 좁혀졌고 눈이 뜨거워졌다. 5백만 원 때문이 아니다. 그것은 두 번째 이유다. 첫 번째 이유는 '사랑' 아닐까? 표현이 거시기하다면 '가족애'라고 해 볼까? 그 가족애를 김동호가 보여 줬기 때문이다. 엄마에 대한 사랑, 가족에 대한 애정을 보여 줬기 때문에 저런 흘러간 콧노래가 나오는 것이다.

자, 김동호는 어머니의 콧노래를 들으면서 방바닥에 책상다리를 하고 앉았다. 이런 자세는 저기 회사 근처의 삼겹살집 방에 들어가서 앉을 때 외에는 별로 취하지 않았다. 다리를 세우고 두 손을 허벅지 위에 올린 다음 눈을 감았다. 그러고는 머릿속에서 생각을 정리하기 시작했다.

신(神)의 아들이 된 지 만 나흘이 지나고 있다. 그동안 '긁는 복권'을 수십 차례, 경마장 출입, 진마트 사건, 택시 운전사 치료, 아 참, 오수정 옷 벗기기. 또 있구나, 백기천이 똥 싸게 하기, 전화 사기단 자수시키기 등 많은 기적을 행했지만 두서도 없고 즉흥적이었다. 이러다가는 신의 능력을 낭비만 한다. 체계적으로 목표를 정해서 꾸준히 시행해야 된다. 그러려면 어떻게 해야 될 것인가?

"오빠, 자?"

밖에서 부르는 소리에 김동호가 눈을 떴다. 벽시계가 밤 11시를 가리키고 있다. 어느새 한 시간 반이 지나갔단 말인가? 김동호 일생에서 눈을 감고 한 시간 반 동안이나 상념에 잠겨 있었던 적도 처음이다.

"아니, 왜?"

김윤희는 어제부터 편의점 알바를 그만두고 편입 시험 준비를 한다. 꿈꾸던 영문학과로 들어가 셰익스피어를 공부한다는 것이다. 그때 방문이 열리더니 김윤희가 과일 접시를 들고 왔다.

"오빠, 과일 먹어."

"어?"

놀란 김동호가 접시와 김윤희를 번갈아 보았다. 이런 일도 처음이다. 기네스북에 올려야 한다. 김윤희가 시키지도 않았는데 과일을 깎아 오다니. 그때 김동호의 시선을 받은 김윤희의 얼굴이 빨개졌다.

"히히히."

어색해서 웃는 소리가 그렇게 나왔다.

"야, 너 왜 이래?"

김동호가 물었더니 김윤희는 얼굴 붉어진 것이 화가 나는지 눈을 흘겼다.

제풀에 성난 꼴이다.

"오빠도 마찬가지야. 비겼어."

"뭐?"

김윤희가 대답도 않고 몸을 돌리더니 문이 세게 닫혔다. 김동호는 숨을 들이켰다. 이것이 행복이다. 어머니처럼 저절로 콧노래가 나오려고 했기 때문에 숨까지 참은 김동호가 다시 눈을 감았다. 그러고는 지금까지의 상념을 순서대로 머릿속에서 정리했다.

1. 절대 티를 내지 않는다. 티를 내면 다 망친다.

2. 욕심 부리지 마라.

3. 도둑질하지 마라.

4. 네 눈에 보이는 것부터 처리해라. 일부러 싸돌아다니지 마라.

5. 한동유통은 그대로 다녀라. 거기서 차곡차곡 네 실력과 경력을 쌓아라.

6. 오수정을 건드리지 말 것. 젖꼭지 본 것으로 됐다, 도둑놈아. 추가, 오수정보다 나은 여자들 많다. 우물 안 개구리처럼 오수정으로 만족할래?

7. 신(神)의 능력에만 의존하지 말고 열심히 공부하고 운동할 것. 이상.

이것이 지금까지 상념한 결과다. '오늘의 맹세'가 되겠다.

다음 날 아침 정상적으로 출근한 김동호가 조성일과 마주쳤다. 자리에 앉고 1분쯤 후에 조성일이 우측 45도 지점의 자리에 앉은 것이다. 오전 8시 27분, 조성일의 눈이 이글이글 끓고 있다. 이를 악물어서 볼의 근육이 드러났다. 그때 조성일이 어깨를 부풀렸다가 내리면서 말했다.

"내가 물품 대금을 2천쯤 받아서 썼어."

그 순간 조성일이 눈을 치켜떴고 김동호 앞쪽의 오수정은 입을 떡 벌렸으며 조성일한테서 5미터쯤 떨어진 곳에 앉아 있던 백기천이 번쩍 턱을 치켜들었다. 다 들었다. 영업부에서 3.5미터쯤 떨어진 업무부에는 오늘 2명이 출근했는데 둘이 다 이쪽으로 머리를 돌릴 정도였다.

어쨌거나 제일 놀란 건 조성일이다. 제 입으로 소리치듯 말해 놓고 기절을 할 만큼 놀라서 '이게 어디서 나온 소린가?' 하는 듯이 주위를 둘러보기까지 했다. 그때 김동호가 물었다.

"아니, 어디서 받아 썼는데요?"

그 소리도 다 들렸다. 모두 숨을 죽인 채 조성일의 대답을 기다리고 있다. 김동호는 시선을 돌렸다. 조금 전 조성일은 '너, 어제 나한테 뭐라고 했지?'라고 소리치듯 물었던 것이다. 그런데 그 말을 김동호가 바꿔 버렸다. 그때 조성일의 머릿속 목소리가 울렸다.

"지금 무슨 말을 하는 거야?"

이렇게 시치미를 떼려는 것이다. 그러나 김동호가 말을 바꿨고 조성일의 목소리가 사무실을 울렸다.

"거부상회. 거기 미수금이 5천이 아니라 3천이야."

"아아!"

김동호의 감탄사가 이어서 울렸다.

"그런데 갑자기 왜 그런 말을 하십니까?"

"답답하니까 그렇지!"

"그런 말 회사에서 큰 소리로 하시면 좀 곤란하지 않습니까?"

"하소연할 사람이 없어!"

"그래서 지금 털어놓는 겁니까?"

"미치겠어."

"그래서 거부상회는 계속 맡고 계셨군요?"

"맞아."

그때 참지 못한 오수정이 소리쳤다.

"둘이 지금 뭔 말을 하는 거죠?"

"아, 정말."

그 순간 벌떡 자리에서 일어선 조성일이 서둘러 사무실을 나갔을 때 백기천이 걱정스러운 얼굴로 오수정을 보았다.

"팀장 머리가 좀 어떻게 된 거 아냐?"

백기천은 김동호하고 아직 말을 섞지 않는다. 기분이 상한 김동호가 헛기침을 했다. 헛기침 소리를 들은 백기천이 이쪽을 보았을 때 시선이 마주쳤다. 그때 백기천의 입에서 저절로 말이 나왔다.

"나도 서남 아웃렛에서 5백 정도 갖다 썼어."

"아니, 도대체 당신들 그 말 정말이야?"

이러면서 다가온 사내는 업무부 최 차장이다. 다 도망가고 업무부에 남아 있는 최고위 간부. 고지식해서 친구가 없지만 돈 계산 하나만은 철저한 인간이다.

"뭐? 조 팀장이 거부에서 2천, 당신은 서남에서 5백을 갖다 썼다고? 지금 그걸 자랑이라고 떠벌리는 거야?"

최 차장의 목소리가 사무실을 울렸을 때 사장 안택수가 들어섰다. 안택수는 최 차장의 끝말만 들은 것 같다.

"뭐? 누가 뭘 자랑해?"

다가온 안택수가 묻자 백기천의 얼굴이 누렇게 굳어졌다. 김동호는 눈을 감았다. 더러운 물에는 구더기가 번식한다. 또 깨우쳤다.

2장
첫사랑을 찾아서

사장실에서 떠들썩한 목소리가 계속 울리고 있다. 사장 안택수, 업무부 최관식 차장의 목소리다. 사장실로 들어간 백기천과 조성일의 목소리는 들리지 않는다. 먼저 최관식이 사장실에 들어가 보고를 했고 백기천이 바로 호출되었다. 그리고 사무실을 나갔던 조성일도 나중에 불려 들어간 것이다. 아마 사장실에서 거부상회, 서남아웃렛에 직접 확인을 한 것 같다. 그러니 당연히 발각될 수밖에. 나쁜 놈들은 지금 당하는 중이다. 이제는 안택수가 소리치고 있다.

"경찰에 신고할 거야! 이 도둑놈들아!"

자, 이제는 큰일 났다. 그때 오수정이 시선을 들고 김동호를 보았다.

"어쩌지?"

"뭘?"

사무실이지만 직원은 업무과 여직원 한 사람뿐이라 둘은 반말을 했다. 오수정이 눈을 흘겼다.

"경찰에 신고하면 영업부에는 우리 둘만 남잖아."

"그럼 어때?"

"우리 둘이 어떻게 일해?"

"왜 못 해?"

"업체가 1백 개도 넘는데."

"사원 채용하면 되지."

"망해 가는 회사에서 무슨. 우린 아직 두 달 치 월급도 못 받았어."

"주겠지."

"넌 계속 다닐 거야?"

"다녀야지. 사장이 대리 진급시켜 준다고도 했고."

"그 말 믿어?"

그때 사장실 문이 열리더니 조성일, 백기천이 나왔다. 둘 다 얼굴이 굳어져 있다. 조성일은 어깨를 부풀리면서 거친 숨을 뱉고 있다. 김동호와 오수정이 잠자코 앉아만 있었더니 서랍을 열면서 조성일이 말했다.

"나하고 백 대리는 오늘부로 사표 내기로 했어. 그러니까 당신들 둘이 잘 해 봐."

"그럼 거부상회, 서남아웃렛에서 갖다 쓴 돈은 어떻게 되지요?"

김동호가 또박또박 물었더니 조성일의 얼굴에 쓴웃음이 띠워졌다.

"우리가 각서, 차용증서, 시인서를 다 썼어. 우리 월급, 퇴직금에서 공제도 할 것이고."

"정말 서운해요."

오수정이 말했다.

"안녕히 가세요, 팀장님, 대리님."

그때 사장실에서 최관식이 나오더니 김동호와 오수정에게 말했다.

"거기 김동호 씨, 오수정 씨, 사장님이 부르셔."

사장실로 들어선 둘에게 안택수가 눈으로 앞쪽 자리를 가리켰다.

"거기 앉아."

안택수가 최관식에게도 말했다.

"최 차장도 거기 앉고."

셋이 자리에 앉았을 때 안택수가 헛기침부터 했다. 둥근 얼굴이 긴장으로 굳어져 있다.

"영업팀인 조 팀장까지 저렇게 되어서 재정비를 해야 되겠어."

안택수가 다시 헛기침을 했다.

"그래서 김동호 씨를 대리로 진급시키고 팀장을 맡겼으면 하는데. 오수정 씨, 괜찮겠지?"

김동호는 숨을 죽였다. 어제는 둘 다 진급시켜 준다고 하더니 하룻밤 사이에 마음이 바뀐 것이다. 하긴 어제 진마트에서 물품대를 받은 것은 김동호다. 오수정은 안택수가 흥분한 상태에서 덤으로 끼워 넣은 분위기다. 그때 오수정이 대답했다.

"네, 저는 괜찮아요."

"그럼 고맙고."

안택수가 한숨을 쉬고 나서 말을 이었다.

"우선 둘이 영업부를 꾸려가 봐, 회사가 안정만 되면 오수정 씨도 바로 진급을 시켜 줄 테니까."

그러더니 최관식에게 말했다.

"그럼 최 차장이 그렇게 발령을 내고 오늘 밀린 월급부터 지급합시다."

"예, 사장님."

"우리 한동유통이 이제 5명이 되었어."

안택수가 번들거리는 눈으로 김동호와 오수정을 번갈아 보았다.

"오늘 자로 영업팀 두 놈이 사기 친 돈을 갚는다는 각서, 시인서를 쓰고 나가는 바람에 회사에 5명이 남았네."

안택수의 얼굴이 일그러졌고 아무도 대꾸하지 않았다. 그렇다. 영업팀 2명, 업무부에 최관식과 지금 전화 당번으로 앉아 있는 미스 한, 그리고 사장까지 다섯이다. 그때 김동호가 말했다.

"다시 일어나야지요."

"기분 나쁘냐?"

사무실로 나온 김동호가 묻자 오수정이 머리를 저었다.

"아니, 기뻐."

"기뻐?"

"오늘 월급 준다잖아?"

"그렇군."

"난 어제 네가 준 5백, 엄마한테 줬어. 그랬더니 울더라."

오수정이 물기가 밴 눈으로 김동호를 보았다. 얼굴도 조금 상기되어 있다.

"어? 그래? 그럼 내가 또 울려 드릴게."

김동호가 말하자 오수정이 눈을 흘겼다. 그 순간 김동호의 가슴에 전류가 흐르는 느낌이 들었다. 다시 말하지만 오수정이 아주 미인은 아니다. 보통 수준이다. 그런데 지금은 가슴이 저리도록 아름답다.

호흡을 고른 김동호가 책상에 놓인 서류를 집어 들고 일어섰다. 업체별 물품 공급 명세서다.

"나 물품대 받으러 나갔다 올게."

큰 소리로 말했더니 마침 사장실에서 나오던 최관식이 들었다.

"김 대리, 어제 진마트에서 돈 받아 와서 우리가 한숨 돌렸어."

최관식이 웃음 띤 얼굴로 손까지 들어 주었다.

"수고해."

최관식한테서 이런 대접 받는 건 처음이다.

자제한다고 했지만 괜찮은 여자를 보면 자동적으로 눈이 돌아간다. 그러면 시선이 마주치지 않더라도 여자가 김동호를 쳐다보았고 그다음에는 웃든지 말을 하려고 입술을 달싹이든지 하는 것이다. 그때 김동호가 말을 걸면 대번에 작업이 성사되겠지만 휙 지나가 버리는 바람에 끝난다. 뒤를 돌아보지 않았어도 여자는 애타는 시선으로 김동호의 뒷모습을 쳐다보고 있을 것이다.

김동호는 아직 자가용이 없다. 그래서 가까운 곳은 걷거나 보통 버스나 지하철을 탔지만 지금은 달라졌다. 툭하면 택시. 택시 정류장에는 여자 둘이 기다리고 있었는데 김동호를 보더니 일제히 긴장했다. 시선을 돌린 김동호가 한숨을 쉬었다. 며칠 전만 해도 이렇게 괜찮은 여자를 보면 여자 측에서 하품을 하거나 외면했던 것이다. 하품? 그렇다. 재수 없는 남자의 시선이 귀찮을 때 여자가 하품으로 모욕을 주는 것이다. '난 관심 없으니까 그만 쳐다봐, 병신아'라는 표시다.

김동호는 그동안 수백 번도 넘게 여자들의 하품 대접을 받았다. 대놓고 입을 쩍 벌리고 하품을 하다니, 이것은 방귀를 뀌는 것보다 더 모욕이다. 김동호는 머리를 들었다. 그러고는 입을 쩍 벌리면서 하품을 했다. 괜찮은 여자 둘이 김동호의 벌린 입을 쳐다보고 있다.

삼환물류 강삼환 사장은 악질이다. 진마트의 진대철은 게임이 안 될 정도다. 그래도 삼환물류는 아웃렛을 12개나 운영하고 있는 데다 취급 품목이 다

양해서 한동유통은 월간 3억 가까운 식자재를 납품하는 중이다. 삼환물류의 사훈은 철저한 정품 거래, 납기 준수, 저렴한 가격, 최대의 서비스였는데 그것을 납품업체에도 적용했다. 적용해서 어기면 페널티를 받는데 그 페널티가 문제였다. 기준이 들쑥날쑥한 데다 강삼환의 주관이 작용되어 그야말로 재수 없으면 '당'하게 되는 것이다.

석 달 전, 한동유통은 식자재 8종을 납품했다가 2개가 품질 기준에 부적합 판정을 받았고 2개가 납기일에 3일이 늦었다. 그래서 강삼환한테서 무려 7천만 원의 페널티를 받고 납품대금 3억 2천이 보류되었다. 이것이 한동유통이 부도 직전까지 몰리게 된 원인이 되었던 것이다. 석 달 전의 물품이 페널티를 받은 상태라 그것부터 해결하지 않고는 납품 대금을 지불할 수 없다고 억지를 부리는 바람에 한동유통은 꼼짝 못 하고 당한 것이다. 진마트처럼 페널티를 물품 대금에서 까는 것도 아니다.

김동호가 삼환물류 사무실에 들어섰을 때는 오전 11시 40분. 50여 명의 직원이 근무하고 있는 사무실이 왠지 썰렁했다. 직원이 대여섯 명씩 모여서 수군대었고 책상에 앉아 있는 직원도 제대로 일을 않고 딴짓을 한다. 꼭 며칠 전의 한동유통 같다.

'젠장, 여기도 부도났나?'

속으로 투덜거린 김동호가 끝 쪽에 앉은 여직원에게 다가갔다. 그리고 눈인사. 그 순간 여직원에게 김동호의 기운이 전달되었다. 여직원이 숨을 들이켜더니 김동호를 보았다. 눈동자의 초점이 딱 잡혀 있다.

"사장님 딸이 납치되었는데 방금 납치범한테서 연락이 왔어요."

"납치?"

놀란 김동호가 안쪽 사장실을 보았다.

그때 여직원이 말을 이었다.

60

"경찰에 신고하면 죽이겠대요. 그래서 사장님이 신고도 못 하고 전화만 받고 있어요."

"납치범이 뭐라는데요?"

"현금 30억을 준비하라는 거죠. 그래서 사장님은 현금 준비하느라고 정신이 없어요."

"현금 30억이면 가방으로 대여섯 개는 될 텐데."

"그게 문제인가요? 지금 직원들은 돈 구하러 나갔어요."

"납치된 지 얼마나 되었어요?"

"두 시간쯤요. 전화 온 지가 두 시간쯤 되었으니까 그전에 납치되었겠죠."

그때 김동호의 뒷모습을 보았지만 입을 떼지는 않았다.

"어디 가?"

문 앞에 서 있는 사내는 김동호한테도 낯이 익은 검사부장이다. 까다롭기가 한도 끝도 없는 놈이어서 배추 잎사귀 하나가 노랗게 변색되었다고 5백 포기나 되는 배추를 반품시킨 놈. 사내가 눈을 부릅뜨고 김동호의 앞을 가로막았다.

"너 지금 여기가 어디라고?"

사장실 앞이다. 그때 직원 서너 명이 몰려왔다.

"이 자식 누구야? 한동유통 신입 아녀?"

총무부 사내 하나가 잇새로 말했다.

"뭐 하러 온 거야?"

"나가!"

"왜 이런 놈을 들여보냈지?"

중구난방 으르렁거렸지만 사장실 앞이라 목소리는 죽이고 있다. 모두 김동호에게 화풀이를 하는 분위기다. 김동호가 한숨을 쉬었다. 여기서는 자제하지 말아야 한다. 김동호의 시선이 그중 가장 선임인 검사부장에게로 옮겨졌다. 그때 검사부장이 커다랗게 머리를 끄덕였다.

"그렇지, 사장님이 자네한테 뭐 심부름시킨다고 하셨지. 내가 잊었어."

깜박 잊었다는 얼굴로 말한 사내가 사장실 문에 노크를 하더니 문을 열고 김동호한테 말했다.

"어서 들어가."

모두 멍한 얼굴이 되었을 때 김동호가 안으로 들어섰고 뒤에서 문이 닫혔다.

사장실 안에는 넷이 모여 있었다. 사장 강삼환은 소파에 앉아 있었는데 셔츠는 위쪽 단추가 3개나 풀어졌고 머리는 헝클어졌다. 강삼환은 들어선 김동호를 쳐다보지도 않았다. 나머지 셋은 김동호한테도 낯이 익은 전무 이경수, 경리부장 고동진, 하나는 처음 보는 얼굴이다. 그때 이경수가 김동호를 보더니 이맛살을 찌푸렸다.

"너 누구야? 가만."

머리를 기울이는 것이 기억이 안 나는 것 같다.

"나, 한동유통 김동호올시다."

김동호가 말하자 네 쌍의 시선이 일제히 모였다.

"한동유통?"

경리부장 고동진이 김동호를 보았다.

"그런데 왜?"

그렇게 물은 것은 김동호가 고동진에게는 '능력'을 주입시키지 않았기 때문이다. 그때는 강삼환도 머리를 들고 김동호를 보았다. 그때 김동호가 말했다.

"제가 도와드릴 수 있을 것 같아서요."

"어떻게?"

이경수가 짜증난 목소리로 물었을 때 김동호가 한 걸음 다가섰다.

"그놈한테서 연락이 오면 저를 바꿔 주십시오. 제가 처리하겠습니다."

"아니, 이 친구야."

기가 막힌 표정을 한 이경수가 와락 얼굴을 구겼다.

"자네, 지금 장난하나? 사람 목숨이 달려 있는데 뭘 어떻게 한다는 거야? 그리고 여긴 어떻게 들어왔어?"

그때 김동호가 한숨을 뱉었다.

"도와 드리려고 왔습니다."

다시 말을 이으려던 이경수가 입만 딱 벌리더니 숨만 쉬었기 때문에 강삼환까지 어리둥절했다. 김동호가 강삼환에게 물었다.

"언제 연락이 옵니까?"

"곧 온다고 했네."

강삼환이 손가락으로 머리를 쓸어 넘기면서 말을 이었다.

"이놈들이 여러 놈인 것 같아. 전화하는 놈, 잡고 있는 놈이 다른 모양이야."

김동호가 머리를 끄덕였다. 전화통화로 '능력'을 주입시킨 적은 없다. 눈앞의 상대를 직접 보면서 뜻대로 움직이게 할 수는 있었지만 이런 경우는 처음인 것이다. 김동호가 강삼환을 똑바로 보면서 말했다.

"저한테 맡겨 보시지요. 제가 따님을 구해내 보도록 하겠습니다."

강삼환의 표정에 미심쩍은 기색이 있었지만 절박한 상황이다. 그리고 김동호의 눈빛에 압도당하기도 했다. 그때 '뺑'하고 있던 이경수가 어깨를 늘어뜨리면서 다른 사내를 보았다.

"지점장님, 돈 준비는 되었지요?"

"현재까지 25억은 준비되었어요. 나머지 5억도 한 시간쯤 후에는 준비가 될 겁니다."

낯모르는 사내는 은행 지점장인 모양이다. 김동호는 소파 구석에 앉아 눈을 감았다.

"도대체 저 친구를 어떻게 믿는단 말입니까?"

고동진이 낮게 말하는 소리가 들렸다.

"글쎄, 난데없이 들어와서……."

이것은 이경수의 목소리.

"맡겨 보자고. 어쩐지 믿음이 가니까……."

강삼환이 말했을 때 전화벨이 울렸다. 모두 소스라쳤고 김동호가 눈을 떴다. 자리에서 일어선 김동호가 물었다.

"스피커 버튼이 있지요?"

"스, 스피커로 하려고?"

이경수가 놀라 말까지 더듬었을 때 강삼환이 머리를 끄덕였다.

"있네. 거기 파란색 버튼을 누르면 되네."

전화기로 다가간 김동호가 송수화기를 들면서 파란색 버튼을 눌렀다.

"여보세요?"

"거기 누구야?"

사내 목소리가 사장실을 울렸다. 그때 김동호가 부드럽게 말했다.

"눈을 감아."

둘러서 있던 네 사내가 일제히 숨 들이켜는 소리를 내었다. 그때 스피커에서 사내의 목소리가 울렸다.

64

"그래. 감았어."

다시 넷은 숨을 들이켰고 강삼환은 입을 딱 벌렸다. 이경수는 기침이 나오려고 해서 손바닥으로 입을 막고 몸을 비틀었다. 얼굴이 시뻘겋게 되어 있다. 그때 김동호가 물었다.

"너 지금 어디에다 납치해 놓았어?"

"수원 대성동이야."

사내가 고분고분 대답했다.

"대성동이 어디에 있지?"

"수원 교외야. 수원으로 편입된 지 얼마 안 되었어. 대성3동 선지사로 가는 길로 오면 길가에 오목리라고 민가가 대여섯 채 있는데, 그 끝 쪽 집이야. 찾기 쉬워."

"그렇구나. 넌 누구랑 같이 있어?"

"넷이야. 난 지금 대성3동 선지사 앞에서 전화를 하고 셋은 민가에서 유선이를 잡고 있지."

"유선이는 괜찮아?"

"처음에는 울고불고했는데 지금은 괜찮아. 조금 전에는 물도 먹었다는군."

"별일 없지?"

"별일이야 없지. 돈만 받으면 풀어줄 거야. 돈 못 받으면 그 뒤쪽 야산에다 묻어 버리고 갈 거야."

그때 강삼환이 짧게 숨을 들이켰다. 얼굴이 하얗게 굳어져 있다. 김동호를 바라보는 시선이 애절했다. 그때 김동호가 물었다.

"너, 이름이 뭐야?"

"나? 윤필수. 유선이가 자주 가던 레스토랑에서 알바를 했어. 그러다가 유선이를 찍은 거지. 걔가 부잣집 딸이라고 소문이 났거든."

"그럼 두 시간만 기다려줄래?"

"두 시간? 알았어."

"잠깐. 그 유선이가 잡혀 있는 민가가 오목리의 끝 집이야?"

"응. 그곳에는 사람 사는 집이 길가의 한 곳뿐이야. 거기 할아버지 혼자 살아서 작업하기 좋지."

"알았다. 두 시간 후에 연락하자."

전화기를 내려놓은 김동호가 강삼환을 보았다.

"경찰에 신고하실 겁니까?"

"우리가 가야지. 여기가 양재동이니까 가까워."

강삼환이 눈을 부릅뜨고 말했다.

"여기서 30분이면 갈 수 있어."

"직원을 모으지요."

이경수가 밖으로 뛰어나갈 자세를 하고 서둘렀다.

"그놈들 넷이라니까 우리는 스무 명쯤……."

김동호는 다시 눈을 감았다. 전화로도 통했다. 지금 강삼환 등은 강유선의 생사가 확인되고 잡혀 있는 위치까지 밝혀지는 바람에 김동호의 '초능력'에 대해서는 잊어버리고 있다. 잠시 후에 사장실의 넷이 김동호만을 남겨 두고 밖으로 달려 나간 것만 봐도 그렇다.

오후 4시 반. 회사로 돌아와 있던 김동호는 사무실로 들어서는 일단의 사내들을 보았다. 대여섯 명이나 된다.

"어?"

먼저 사내들을 알아본 업무부 최관식 차장이 서둘러 일어섰지만 사내들은 김동호에게로 다가왔다. 앞장선 사내가 바로 삼환물류의 강삼환 사장이다.

"김동호 씨."

두 손을 앞으로 내밀고 다가온 강삼환의 얼굴이 잔뜩 일그러져 있었다. 막 울음을 터뜨릴 것 같다. 김동호의 손을 두 손으로 움켜쥔 강삼환이 떨리는 목소리로 말했다.

"살았어. 집에 데려왔어. 고맙네."

"아유, 됐습니다."

강삼환이 중무장(?)한 직원들을 인솔하고 수원으로 달려가는 것을 보고 김동호는 회사로 돌아왔던 것이다. 그러고는 시치미를 뚝 떼고 일을 하고 있었기 때문에 오수정도 내막을 모른다. 그래서 지금 숨도 안 쉬고 이쪽을 보는 중이다.

"자, 사장실에 들어가지."

강삼환이 김동호의 손을 쥔 채로 사장실을 향해 발을 떼었고 같이 온 이경수, 고동진 등이 먼저 앞장을 섰다. 그때는 안택수도 바깥 소음을 듣고 긴장하고 있던 참이었다. 빚쟁이가 몰려온 것으로 알았을 것 같다. 놀란 안택수가 강삼환을 맞는 장면은 인상적이었다. 삼환물류는 한동유통의 빅바이어다. 시쳇말로 강삼환이 안택수한테 화장실에서 휴지 가져오라고 소리칠 수 있는 군번이다. 그 강삼환이 간부들을 다 몰고 왔으니 안택수는 제대로 인사도 못하고 있다.

"안 사장, 내가 인사하려고 왔어."

강삼환이 떠들썩한 목소리로 말하더니 털썩 소파에 앉았다.

"김동호 씨 덕분에 내가 살았어. 그래서 아예 회사로 찾아온 거야."

"예? 예, 무슨……."

"그건 차차 이야기하기로 하고, 우선 결산부터 하자고."

15분쯤 지났을 때 삼환물류 무리는 강삼환을 중심으로 사장실을 '우' 빠져 나왔다. 15분 동안 할 일을 다 끝낸 것이다. 우선 삼환물류는 밀린 결산을 클레임도 없이 싹 결제해 주고 갔다. 이번 달 결산 예정일이 15일이나 남아 있었는데도 이번 달분까지 무려 7억 2천5백만 원을 싹 지불하고 간 것이다. 7억 2천5백만 원짜리 수표를 본 안택수는 목이 메어서 말을 못 했다. 강삼환은 결제해 주는 이유를 '김동호 씨한테 은혜를 갚는 것'이라고만 말했기 때문에 안택수는 어리둥절한 상태에서 받았다.

사무실을 나온 강삼환이 손짓으로 김동호를 부르더니 옆쪽 회의실로 데리고 들어갔다. 강삼환 수행원들과 안택수, 최관식 등은 밖에서 들어오지 못하고 모여 서 있다. 그때 강삼환이 주머니에서 봉투 하나를 꺼내 김동호 주머니에 쑤셔 넣었다.

"야, 네가 무슨 재주로 그렇게 했는지는 내가 알 바 아니다. 하지만 그 봉투는 받아라."

주머니에 든 봉투는 묵직했다. 강삼환이 김동호의 어깨에 손을 얹고 낮은 목소리로 말했다.

"봉투에 1백만 원권 수표로 100장, 1억 넣었다. 써라."

"사장님, 저는."

"잔소리 말고. 그리고 말이야……."

강삼환의 목소리가 더 낮아졌다.

"내가 방에 있던 사람들한테 네 능력에 대한 이야기는 소문 내지 말라고 했어. 그러면 시끄러워질 테니까 말이야."

"감사합니다, 사장님."

"그리고 말인데."

강삼환이 은근한 시선으로 김동호를 보았다.

"우리 자주 만나자."

"예?"

"자주 만나서 네 능력 이야기를 해 보자는 말이다."

"아, 예."

"그리고 너 우리 회사로 오지 않을래? 오면 일단 과장 자리를 줄 테니까. 비서실 과장 어떠냐?"

"좀 생각을 해 봐야겠는데요."

"그래. 몇 달 있다가 부장으로 진급시켜 줄 테니까."

"생각해 보겠습니다."

"너를 만나서 얼마나 기쁜지 모른다."

강삼환이 한숨까지 쉬더니 눈물이 글썽해진 눈으로 김동호를 보았다.

"내 딸 구해 줘서 고맙다."

"어떻게 된 거야?"

강삼환 일행을 배웅하고 돌아온 안택수가 상기된 얼굴로 물었기 때문에 김동호가 얼버무렸다.

"뭐 좀, 조언을 해 드렸지요."

"무슨 조언?"

"그냥 집안일요."

"집안일?"

"예, 근데 그 조언이 잘 맞았나 봐요."

"도대체."

사장실 안이다. 안택수가 7억 2천5백짜리 수표를 들어 보더니 한숨을 쉬었다.

"이제 살았어."

"다행입니다."

최관식이 웃음 띤 얼굴로 안택수에게 말했다.

"일이 다 풀렸습니다, 사장님."

"모두 김 대리 덕분이야."

"그렇습니다. 김 대리가 이틀 만에 10억이 넘는 금액을……."

"회사 그만둔 놈들은 후회하게 될 거야."

"그렇습니다."

그때 김동호가 자리에서 일어섰다.

"그럼 저는 이만."

"응, 그래."

안택수는 아직 7억 2천5백짜리 수표를 받은 감동에서 덜 깨어났다.

회사에서 나왔을 때는 오후 6시 반이었다. 회사 앞에서 오수정은 집에 일이 있다면서 먼저 전철역 쪽으로 갔고 김동호는 혼자가 되었다. 좀 흐린 날씨. 가을이어서 서늘하고 눅눅하다. 이런 때 돼지갈비에 소주를 마시면 좋을 것이다. 그때 김동호의 머릿속에 떠오른 생각.

"지연이는 지금 뭘 하고 있을까?"

정지연, 김동호의 첫사랑이다. 아니, 짝사랑이라고 해야 맞다, 김동호 혼자서 '지랄'을 떨다가 말았으니까. 지랄을 떨었다고? 그 말은 정지연이 제 입으로 김동호 등에 대고 한 말이다. 그것으로 정지연과의 '짝사랑'은 무참하게 끝났지만, 첫사랑은 첫사랑이다. 좀 '너무한 년'을 만나서 엄청난 상처를 입었지만 첫사랑은 맞다.

김동호는 발을 떼었다. 갑자기 정지연이 떠오른 이유를 알고 있는 것이다.

그때와는 자신이 달라졌기 때문이다. 외모, 성품, 그리고 차림새까지 싹 달라졌다. 물론 '원형'은 그대로다. 자, 원형은 같지만 다른 김동호가 등장했을 때 정지연의 반응이 어떨까? '지랄 떤다'는 모욕적인 언사를 다시 뱉을 수 있을 것인가?

정지연, 24세. 김동호와 중고등학교 동창. 중학교 때부터 예뻐서 소문이 끊이지 않았던 '퀸카'다. 김동호는 무미건조, 있는 듯 없는 듯한 존재, 얼굴도 평범, 성적도 중간, 운동도 그저 그렇고 키만 멀대 같이 커서 본인은 그것이 어색해서 허리를 굽혀 구부정한 자세로 다녔다.

정지연과 고등학교까지 같이 다녔는데 6년 동안 고2 때 한 번 같은 반이 되었고 사건은 그때 일어났다. 김동호가 정지연을 좋아한다는 소문은 중3 때부터 퍼지긴 했다. 본인이 말은 안 했지만 옆에서 보면 티가 나는 법이니까. 그것을 정지연도 들었을 것이다. 그런 '놈'들이 한둘이 아니었기 때문에 정지연은 본인에게 해가 되지 않는 한 놔두었겠지. 그것이 군인들이 제복에 가득 붙인 부대 마크와 비슷했을 것 같다.

그런데 고2 겨울방학 직전의 어느 날, 정지연이 다른 곳에서 전학 온 놈하고 뜨거워졌다. 원체 잘생기고 공부도 잘하는 놈이었다. 그놈 이름이 뭐더라? 어쨌든 그놈하고 단짝이 되었던 정지연이 제 친구하고 같이 가다가 앞에서 걷는 김동호를 향해 말했던 것이다.

"아유, 지랄들 떨지 말라고 해."

목소리도 참 예뻤다. 그런데 그것은 제 친구가 물은 것에 대한 대답이었다.

"애, 동호도 너 좋아하잖아."

친구는 장난처럼 가볍게 말했는데 그 대답이 김동호에게는 비수가 되어서 날아왔다. 그렇게 김동호의 첫사랑, 아니 짝사랑은 부서졌다. 정지연과는 둘이 만난 적도 없다. 손끝이 스치지도 않았다.

　오후 7시 반, 정지연이 건물 현관을 나왔을 때 앞으로 다가오는 사내가 눈에 띄었다. 낯이 익다. 그래서 먼저 요즘 뜨고 있는 TV 탤런트들을 머릿속에 쭉 펼쳤지만 아닌 것 같다.

　사내가 5미터 거리로 다가왔는데 그쪽도 정지연에게 시선을 준 채 떼지 않는다. 정지연은 그런 사내의 시선에 익숙해 있었기 때문에 저절로 턱이 조금 올라갔고 시선이 옆으로 비껴졌다. 도도한 자세다. 거리가 3미터로 다가왔을 때 정지연의 심장 박동이 빨라졌다. 이런 경우는 아주 드물다. '첫눈에 당기는' 남자인 것이다.

　아득한 고교 시절에 두 번쯤, 그 후로 한 번쯤 있었던가? 그리고 나서 몇 년 만에 이런 충격이 찾아왔다. 그 순간 정지연이 '도도한' 자세를 버리고 시선을 돌려 사내를 보았다. 사내와 시선이 마주친 순간이다.

　"너, 정지연이 아니냐?"

　사내가 걸음을 멈추면서 물었다. 숨을 삼킨 정지연이 발을 멈추고는 사내를 보았다. 사내의 검은 눈동자 안으로 자신의 몸이 빨려 들어가는 것 같다.

　"누구……세요?"

　"나 김동호다, 네 동창."

　"김동호?"

　정지연은 심장이 털썩 내려앉는 느낌을 받았다. 놀란 것이다.

　"아아!"

　"왜 그렇게 놀라는 거냐?"

　김동호가 머리를 기울이며 물었다.

　"아, 아냐. 너무…… 내가……."

"너, 회사가 여기야?"

"응."

"그렇구나."

머리를 끄덕인 김동호가 '씩' 웃었다.

"난 이 빌딩 6층에 있는 누구 만나러 왔는데 너 만났으니 됐네."

눈만 껌벅이는 정지연에게 김동호가 물었다.

"어때? 별일 없으면 나하고 저녁 같이 할래?"

이곳은 정지연 회사 근처의 일식당, 비싼 곳이어서 2년 반 동안 식당 앞만 수백 번 왔다 갔다 했지 들어가 보지 못한 식당이다. 김동호는 그곳 방으로 정지연을 안내했다. 1인분에 20만 원짜리 회 정식에다 10만 원짜리 정종까지 시킨 김동호가 시선을 주었을 때 정지연은 이미 순종적인 자세가 갖춰져 있었다. 제압당했다고 표현해도 맞다. 아니, 처음 만난 순간부터 '뿅' 갔다고 해도 되겠다.

김동호가 웃음 띤 얼굴로 시선을 주었을 때 정지연은 정신을 수습하고 물었다.

"너 지금 뭐 해?"

김동호는 전혀 관심 밖의 인물이어서 그동안 잊고 지냈던 것이다. 가끔 동창들하고 연락을 했지만 김동호란 이름은 한 번도 거론한 적이 없다. 그때 김동호가 대답했다.

"아, 그동안 일본에 있었어."

갑자기 그렇게 말이 나온 것은 일식당 안이어서 그런가 보다. 정지연이 물어보면 그냥 있는 그대로 대답할 작정이었던 것이다. 그런데 일단 한 번 그렇게 말을 뱉고 나자 술술 거짓말이 이어졌다.

"제대하고 바로 갔으니까 한 1년 반 되었나?"

한동유통에서 빌빌대던 시간이다. 정지연이 경청했고 김동호가 말을 잇는다.

"일본에 큰외삼촌이 계셨는데 돌아가시기 전에 날 불러서 말이야."

김동호의 얼굴에 쓴웃음이 번졌다.

"외삼촌이 자식이 없으셨거든. 그래서 졸지에 내가 양자로 간 것이지."

"어머, 그래?"

"그래. 외삼촌이 돌아가시고 나서 정신이 없었어."

"왜?"

"외삼촌 사업체를 물려받아야 했거든. 어이구, 내가 밤잠 못 자고 일 년 반은 고생했다. 그러다 며칠 전에 겨우 귀국한 거야."

"무슨 고생을 했는데?"

"사업체가 하나둘이어야지."

"어떤 사업체인데?"

"호텔이 두 개, 백화점이 다섯 개, 자동차 부품 공장이 세 개, 유람선이 여섯 척이야. 금융 회사가 17개나 되고."

"……."

"난 한국에 며칠 있다가 다시 일본에 가. 이번에 온 건 좀 쉬려고 온 거야."

그때 방문이 열리더니 요리 접시를 든 종업원들과 주인인 주방장이 들어섰다. 비싼 요리를 먹는 손님에게 인사를 드리려는 것이다. 주방장이 서툰 한국어로 인사를 했을 때 김동호가 일본어로 말했다.

"참치 회 싱싱한 것 없어요? 현관 옆쪽에 일본에서 공수된 참치가 있다고 하던데."

"하이."

일본어에 감동한 주방장이 반색을 하며 일본어로 대답했다.

"아가미 살, 뱃살, 겨드랑이 살이 있습니다, 사장님. 특별 메뉴로 드릴까요?"

"그렇게 해 주세요."

"예, 사장님."

주방장이 허리를 기역자로 꺾어서 절을 하고 방을 나갔을 때 정지연이 반짝이는 눈으로 김동호를 보았다.

"뭐라고 했어?"

"음, 참치 특별 메뉴를 가져오라고 했어. 괜찮지?"

"응, 비싸겠지?"

"글쎄."

쓴웃음만 지은 김동호는 심장이 무거워진 느낌을 받았다. 지금에야 그 새끼의 이름이 떠올랐기 때문이다. 진문식이다. 고2 때 전학을 와서 정지연을 '뽕' 가게 만들었던 놈. 바로 그놈을 쳐다보던 정지연의 눈빛이 지금 나타난 것이다. 그 눈빛으로 나를 쳐다보고 있다.

술잔을 든 정지연이 반짝이는 눈으로 김동호를 보았다.

"해인수산이라는 회사가 있어. 그물 만드는 회산데."

한숨을 쉰 정지연이 말을 이었다.

"거기 회장 아들하고 사귀다가 지난달에 헤어졌어."

참치 특별 메뉴는 맛이 있었다. 김동호는 참치를 먹고 정지연은 제 과거를 술술 털어놓는다.

"그래. 회사 회장 아들이라 만난 거지. 나라고 별거 있어? 다 똑같지. 손에 물 안 묻히고 돈 걱정 안 하고 살고 싶은 거지. 그런데 나 같은 여자가 많은가 봐. 나보다 더 괜찮은 년이 있는가 봐. 그 자식이 다른 년한테 간 걸 보면 말이야."

"그런가 보다."

"그놈 만나기 전에는 우리 회사 전무하고 만났지. 자식이 고등학생인 유부남이지만 내 출세를 위해서 10번쯤 호텔방에 갔어. 그러다가 그놈이 다른 회사로 옮겨 가는 바람에 요즘은 새 후원자를 찾는 중이야."

물론 지금 정지연은 김동호의 눈빛에 '홀려서' 털어놓는 중이다. 김동호가 제 능력을 쓴 것이다. 정지연은 참치를 집어 먹었는데 맛을 느낀 것 같지 않다. '홀린' 상태에서는 '미각'이 둔해지는가?

"새로 온 전무가 날 가끔 부르는데 좀 소극적인 것 같아. 생각은 굴뚝같지만 내 반응을 겁내는 것 같아서 내가 유혹해 보려고 해. 그래야 일하기 편하거든."

정지연은 지금 대기업 계열사인 상사의 수입 부서에서 근무한다. 이류 대학을 나와 2년 반 경력으로 내년에는 대리로 승급하려는 것이다. 김동호의 눈빛을 받은 정지연이 말을 이었다.

"내 남자에 대한 판단 기준은 첫째, 돈이 많냐 적으냐. 둘째는 출세 가능성이 있느냐 없느냐. 셋째가 집안 환경. 넷째가 신체 건강, 용모야."

"그렇구나."

"난 내 용모와 몸매, 그리고 나에게 갖춰진 조건을 최대한으로 이용해서 내 목표를 달성할 거야."

"돈 많은 남자 잡는 거 말이야?"

"응, 당연하지."

"그, 남녀 간의 사랑이나 그런 거는 조건에도 안 들어가?"

"그건 말장난이야, 소설가나 시인들이나 써먹는 단어라고. 원고지를 메우기 위해서, 또는 분위기를 띄우려고 말이야."

"말이 되네."

"그건 다 포함되어 있어. 말이나 글로 표현할 필요가 없다고."

"아하."

"돈 많은 사람하고는 사랑 못 하나? 출세한 사람은 사랑 못 해?"

"그렇지."

"나, 너한테 관심이 가."

불쑥 정지연이 그렇게 말했기 때문에 김동호가 질색을 했다.

"응? 나한테?"

"그래. 너 재산이 얼마나 돼?"

그 순간 김동호는 자신이 낚시꾼의 목표가 된 붕어 신세가 되어 있다는 것을 깨달았다. 그러나 아직 '능력'을 회수하지는 않았다. 그래서 착실하게 붕어가 대답했다.

"달러로 계산하면 한 2백억 달러는 될 거야."

"응? 이, 이백억 달러? 그럼 한화로 얼마나 되지?"

"22조쯤 되나? 그쯤 부자는 많아."

"22조면……."

"글쎄, 10억짜리 아파트 2만 2천 채는 살 수 있겠군."

김동호가 시큰둥한 표정으로 말을 이었다.

"5억짜리 아파트는 4만 4천 채, 1억짜리 자동차는 22만 대. 뭐, 별거 아냐."

그냥 헤어졌다. 김동호는 잘 만났다는 생각을 했다. 첫사랑이긴 하지만 떠올리면 가슴이 뛰고 그립거나 슬픈 추억이 아니었지 않은가? 아문 상처를 보는 것 같은 그런 느낌. 그때의 모욕, 부끄러움, 또는 좌절감을 씻어 내려는 의

도로 정지연을 만난 것 같다.

헤어질 때 정지연이 제 명함을 주면서 전화하라고 했다. 김동호가 제 명함을 주지 않았더니 당황한 정지연의 얼굴이 빨개졌다.

"내가 일본에 돌아가면 곧 연락할게. 내가 명함을 갖고 다니지 않아서 말이야."

그렇게 변명하면서 정지연과의 첫사랑은 이것으로 마무리가 되었다는 생각을 했다. 비긴 것인가? 좀 유치하다는 느낌도 들었지만 사람은 다 제 분수가 있는 법이다. 입맛도 다르고 머릿속도 다르다. 똑같은 기준으로 평가하면 안 된다. 제 분수에 맞게 만족하면 되는 것이다.

정지연과 헤어져 시청 근처의 택시 정류장으로 다가간 김동호가 기다리는 사람들 뒤에 섰다. 그때 앞쪽에 선 여자가 머리를 돌려 김동호를 보았다. 시선이 마주친 순간 김동호가 숨을 멈췄다. 다른 때 같다면 여자의 눈이 빨려 들어오는 느낌을 받았을 것이다. 그러고 나면 김동호가 머릿속으로 바라는 대로 상대를 조종할 수가 있다. 상대는 무의식 상태에서 바라는 대로 움직이는 것이다. 물론 다 그렇게 만들지는 않는다. 김동호가 바랄 때만 그렇게 된다.

그런데 이 여자는 아니다. 마치 눈 안에 철판을 깐 것 같다. 그때 여자가 흰이를 드러내고 웃었다. 20대, 긴 머리, 갸름한 얼굴, 날씬한 몸매. 정지연보다 3배 반쯤 매력적인 용모다. 그때 여자가 물었다.

"우리 차 한 잔 할까요?"

맑고 밝은 목소리. 김동호는 저도 모르게 머리만 끄덕였다. 이게 사람인가?

커피숍 안, 오후 10시 반. 나이트클럽 위층 커피숍이어서 손님이 가득 차 있다. 모두 김동호 또래의 남녀다. 둘이 마주 보고 앉았을 때 김동호가 먼저 물었다.

"너, 사람 아니지?"

"응. 너도 귀신이지?"

김동호가 웃음을 띠고 있는 여자를 보았다. 심장 박동이 빨라졌지만 여자는 눈치를 챈 것 같지는 않다. 그런데 여자 대답 좀 봐라. '너도 귀신이지?'란다. 너도라니, 자기가 귀신이라고 김동호까지 귀신인 줄 아는가 보다. 김동호는 턱을 조금 치켜들었다. 내가 지금 귀신을 만난 것 같다.

"그래. 넌 어디서 왔어?"

"난 A-4 구역에서. 넌?"

"응, 난 C-5 구역인데……"

엉겁결에 비슷한 구조로 대답했더니 여자가 머리를 기울였다. 보기 좋은 귓불에 달린 귀걸이가 십자가다. 세상에, 오멘에서는 악령들이 십자가만 보면 난리가 나던데. 그때 여자가 말했다.

"요즘 너무 많이 쏟아져서 알 수가 있어야지. C-5 구역도 있나?"

"아, 그럼. 내가 알기로는 C-10 구역에서 온 놈들도 있던데."

"거기 리더가 누구야?"

"넌 말해도 모를 거야, 조성일이라고."

재수 없는 팀장 이름을 말해 버렸다. 그러고는 선수를 쳐야겠다는 생각이 얼른 먼저 들었다.

"네 리더는 누구야?"

"ACC-27"

"뭐?"

"ACC-27이라고."

"그렇군."

머리를 끄덕인 김동호가 지그시 A-4 구역에서 왔다는 여자를 보았다.

"넌 지금 뭐 하고 있는데?"

"애를 데리고 가려고 하잖아."

"누구?"

놀란 김동호가 되물었을 때 여자가 손가락으로 제 얼굴을 가리키며 웃었다.

"애 말이야, 애."

"아."

김동호가 따라 웃었지만 얼굴이 일그러졌다. 그때서야 깨달은 것이다. 귀신은 지금 이 여자의 몸 안에 들어가 있는 것이다. 그리고 곧 이 여자를 데리고 가려는 것이다. 여자가 말을 이었다.

"얜 오늘 밤 안에 교통사고로 가야 돼.

"아."

"너도 걔 데리고 가려는 거야?"

"아니, 이따가."

"네 구역에서는 몇 명이나 여기 왔어?"

"몰라. 갑자기 파견되어서."

"우린 2백 명쯤 왔어."

"그건 그렇고."

김동호가 지그시 여자를 보았다.

"네가 차지한 이년 이름이 뭐래?"

"유정미야. 25살, 대학원생인데 오늘 데리고 가야 돼."

"네 구역에선 그렇게 날을 딱딱 정해 주냐?"

"그럼. 당연하지."

여자가 눈을 둥그렇게 떴는데 가슴이 저리도록 아름답다. 저런 여자가 오늘 밤 교통사고로 죽다니. 김동호가 어이없다는 웃음을 지었다.

"네 구역은 좀 그렇다."

"우리 구역이 어때서?"

"그렇게 데려가는 날을 정해 주는 게 말이야."

"그게 왜?"

"우리 구역은 좀 놔둬. 며칠이건 몇 달이건 머물고 있다가 데려가."

"그래?"

"넌 그년 몸에 들어가 있으니까 어때?"

"글쎄, 얼른 데려가고 싶은 생각밖에 안 해서."

여자가 머리를 기울였을 때 김동호가 말했다.

"난 곧 내 구역의 리더가 될 거야."

"어머나."

여자가 존경스러운 표정으로 김동호를 보았다.

"그럼 능력이 많겠네."

"아, 그거야."

김동호가 눈썹을 모으고 여자를 보았다.

"네 리더 능력은 어느 정도야?"

실은 여자의 능력부터 알고 싶었다. 그때 여자가 말했다, 귀신이지만.

"한꺼번에 여섯 명을 데리고 가는 걸 봤어, 한 장소에서."

"그렇군. 난 12명을 데려갔어, 은밀히."

"어머나!"

여자가 눈을 둥그렇게 떴다.

"대단해."

"뭐, 우리 일이야 그렇지. 근데 너, 나하고 여기서 며칠 놀지 않을래?"

"뭐 하고?"

"뭐 하긴? 그냥 연애하고 노는 거지."

"연애?"

여자가 빙그레 웃자 흰 이가 드러났고 눈이 반짝였다.

"별일 다 봤네."

"너, 연애 안 해 봤어?"

"누구? 나?"

"그럼 너지 누구냐?"

"유정미 말이야? 아니면 나 말이야?"

"네가 지금 유정미잖아?"

"참. 네가 들어간 그놈 이름은 뭐야?"

"김동호. 얘 스물넷이야."

"그렇구나."

귀신의 눈동자가 흔들렸다. 유정미의 눈동자가 흔들렸다고 해야 맞다. 김동호의 심장 박동이 빨라졌다.

"너, 오감(五感)을 다 느끼지?"

"그걸 말이라고 해? 내가 얘가 되어 있는데?"

"그럼, 너 날 보면 몸이 근질근질하지 않냐?"

"왜? 벌레가 기어가?"

그렇게 물었던 유정미의 얼굴이 빨개졌다. 시선을 내린 유정미가 혼잣소리처럼 말했다.

"참, 내. 귀신끼리 별 이야기 다 하네."

"귀신이니까 이런 이야기를 하지."

82

"아유, 내가 왜 이러지?"

두 손으로 볼을 감싸 쥔 유정미가 번들거리는 눈으로 김동호를 보았다.

"심장 박동이 빨라졌어. 몸도 더워졌고."

"너, 섹스 경험이 있지?"

"그걸 말이라고 해? 내 나이가 몇인데. 스물넷이야."

어느새 유정미는 귀신과 일체가 되어서 말하고 있다. 그때 김동호가 손을 뻗어 유정미의 손을 잡았다.

"어머나!"

놀란 유정미가 손을 빼내려고 했다가 힘을 풀었다. 얼굴이 더 빨개져 있다.

"왜 그래?"

"네 손이 따뜻하구나."

"그럼 데려가지도 않았는데 벌써 차?"

"너, 언제 들어갔나?"

"애한테?"

손가락으로 제 얼굴을 가리켜 보인 유정미가 얼굴이 빨개진 채 대답했다.

"한 시간쯤 전에."

"A-4 구역에서 한 시간쯤 전에 온 거야?"

"응."

"너, 이 세상에 몇 번째 왔는데?"

"이곳에는 첫 번째야."

"몇 번째 일이야?"

"셀 수도 없어."

"왔다가 몇 시간 안에 가는 거야?"

"응."

"A-4 구역은 어떠냐? 지내기가 말이야."

"어떻긴. 검은 공간뿐이지."

"우리하고 비슷하구나."

"다 똑같지 뭐, 귀신 세상은."

"그럼 나하고 여기서 놀자, 며칠간만."

"또."

유정미가 눈을 흘겼는데 요염했다. 입 안의 침을 삼킨 김동호가 유정미의 손을 두 손으로 감싸 쥐었다. 아직도 유정미의 눈은 끌어들일 수가 없다. 그 것이 오히려 김동호의 감동을 배가시켰다. 정상인 김동호가 유정미를 상대하는 느낌이 든 것이다. 사실은 신의 능력을 가진 김동호가 귀신이 들어간 유정미를 상대하는 것이니 이런 극과 극은 통한다고 봐야 할 것인가? 김동호가 유정미의 손을 감싸 쥔 채 말했다.

"느껴 봐."

"뭘?"

"이 감정을."

"어떤 감정?"

"날 보면서 뜨거워진 네 몸. 어때? 흥분되지?"

"그래."

유정미가 머리를 끄덕였다. 상기된 얼굴에 반짝이는 두 눈, 반쯤 벌린 입에서 레몬 향기가 맡아졌다.

"흥분돼. 내가 왜 이러는지 모르겠어."

"유정미가 되어서 느끼는 거야, 넌."

"그래."

"그 느낌을 조금 더 길게 연장하는 거야, 나하고."

"리더한테 신고해야 되는데. 일 끝나면 말이야."

"네 구역에서는 어떻게 보고하는데?"

"일 끝내고 허공에 떠올라서 소리치면 리더가 와."

"그럼 일 끝날 때까지 기다리라지 뭐."

"괜찮을까?"

"나한테 맡겨."

"정말?"

"그래."

"그럼 우리 오늘 같이 자는 거야?"

"자고 싶어?"

"응. 지금 당장."

이제는 유정미가 김동호의 손을 두 손으로 감싸 쥐었다. 그러자 탁자 위에 두 쌍의 손이 엉켜 있는 모양이 되었다. 그때 옆을 지나던 사내 둘이 짧게 휘파람을 불고 탄성을 뱉었다. 술에 취해서 옷도 흐트러졌고 비틀거리고 있다. 놀란 유정미가 손을 빼려고 했을 때 김동호가 말했다.

"가만있어 봐."

그러고는 사내 둘의 시선을 차례로 잡고는 속으로 말했다.

"두 손을 번쩍 들어."

사내들이 갑자기 두 손을 번쩍 들고 그 자리에 섰다. 김동호가 다시 마음으로 말을 했다.

"잘못했습니다, 하고 빌어라."

사내들이 일제히 말했다.

"잘못했습니다."

놀란 유정미가 김동호를 보았다.

85

"자기 능력이야?"

감동한 유정미의 목소리가 떨렸다.

"우리는 들어간 인간만 조종할 수 있어."

유정미가 한숨을 쉬었다.

"자기는 다른 인간들도 움직일 수 있구나."

"넌 다른 능력은 없어?"

그동안에 사내들이 사라졌고 유정미가 대답했다.

"뭐 데리러 왔다가 데리고 나가면 그만이지. 이렇게 귀신끼리 만나는 것도 갈 때 잠깐 만나니까 이야기도 별로 안 해."

"우리 구역에서는 데리러 갔다가 그냥 눌러 사는 놈도 있어."

"어머나!"

놀란 유정미가 눈을 크게 떴다.

"그 귀신 미쳤나 봐."

"나도 지금 1년째야. 이렇게 애 몸속에 들어가서 살고 있지."

"어머나!"

"귀신 세상도 여유가 있어야지. 검은 공간에서 떠돌다가 이렇게 건너오자마자 후딱후딱 나가냐, 그래?"

"그래서 넌 이렇게 날 잡고 노는 거야?"

"놀긴? 네가 먼저 차 한 잔 하자고 불렀잖아?"

"그땐 유정미, 얘가 먼저 나갔어. 내가 자리 잡기 전에 얘가 널 불렀다고."

"지금은 일체가 된 거냐?"

"응."

그러면서 유정미가 손목시계를 보았다. 무의식적인 행동이다. 그때 한 모

86

금 커피를 마신 김동호가 유정미를 보았다.

"너, A-4 구역은 어디서 어디까지야?"

"종로하고 마포, 신촌까지야."

"여의도는 안 들어가?"

"왜?"

"거기 욕하는 사람들이 많아서."

"욕한다고 데려가나?"

"그럼 넌 시청 앞에서 유정미한테 들어간 것이구나."

"그래. 유정미가 A-4 구역을 벗어나기 전에 데려가야 돼."

그때 김동호는 자신이 말한 C-5 구역을 분주히 생각했다. 유정미가 물었을 때 버벅대면 안 된다. 그렇지, 경기도 일산 지역으로 하자. 난 일산 지역 저승사자다.

그때 유정미가 물었다.

"C-5 구역이 어디야?"

"경기도 일산."

"아."

"가끔 지역이 바뀔 때도 있어."

"아."

"우리는 서로 횡적 교류가 없으니까 좀 그렇다."

"이곳으로 오기 전에 주의 사항만 간단히 들을 뿐이야."

유정미가 공감한다는 표정을 짓고 말했다.

"내일 오후에 A-7 지역에서 한꺼번에 데려가나 봐. 그래서 우리 리더가 짜증이 났어."

"웬 짜증?"

"많이 데려가면 그만큼 많은 귀신을 부릴 수가 있거든."

"운수소관 아냐? 리더가 딱딱 집어서 데려가는 것도 아니잖아? 갈 때 된 인간들한테 보내는 것 아니냐고."

"아냐, 신(神)이 있어."

"신(神)?"

가슴이 뜨끔해진 김동호가 유정미를 보았다. 유정미의 맑고 검은 눈동자가 반짝이고 있다. 유정미가 대답했다.

"그래. 신(神)."

"귀신이 신 이야기를 하네."

"그럼. 우리도 신이 만들어 주셨는데."

김동호의 머릿속에 문득 북한산에서 만난 '아저씨'가 떠올랐다. 신(神)이다. 그러나 그 얼굴은 임시로 둘러쓴 '탈'일 것이다, 지금 눈앞의 유정미처럼. 유정미가 말을 이었다.

"우리는 신의 심부름꾼이야, 안 그래?"

"그렇지."

머리를 끄덕인 김동호가 유정미를 보았다.

"그런데 내일 어디서 데려간다는 거야? 그거 어디서 들었는데?"

"리더가 그랬어. A-7 지역이 김포공항이거든."

심장이 덜컥 내려앉은 김동호가 심호흡을 하고 나서 유정미를 보았다.

"몇 시 비행긴데?"

"6시 반인가? 도쿄 가는 비행기."

"김포에서 데려가면 공항에서 사고가 나는 것이군."

"그렇겠지."

"귀신 136명이 모이겠네."

"단체 여행이지. 귀신들한테는."

눈을 가늘게 뜬 유정미가 비행기 탔을 때를 떠올리는 것 같더니 말했다.

"재밌겠다."

"그딴 게 무슨 재미가 있다고?"

"넌 그런 경험 있어?"

"내가 우주선 제우스 13호가 폭발했을 때 암스트롱을 데려간 사람이야."

"와, 재밌었겠다."

"똑같지 뭐."

"우리 자러 안 가?"

유정미가 다시 손목시계를 보는 시늉을 했기 때문에 김동호가 자리에서 일어섰다.

뭐, 똑같지. 신의 아들 김동호화 귀신 유정미가 자는 것이 아니라 인간 김동호와 유정미가 더운 살을 부딪치면서 가쁜 숨을 뱉은 것이나 같다. 그러나 유정미는, 아니 유정미 속에 들어간 귀신은 감동했다. 아침에 김동호와 헤어질 때 언제 만날 것이냐고 물어서 사흘 후에 연락하자고 했더니 그런다고 했다. 유정미는 본래 어젯밤 택시 사고로 떠날 뻔했는데 최소한 사흘 후로 생명이 연장된 셈이 될 것이다.

"김 대리님 오셨어요?"

회사에 출근했더니 업무부 미스 한이 웃지도 않고 김 대리님이라고 불러줬기 때문에 김동호는 감동했다.

"응, 미스 한. 일찍 왔네."

"커피 드릴까요?"

"그럼 고맙고."

호텔에서 일찍 나온 바람에 오전 8시도 안 되었다. 그래서 사무실에는 그들 둘뿐이다. 미스 한이 김동호 앞에 인스턴트커피가 든 잔을 놓더니 주춤거리면서 물었다. 얼굴이 조금 상기되었다.

"오늘도 수금하러 나가실 건가요?"

"근데, 왜?"

"미진상회가 아주 속을 썩여서요."

"아, 미진상회."

김동호가 머리를 끄덕였다. 신촌에 위치한 작은 아웃렛인데 위치가 좋아서 장사가 잘되는 곳이다. 한동유통과는 월간 1천만 원 정도의 식자재를 가져가는데 약속을 안 지키는 업체로 소문이 났다. 입금을 한 달 이상 늦추는 것은 예사고 갖은 핑계를 대고 클레임을 먹여서 담당이 학질을 떼게 만들었다.

하긴 그곳 담당이었던 백기천은 회사를 그만두었기 때문에 수금할 사람은 김동호뿐이다. 미스 한이 반짝이는 눈으로 김동호를 보았다.

"미진상회가 넉 달 전부터 입금을 안 해서 3천2백만 원이 밀렸어요."

"알았어."

김동호가 커피 잔을 들고 자리에서 일어섰다.

"내가 오늘 그곳 수금하고 올게."

"지금 가시게요?"

"응. 오수정 씨 나오면 그렇게 말하고 최 차장님한테도 그렇게 전해."

"네, 대리님."

대리님 호칭을 등 뒤로 들으면서 김동호가 사무실을 나왔다. 미진상회 일보다 오늘 처리할 중대한 일이 있는 것이다. 그것이 될지 안 될지 알 수 없지

90

만 알게 된 이상 막아야 되지 않겠는가?

오전 9시 반, 김포공항 출국장 대합실. 김포공항은 인천공항이 건설된 후부터 국내선과 일본행 비행기가 주로 이용한다.

오후 6시 반 도쿄행 비행기는 일본항공(JAL)이었다. 김동호는 회사에서 곧장 김포공항으로 와 버렸는데 마음이 다급했기 때문이다. 회사에서 궁리하면서 일할 수는 없는 분위기고 마침 미스 한이 미진상회 이야기를 하는 바람에 그 핑계를 대고 나온 것이다.

그런데 이 비행기를 어떻게 처리해야 될 것인가? 대합실 의자에 앉아서 생각해 보았지만 소음도 많고 방송이 자주 울리는 바람에 정신이 산만해졌다. 그래서 손가방에서 노트와 펜을 꺼내 그 방법을 정리해 보았다. 괄호는 예상되는 반응이다.

1. 당국이나 일본항공에 신고를 한다. (미친놈 취급을 받거나 신분을 밝혀야 하니까 이 방법은 안 되겠다.)

2. 방해를 한다. (어떻게? 비행기에다 불을 질러? 그래도 예비 비행기를 띄울걸? 항공사에서는 어떻게든 태울걸?)

3. 도쿄행 6시 반 비행기라고 했지 않은가? 7시 반, 또는 8시 반이면 죽는 시간이 지났으니까 시간이 지난 기차표처럼 무효가 되지 않을까? (그건 저승사자한테 물어봐야 알지. 유정미도 모르고 있던데.)

거기까지 적었던 김동호가 번쩍 머리를 들었다. 다른 생각이 떠올랐기 때문이다.

오후 6시 정각. JAL기 14A 좌석으로 다가가던 김동호가 주위에서 들려오는 이야기 소리를 듣는다.

"아휴, 난 차가 밀려서 겨우 왔어."

젊은 여자다. 그러자 옆쪽 여자가 깔깔깔 웃었다.

"죽으려고 기를 쓰고 온 것이지."

유정미처럼 귀신이 되어서 말하고 있다. 여자가 따라 웃었을 때 옆을 지나 가던 스튜어디스가 거들었다.

"이제 마음 놓고 이야기하는 거야?"

"그럼. 이 비행기 안에 있는 건 모두 귀신인데 사람 흉내 낼 필요는 없지."

그때 앞쪽 사내가 나섰다.

"이거 어디서 사고 나는 거야? 활주로에서?"

"활주로에서 사고 나면 다 죽을 리가 있나? 공중 폭발일 거야."

옆쪽 사내가 말했을 때 그 앞쪽 좌석의 여자가 상반신을 일으키고 물었다.

"그럼 여기 폭발물이 실린 거야?"

"폭발물이 아니더라도 엔진이 폭발할 수도 있어. 그 '허드슨강의 기적' 영 화 안 봤어?"

사내가 묻자 여자는 이맛살을 찌푸렸다.

"나도 봤어. 근데 거긴 다 살잖아?"

"엔진에 새떼가 들어가서 비행기가 강으로 착륙했잖아."

그때 스튜어디스가 웃었다.

"이건 그냥 땅에다 박는 모양이야."

그때 부기장이 서둘러 다가왔다. 어깨에 노란 줄이 3개인 견장을 붙였다. 부기장이 이맛살을 찌푸리고 스튜어디스에게 물었다.

"이거 어떻게 된 거야? 승객, 승무원 합쳐서 136명이어야 되는데 왜 137명 이지?"

"무슨 말이죠?"

"여기 귀신이 136명이 있어야 되는데 누가 하나 더 있단 말이야. 방금 공항에서 탑승 기록이 왔어!"

주위가 조용해진 순간이다. 김동호가 벌떡 일어나 소리쳤다.

"모두 나가!"

모두의 시선이 모였고 김동호의 외침이 기내를 울렸다.

"귀신들은 모두 비행기 밖으로 나가서 집합! A-7 구역 귀신들에게 말하는 거다! 서둘러! 이 귀신들아!"

"왜 그래요?"

차가 밀려서 겨우 왔다는 여자가 짜증난 표정으로 물었기 때문에 김동호가 버럭 소리쳤다.

"왜는 왜야! 이번 작전은 취소되었어! 난 감찰관이다! 너."

김동호가 손으로 부기장을 가리켰다.

"빨리 조종실로 가서 기장 데리고 나가! 서둘러! 기장 귀신 말이다!"

"예."

김동호의 기세에 눌린 부기장이 조종실로 달려갔다. 그때 다시 김동호가 소리쳤다.

"모두 원대 복귀! 늦는 놈은 영영 공간을 헤매게 된다!"

그리고는 김동호가 통로를 걸어 비행기를 나왔다. 비행기 문을 나올 때 문 앞에 서 있던 스튜어디스가 놀란 얼굴로 김동호에게 물었다.

"어디 가세요? 비행기가 곧 출발하는데요."

스튜어디스에게 붙었던 귀신이 빠져나간 것이다.

6시 반에 김포공항을 출발한 일본항공 203편은 정시에 도쿄에 착륙했다.

김동호는 집에서 TV로 그것을 확인했다. 밤 10시까지 드라마를 봤음에도 사고가 났다는 속보가 뜨지 않았기 때문에 바로 그것이 확인한 것이나 마찬가지다. 귀신 136명이 김동호의 거짓말에 속아서 '우' 비행기 밖으로 나왔다가 어떻게 되었는지는 알 수가 없다. 나중에 유정미한테 물어보겠지만 그런 경험이 없었을 테니 잘 모를 것 같다.

"오빠, 여자친구 없어?"

방으로 들어온 김동호가 컴퓨터를 켰을 때 문 밖에서 김윤희가 물었다.

"왜?"

요즘 집안 분위기는 좋다. 돈이 풍족했기 때문이 아니라 서로에 대한 관심이 그렇게 만든 것이 아닐까? 그때 김윤희가 문에 기대서서 말했다.

"내가 내 친구 소개시켜 주려고."

"아이구, 야, 싫어."

김동호가 손까지 저었다.

"내가 네 친구들 다 아는데 사양할래."

"예쁜 애 많아. 오빠는 안 봐서 그래."

"너 내 친구 소개시켜 준다면 만나 볼래?"

"아이구, 싫어."

질색을 했던 김윤희가 곧 픽 웃었다.

"나도 오빠 친구 다 알거든."

"내가 모르는 네 친구도 있어?"

"많아. 내가 데리고 오지 않아서 그렇지. 여자는 남자하고 달라."

"그건 나중에 이야기하고. 편입 시험 공부는 잘돼?"

"잘돼."

김윤희가 웃음 띤 얼굴로 김동호를 보았다. 김윤희의 웃음 띤 얼굴을 요즘 자주 본다. 주방에 있는 어머니가 연속극을 보면서 웃는다. 이렇게 웃음이 많은 가족인데 며칠 전까지만 해도 집안은 어둡고 무거웠다. 이렇게 변한 것이 꼭 돈 때문이었을까?

다음 날 아침. 김동호는 외부 출근을 했다. 신촌 미진상회로 출근한 것이다.

"어머나, 아침부터 웬일이래?"

미진상회 주인 조문숙이 눈을 사납게 뜨고 김동호를 보자마자 물었다. 김동호는 아직 조문숙의 눈을 최면하지 않은 상태다. 보자마자 최면을 걸면 쉽겠지만 이제는 요령이 생겨서 필요할 때만 요술을 건다.

눈을 빨아들이는 작업을 최면, 또는 요술, 또는 마술로 생각하지만 근본은 신의 능력이다. 이 신의 능력이 어디까지가 한계인지는 김동호도 아직 모른다. 조문숙의 시선을 받은 김동호가 빙그레 웃었다.

"사장님, 밀린 납품 대금을 오늘 주셔야겠는데요."

그러자 옆쪽에 서 있던 경리 미스 고가 숨을 들이켰다. 너무 기가 막혔기 때문일 것이다. 그때 조문숙이 헛웃음을 지으면서 말했다.

"아이고, 기가 막혀 죽겠네. 뭐? 밀린 납품 대금을 내라고? 클레임은 어떻게 하고? 내가 적어 놓은 클레임 내역 보여 줄까?"

"그거 다 거짓말로 써 놓은 거 아녜요?"

그때 영업부장 겸 품질 체크까지 맡고 있는 조경철이 들어왔다. 조경철은 조문숙의 동생이다. 김동호의 말을 들은 조경철이 어깨를 부풀렸다, 38세. 한때 '놀았다'고 하지만 순 뻥이다. 놀았던 사람의 친구의 친구쯤 될 것이다.

"야, 너 지금 뭐라고 했어? 뭐? 거짓말로 클레임 써 놨다고?"

바짝 다가선 조경철한테서 독한 입 냄새가 풍겨 왔다. 김동호는 인내심을 풀고 조문숙과 시선을 맞췄다. 그러자 조문숙이 김동호의 생각대로 말했다. 물론 동생 조경철한테다.

"야, 이 자식아, 너 오늘 이빨 닦았어?"

조경철이 누구한테 하는 소린가 하고 조문숙을 보았다. 그때 조문숙이 다시 말했다.

"너 말야, 너. 뭘 봐?"

"누나, 지금 무슨 소리요?"

"너 이빨 닦았느냐고 물었다. 어유, 이 꾸린내. 드러워 죽겠네."

"아니, 누나."

"시끄러! 나가! 이 드러운 놈아!"

"아니, 갑자기."

"안 나가?"

바락 소리친 조문숙이 머리를 돌려 경리 미스 고에게 말했다.

"저기, 한동유통 미지급분 3천2백이지? 지금 당장 한동 계좌로 입금시켜."

"네?"

놀란 미스 고가 되묻자 조문숙이 다시 소리쳤다.

"못 들었어? 오늘 이것들이 왜 이렇게 버벅대는지 모르겠네! 지금 바로 텔레뱅킹으로 보내!"

"네. 그럼 클레임은……."

"클레임은 무슨 개뿔! 다 보내!"

"네, 사장님."

그때까지 아직 나가지 않고 어물거리던 조경철이 기가 막힌 듯이 어깨를 부풀렸다가 우연히 김동호를 보았다. 시선이 마주친 순간에 조경철이 말했다.

"잘하신 겁니다."

외부 출근을 한 김에 미진상회에 이어서 미수금이 걸린 업체 세 곳을 더 해결했다. 오전에 받아 낸 미수금이 2억 7천5백만 원. 한동유통 창립 7년 만에 이런 대기록이 없다.

그동안 사장 안택수한테서 세 번 감사와 격려 전화가 왔고 업무부 최 차장은 교통비를 20만 원이나 김동호 계좌로 송금시켜 주었다. 사무실에 있는 오수정은 그동안 수시로 전화를 해 주었는데 사장실에서 안택수와 최관식은 오전인데도 소주를 마신다는 것이다. 흥분을 한 것이다.

"난리 났어. 나보고 들어오라고 하더니 소주 한 잔 마시라는 거야."

오수정이 웃음 띤 얼굴로 말했다.

"그래서 한 잔 마시고 나왔지."

"잘했어."

"도대체 무슨 재주로 그런 거야? 사장하고 최 차장은 자기가 신이 들렸대."

"신이 들려?"

"응. 있잖아, 무당처럼 귀신이 들어간 경우. 자기가 미수금 걷는 신이 들렸대."

"별놈의 신이 다 있네."

말과는 달리 좀 뒤가 켕겼다.

"자기, 언제 들어와?"

이제 오수정이 '자기'를 대놓고 불렀기 때문에 김동호가 찜찜해졌다. 며칠 전만 해도 오수정한테서 자기 소리를 듣기 위해서라면 돼지갈비 식당의 연탄불 위에다 손을 10초쯤 올려놓을 용의도 있었던 김동호다. 김동호가 차분한 목소리로 대답했다.

"내가 봐서. 다시 연락할게."

지갑에 현금으로 5백 가깝게 들어 있었지만 김동호는 천호동 시장 근처의 순대국밥집에서 6천 원짜리 순대국밥으로 점심을 먹었다. 양도 많고 맛도 있는 데다 값도 싸서 손님이 많은 식당이다. 국밥을 절반 정도 먹었을 때 문득 머릿속에 생각이 떠올랐다.

"돈이 많다고 다 행복한 것이 아니다?"

지갑에 5백만 원이 있지만 6천 원짜리 순대국밥으로 만족스러운 점심을 먹을 수가 있는 것이다. 그렇다. 욕심을 줄이면 얼마든지 만족하고 살 수 있지 않을까? 나 자신에 대한 욕심을 줄이기로 하자.

머리를 끄덕인 김동호가 입 안의 순대국밥을 삼키고는 천장을 보았다. 천장에건 벽에건 신(神)은 바라보고 있을 터였다.

"이렇게 배우겠습니다."

오늘도 신에게 또 하나의 약속을 했다.

오후에 다시 2건, 2억 7천만 원을 입금시켰더니 조금 지쳤다. 오후 4시 반. 이제 한동유통의 미수금은 6천 정도만 남았다. 김동호가 사흘 동안에 10억이 넘는 미수금을 입금시킨 것이다. 이제 한동유통은 정상적으로 운영이 된다.

김동호가 미수금 리스트를 훑어보았다. 미수금이 남은 업체는 이제 두 곳. 합쳐야 6천여만 원뿐이다. 역삼동 전철역 근처였기 때문에 대림동의 회사까지는 전철로 한 시간 정도 걸린다. 근처 커피숍에 들어간 김동호가 안택수에게 전화를 했다. 안택수가 바로 전화를 받았다.

"어, 오늘 고생했다."

대뜸 그렇게 말한 안택수가 물었다.

"이제 두 곳 남았네?"

"예. 시간도 늦었고 해서 거긴 내일 가 보려고요."

"아, 그럼 그렇게 해."

안택수가 대번에 말했다.

"푹 쉬어."

"예. 그럼 내일 뵙지요."

"아, 그래."

그러더니 안택수가 통화를 끝냈다. 술에 취한 것 같다. 그때 곧 핸드폰이 울렸는데 발신자가 오수정이다.

"자기야, 지금 어디야?"

"나 역삼동."

"회사 들어올 거야?"

"아니, 오늘은 그만한다고 사장님한테 방금 보고했어."

"그럼 오늘 만날까?"

"피곤해서 오늘 일찍 들어가야겠다."

"그래. 그럼 내일 만나."

오수정이 상냥하게 말했기 때문에 김동호의 심장 박동이 빨라졌다. 양심의 가책을 받은 것이다. 오늘 저녁에 유정미를 만나기로 했기 때문이다. 지금 귀신이 들어가 있는 유정미가 오늘 일곱 번이나 전화를 해 왔다. 그냥 보통 유정미라면 내일 만나자고 무시할 수 있겠지만 귀신이 들어간 유정미다. 짜증이 나면 유정미를 데리고 갈 것이 분명하다. 그것은 김동호도 못 말린다.

그날 밤, 침대에 나란히 누운 유정미가 김동호에게 물었다.

"자기야, 나 여기가 점점 좋아져. 그냥 여기서 살까?"

"아, 그래."

"어머니가 남자 만나 보라고 했어. 고시 패스한 남잔데 지금 연수원에

다녀."

"야, 만나 봐. 여기서는 일등급 남자다."

김동호가 유정미의 허리를 당겨 안으면서 기뻐했다.

"그 남자하고 몇 년 살다가 가도 되지 않겠어?"

"내가, 아니 유정미 남자들이 여럿이야. 얘가 남자관계가 복잡해. 제대로 정리를 안 하고 살았어."

"그럼 네가 정리를 하고 새 유정미가 되어서 살면 되겠네."

"그래 볼까?"

"이 용모에 몸매를 가진 애를 그냥 데리고 가기는 아깝지, 안 그러냐?"

"내 말이 그 말이야."

"네가 멋지게 한번 살아 봐."

"대신 자기가 나 자주 만나 줘야 돼. 그럼 그렇게 할 테니까."

유정미가 김동호의 목을 감아 안으면서 말했다. 됐다. 유정미도 살렸다.

다음 날 아침. 회사로 출근한 김동호가 미스 한에게 먼저 인사했다.

"미스 한, 일찍 왔네."

"오셨어요?"

미스 한이 활짝 웃는다. 예쁘다. 청순한 얼굴, 날씬한 몸매. 다른 부서인 데다가 항상 조용하게 자리를 지켰기 때문에 김동호하고 말을 섞은 적도 드물다. 그러다 요즘 부쩍 가까워졌다. 21살, 고등학교를 졸업하고 1년 반째 한동유통에서 근무한다. 이름은 한재영. 부도가 날 줄 알고 다 도망간 업무부에 최관식 차장과 한재영 둘이 남았다, 영업부에는 김동호와 오수정 둘이고.

한재영이 갖다 준 인스턴트커피를 마시고 있을 때 오수정이 출근했다. 김동호를 보더니 환하게 웃는다. 그러나 한재영이 있어서 '자기야' 소리는 하지 않았다. 9시가 되었을 때도 최관식 차장이 출근하지 않았다. 그래도 셋은 사무실에 앉아 있었는데 10시 반이 되었을 때 사장 안택수도 나타나지 않아서 김동호가 머리를 기울였다.

"이 양반들 어제 술 많이 마셨나 보네."

같이 머리를 기울였던 오수정이 자리에서 일어서더니 사장실로 들어갔다. 그러더니 금방 나와서 소리쳤다.

"도망갔어! 컴퓨터까지 싹 갖고! 금고도 없어졌어! 의자도 없어졌고!"

벌떡 일어난 김동호가 사장실로 뛰어 들어갔고 한재영도 뒤를 따랐다. 안으로 들어선 김동호가 입을 딱 벌렸다. 값비싼 물품은 싹 사라졌다. 의자가 비싼 것인지 의자도 집어 갔고, 컴퓨터, 책꽂이의 책, 소파까지. 밤중에 실어 간 것 같다. 그때 한재영이 말했다.

"최 차장하고 같이 도망간 것 같아요."

김동호는 숨을 들이켰다. 나쁜 놈들. 오수정의 목소리가 들렸다.

"높은 놈들은 다 도망갔네."

3장
자살 테러단

"어제 둘이 사장실에서 술 마시면서 비밀 이야기를 하는 것 같더라고."

오수정이 한숨을 쉬고 나서 말을 이었다.

"그때 다 챙겨서 도망가자고 한 거야."

한재영이 두 손으로 얼굴을 감싸더니 울기 시작했다. 어깨만 들썩이면서 소리 없이 운다. 그것을 본 오수정의 눈에도 눈물이 고였다. 미수금도 다 걷혔으니 원자재, 부자재 구입 대금을 줘야 한다. 시골의 생산업자들도 농산물 대금을 목이 빠져라 기다리고 있는 것이다. 안택수는 최관식과 짜고 원부자재 대금을 떼어먹고 도망간 셈이었다. 김동호가 대충 계산해도 수금한 금액의 70퍼센트 정도가 원부자재 대금이다.

"우리도 가자."

그때 오수정이 불쑥 말했기 때문에 한재영이 얼굴에서 손을 떼었다. 얼굴이 눈물범벅이 되어 있고 눈의 흰자위는 빨갛다.

"어디로 가자고?"

대충 짐작이 갔지만 김동호가 묻자 오수정이 외면하고 대답했다.

"집으로."

"……"

"우리가 남아 있으면 그 사람들이 우리한테 돈 내라고 할 거야."

"……"

"도망가야 돼. 우리도 피해잔데 왜 우리가 뒤집어써?"

김동호가 머리를 저었다.

"안 돼. 경찰에 신고부터 하고."

놀란 오수정과 한재영이 숨을 죽였을 때 김동호가 전화기를 들었다.

"나는 경찰에 신고할 테니까 너하고 미스 한은 원부자재 업체에 연락을 해. 사장하고 업무부 차장이 미수금 다 받았는데 도망가 버렸다고."

김동호의 두 눈이 번들거렸다.

"가만히 앉아서 당하면 안 돼. 서둘러."

두 시간쯤 지난 12시 반이 되었을 때 한동유통 사무실에는 20여 명의 원부자재 업체 사람들로 가득 차 있었다. 거기에다 경찰 두 명까지 와 있어서 분위기가 흉흉했다. 연락을 받고 달려온 채권자 중 서너 명이 김동호와 오수정 등을 향해 악을 썼다가 곧 진정했다. 너희 둘도 공모하지 않았느냐고 대든 아줌마도 하나 있었다. 주위에서 말리는 바람에 입을 다물었지만 김동호, 오수정, 한재영은 상처를 입었다.

"이거, 도망간 건 확실하네요."

안택수와 최관식의 행방 조사를 한 경찰관이 입맛을 다시면서 말했다.

"안택수는 오늘 아침 10시 비행기로 중국 칭다오로 갔습니다. 와이프 김인숙, 10살짜리 아들하고 셋이 출국했구만요."

채권자 대부분은 한숨만 쉬었는데 너희들도 공모했지 않느냐고 떠든 아줌마가 악을 바락바락 썼다. 박스를 납품한 업체 사장 부인인데 받을 돈이

750만 원이었다. 경찰이 말을 이었다.

"최관식이는 거처가 일정하지 않습니다. 주소지 확인을 시켰더니 다른 사람이 살고 있다는데요. 하지만 최관식이는 이번 사기의 법적 책임은 없지만 일단 공모한 것으로 수배할 겁니다."

그때 '박스' 아줌마가 소리쳐 물었다.

"그럼 여기 남은 직원 셋한테서 받을 수는 없을까요?"

"에이, 여보쇼."

'박스' 아줌마를 나무란 사람이 있었으니 이번 사건으로 가장 크게 피해를 입은 이한수 씨다. 이한수 씨는 53세, 비닐하우스에서 재배한 농산물 대금 1억 8천만 원을 떼어먹혔다. 이한수 씨가 '박스' 아줌마를 노려보았다.

"아줌씨는 자식도 없소?"

"아니, 왜요?"

둘의 말싸움이 시작되었다. 여자가 대들자 이한수 씨도 화가 났다.

"저 사원들이 신고를 해서 우리들이 달려왔잖소? 경찰도 오고 말이오. 저 사람들도 피해자인데 어떻게 그런 말을 하시오?"

"직원이니까 책임을 져야지!"

여자 목소리가 더 컸다.

"신고했다고 놔둬? 당신은 뭐야! 한통속이야?"

"도대체 얼마나 떼였다고 이래?"

"그건 알아서 뭐 해?"

그때 한재영이 말했다.

"750인데 불량품 제하면 580이 돼요."

그러자 이한수가 소리쳤다.

"난 1억 8천이야! 그런 내가 이러는데 당신은 채권단에도 끼지 못해!"

"내가 왜!"

여자 목소리가 더 높아졌을 때 김동호가 여자 앞으로 다가가 한 번 '쓱' 쳐다보고 비켜섰다. 그때 여자가 이어서 소리쳤다.

"그래! 내가 우리 공장에서 일하는 민 씨하고 연애하는 사이야! 그래서 어쩔 거야? 두 남자하고 살면 어때?"

그 순간 입에다 손바닥을 붙인 여자가 눈을 치켜떴다. 그러더니 다시 외쳤다.

"어머나! 그래! 민 씨하고 2년 전부터 잤어! 어젯밤에도 남편 재우고 공장 숙소로 가서 민 씨하고 연애했어!"

"이 여자가 지금 무슨 소리를 하는 거야?"

이한수가 이맛살을 찌푸렸고 여자 채권자 하나가 혀를 찼다.

"미쳤나 본데."

"아냐. 흥분하면 사실을 말하는 경우도 있다던데."

채권자 하나가 뒤쪽에서 말했고 두어 명은 투덜거렸다. 그때 얼굴이 누렇게 굳은 여자가 바락 소리쳤다.

"그래! 내가 민 씨하고 짜고 대금을 중간에 빼돌렸어! 민 씨가 돈이 필요하다고 해서 말이야! 남편은 아직 모르고 있어!"

그때 경찰이 동료 경찰에게 물었다.

"이건 무슨 경우야?"

"글쎄요. 갑자기 실성한 것 같은데."

"참 별일 다 보는군. 근데 실제로 민 씨인가 누구하고 그런 사이인 것 같은데."

"조사해 볼까요?"

"돈도 빼돌렸다고 하잖아?"

둘의 이야기를 주위 채권자들이 다 들었다. 그때 김동호가 오수정, 한재영에게 말했다.

"채권자들하고 점심이나 먹으러 가자."

오후 1시 반. 회사 근처의 순대국밥집에 여덟 명이 모였다. 한동유통의 남은 직원 셋하고 채권단 대표 다섯이다. 나머지 채권자들은 다 돌아갔고 다섯만 남은 셈이다. 박스 공장 아줌마는 가장 먼저 돌아갔는데 제정신이 아닌 것 같았다. 사무실에 가방까지 놓고 갔다가 찾으러 왔는데 죽어라고 입을 다물고 있었다. 순대국밥을 절반쯤 먹었을 때 먼저 이한수가 입을 열었다.

"큰일 났어. 난 종묘상회에 밀린 외상값에다 비료값, 운송비까지 못 줘서 은행 압류를 당할 신세야."

그러면서 이한수가 서글프게 웃었다.

"딸린 식구가 15명이라네."

"예?"

놀란 김동호가 눈을 크게 떴다.

"식구가요?"

"응. 난 딸 하나야, 마누라하고. 내 비닐하우스에서 일하는 식구가 열셋이란 이야기야."

"아아."

"난 열하나야."

두 번째로 큰 채권자인 박영준 씨가 말했다. 박영준 씨는 해산물을 납품했는데 1억 원 가깝게 떼어먹힌 셈이다.

"큰일 났어. 이달 말까지 7천을 주지 않으면 나도 도망갈 형편이네."

"나쁜 놈이야."

세 번째로 큰 채권자인 윤창문 씨가 말했다. 윤창문은 과일을 납품했다. 그때 김동호가 말했다.

"사장님들, 앞으로 어떻게 하실 겁니까?"

"뭘 말이야?"

성격이 조금 급한 편인 윤창문이 물었다.

"고소장 제출하고 기다리는 수밖에 다른 방법이 있나?"

"자네는 어떻게 할 건데?"

박영준이 되물었기 때문에 김동호가 한숨을 쉬었다.

"막막합니다, 저도."

"월급은 받았어?"

이한수가 묻자 김동호가 쓴웃음을 지었다.

"제가 수금해 온 덕분에 우리 셋은 밀린 월급은 받았습니다."

"나쁜 놈. 잡히기만 해 봐라."

윤창문이 이를 갈았다.

"내가 중국에라도 가서 그놈을……."

"어이, 윤 사장, 꿈 깨."

이한수가 말을 이었다.

"그놈이 중국에 있는지 태국으로 넘어갔는지 어떻게 알겠어?"

"나쁜 놈이에요."

듣고만 있던 오수정이 불쑥 말했기 때문에 모두의 시선이 모였다. 오수정이 상기된 얼굴로 말을 이었다.

"김동호 씨가, 아니 김 대리님이 열심히 수금해 온 돈을 들고 그대로 도망치다니요? 우리는 더 철저하게 배신당했어요."

그러자 끝 쪽 자리에 앉아 있던 한재영이 다시 눈물을 쏟았다. 옆에 앉은 채권자 하나가 휴지를 뽑아서 한재영에게 건네주었다. 그때 이한수가 물었다.

"김동호 씨, 그럼 집에서 쉴 거야?"

"예. 당분간은……."

수저를 내려놓은 김동호가 채권자들을 둘러보았다.

"죄송하게 되었습니다. 회사 직원의 한 사람으로 대표해서 사죄를 드립니다."

"나, 참."

윤창문이 외면한 채 혀를 찼고 한재영이 다시 울었다. 오수정은 식탁을 내려다보고 있었는데 금방이라도 울음을 터뜨릴 것 같다. 그때 이한수가 물었다.

"김동호 씨, 나도 당장 지금부터 물품 소개해 줄 사람이 필요한데. 김동호 씨가 개인적으로라도 내 일을 해 줄 수 있나?"

"예?"

김동호가 되물었을 때 박영준이 머리를 끄덕였다.

"나도 그래. 한동유통은 이제 없어졌지만 그놈의 회사를 통해서 납품하던 길까지 막히게 되었어. 김동호 씨가 내 일도 맡아 주면 좋겠는데."

"제가 어떻게……."

"내가 직접 거래선에 부딪쳐 본 적도 없고 말이야."

이한수가 길게 숨을 뱉었다. 그때 눈만 껌벅이고 있던 윤창문이 오수정과 한재영을 둘러보면서 말했다.

"여기 여직원 둘하고 같이 일하면 되겠다, 안 그래?"

김동호가 숨을 죽였을 때 이한수가 거들었다.

"내가 이번 달 납품할 물건이 쌓여 있어서 그래. 이거 참 미치겠구나."

"나도 그렇다니까."

박영준이 식은 순댓국을 내려다보면서 말했을 때다. 김동호가 채권자들을 둘러보면서 말했다.

"말씀 들으니까 그것이 남은 저희들의 책임인 것 같습니다. 제가 일하겠습니다. 제가 한동유통 대신으로 일하지요."

"옳지."

머리를 끄덕인 이한수가 길게 숨을 뱉고 나서 물었다.

"그래 주겠나?"

"예, 하겠습니다. 더 열심히 해서 여러분께 보답해 드리겠습니다."

"어휴, 자네가 무슨 죄가 있다고."

네 번째로 큰 채권자인 홍광도 씨가 안타깝다는 표정을 짓고 말했을 때 김동호가 말을 이었다.

"오늘 당장 사무실 하나 얻어서 일 시작하겠습니다."

"그래 주게. 사무실 차릴 돈은 있어?"

이한수가 묻자 김동호가 어깨를 폈다.

"그쯤은 있습니다, 사장님."

"그럼 회사 이름도 지어야지."

윤창문이 말했을 때 이한수가 바로 대답했다.

"동호실업, 아니 동호상사가 낫겠다."

"그렇지, 동호상사."

박영준이 머리를 끄덕였다.

"동호상사 사람이야, 자네는."

그때 윤창문이 오수정과 한재영을 훑어보며 물었다.

"물론 너희들 둘도 같이 일할 거지?"

한동유통 3층에 빈 사무실이 있었기 때문에 그날 오후에 계약을 했다. 오수정과 한재영이 중고 가구점에 가서 사무실 집기를 싸게 샀고 김동호는 동사무소, 세무서에 들러서 사업자 신고를 했다. 공무원들이 친절한 데다 절차가 간단했다. 3시간 만에 회사 하나가 만들어졌다. '동호상사'다. 오후 7시가 되었을 때는 동호상사가 개업을 했다.

"축하하네."

점심 먹고 헤어졌던 이한수 씨가 개업 첫 손님으로 찾아와 축하를 했다. 축하 화환도 같은 시간에 배달되었는데 '축 동호상사 개업'이라고 적혀 있다.

"괜히 나 때문에 자네까지 피해를 입을까 봐 걱정이 되는구먼."

"아닙니다."

김동호가 아니라고 했지만 이한수와 채권자의 말에 자극을 받은 것은 사실이다. 딸린 식구들이 많다는 말이 김동호에게 충격을 주었던 것이다. 직원을 먹여 살려야 한다는 그들의 책임감이 김동호에게 동기를 주었다. 김동호가 오수정과 한재영을 둘러보며 말했다.

"회사 직원과 사회에 봉사하는 기업가가 될 겁니다."

폼 잡는 말이 아니다. 진심이어서 어색하지 않았고 오수정과 한재영도 웃지 않았다. 이한수는 말할 것도 없다. 머리를 끄덕인 이한수가 덕담을 했다.

"최고의 기업가가 되게."

그럴 생각이다.

저녁 식사는 셋이 했다. 회사 근처 한 식당에서 갈비를 먹은 것이다. 오수정이 직원들만의 축하 식사를 제의했기 때문인데 셋 모두 흥분한 상태. 갈비에 소주를 마시면서 김동호가 말했다.

"셋으로 시작하는 거야. 천 리 길도 한 걸음부터다."

"맞아."

술잔을 든 오수정이 환하게 웃었다.

"다 갖춰졌네. 사장에다 나는 영업부, 재영이는 관리부. 이러면 됐지 뭐."

"돈 많이 쓰셔서 어떡해요?"

한재영이 김동호가 돈 쓴 것부터 걱정했다. 과연 관리부 직원답다. 오늘 김동호는 사무실 임대금으로 2천5백만 원, 사무실 집기 비용으로 750만 원, 기타 180만 원이 들었다. 물론 김동호 개인 비용으로 낸 것이다. 이번에 삼환물류 강삼환한테서 사례금으로 받은 돈을 썼다. 그때 김동호가 주머니에서 통장과 도장을 꺼내 한재영에게 내밀었다. 7천만 원 정도가 남아 있는 통장이다.

"이걸 갖고 회사 경비로 써."

통장을 받은 한재영이 숨을 들이켰다. 얼굴이 상기되었고 두 눈이 번들거린다.

김동호가 말을 이었다.

"앞으로 관리부 돈 걱정은 안 시킬 테니까 걱정 말고."

그때 오수정이 활짝 웃었다.

"우리 사장님 최고야."

"이 기회에 직책을 정하자."

정색한 김동호가 말을 이었다.

"오수정 씨는 영업부 과장이야. 그리고 한재영 씨는 관리부 대리고. 그것으로 시작하자."

"네, 사장님."

오수정이 대답했는데 웃지도 않았다. 한재영은 아직도 통장을 두 손으로 쥔 채 상기된 얼굴로 쳐다만 본다.

집에 돌아가는 택시 안에서 김동호는 문득 유정미를 떠올렸다. 유정미한 테서 연락이 안 오는 경우는 두 가지뿐이다. 하나는 귀신 유정미가 본체가 좋아져서 떠나가기를 미룬 경우이고 또 하나는 떠난 경우다.

핸드폰을 꺼내 들었던 김동호는 잠깐 망설이다가 도로 주머니에 넣었다. 이제 더 이상 만류할 명분이 없었기 때문이다. 기다리는 것이 낫겠다.

"어머니, 나 회사 차렸어."

집에 들어온 김동호가 씻고 나서 어머니 박경숙에게 말했다. 박경숙은 김동호가 말렸는데도 여전히 식당 일을 나간다. 가만있기가 심심하다는 이유인데 김동호한테만 의지하는 것이 불안한 것 같다.

"응? 회사?"

주방 청소를 하고 있던 박경숙이 몸을 돌려 김동호를 보았다.

"회사를 어쨌다고?"

"회사를 만들었다고. 내가 사장이야."

"뭐?"

놀란 박경숙이 물 묻은 손을 그냥 바지에다 닦으면서 다가왔다. 얼굴이 굳어져 있다.

"네가 사장이라고? 무슨 회사? 회사 차릴 돈은 어디서 났어?"

한꺼번에 여러 가지 질문을 했다.

"응. 같은 유통회사. 직원은 나까지 셋이고 돈은 안 들었어. 누가 사무실을 공짜로 빌려줘서."

"아이구, 그래도 그렇지."

앞쪽에 앉은 박경숙이 다시 물었다.

"왜? 전 회사는 왜 나왔고? 그렇게 갑자기 그만두면 돼? 엊그제 밀린 월급까지 다 받았잖아."

"그 회사가 문 닫았거든. 그래서 그런 거야."

도망갔다고 하면 또 이야기가 길어진다. 박경숙 눈을 보면서 말을 끝내고 싶은 충동이 일어났지만 김동호는 성실하게 끝까지 대답해 주고 나서 방에 돌아왔다. 그러면서 '능력'은 내가 편하려고 사용하지는 않겠다고 다시 다짐했다.

"그놈 나쁜 놈이야."

다음 날 오전, 인사하러 찾아갔을 때 삼환물류 사장 강삼환이 대뜸 말했다. 안택수를 말하는 것이다. 어제 안택수가 도망가고 나서 거래선에 다 연락을 했기 때문에 강삼환도 안다.

"직원들이 고생해서 입금시킨 돈을 다 들고튀다니. 그런 놈은 오래 못 산다."

머리를 든 강삼환이 부드러운 시선으로 김동호를 보았다.

"하지만 잘됐다, 내가 자네를 최대한 밀어줄 테니까."

김동호의 명함을 본 강삼환이 말을 이었다.

"우리 삼환물류에서는 동호상사의 농수산물을 우선적으로 들여놓을 테다. 옛날 한동유통 거래량보다 5배는 늘려 주마."

"감사합니다, 사장님."

김동호가 허리를 기역자로 꺾어서 절을 했다. 이제 김동호도 딸린 식구가 다섯이나 되는 것이다, 가족 둘 합쳐서.

삼환물류에서 첫 오더로 한동유통의 채권자인 이한수, 박영준, 윤창문의 생산품을 8억 원어치나 구입해 주었다. 거기에다 물품 대금의 절반을 미리 선급금으로 지불해 준 것이다.

삼환물류에서 계약을 마친 김동호가 그 소식을 전해 주었더니 윤창문은 울었고 박영준은 만세를 불렀다. 이한수는 강삼환한테 직접 전화를 걸어 고맙다는 인사를 열 번도 더 했다. 동호상사 사무실에서 그 소식을 들은 오수정은 비명 같은 탄성을 질렀고 한재영은 또 울었다. 강삼환이 신세를 진 때문이기도 하지만 김동호는 또 한 가지 느낀 점이 있다.

가진 자, 있는 자가 선행을 하면 연관된 수십, 수백 명이 행복해진다는 점이다.

사무실로 돌아가려고 전철을 탄 김동호가 문득 옆자리에 앉은 사내를 보았다. 귀신이다.

유정미 귀신을 만난 후부터 김동호는 귀신을 만나도 그냥 지나쳤다. 지난번 일본항공에 탄 귀신 136명을 밖으로 불러낸 것은 특별한 경우다. 대형 참사를 막겠다는 의도였지만 놀라기도 했다. 그 후에 지방에서 버스가 다리 아래로 추락해서 아이를 포함한 45명이 사망하는 사고도 일어났고 중국에서는 양자강에서 여객선이 침몰해 400여 명이 익사했다. 운명이다. 다 막을 수는 없다. 눈앞의 사고를 막는다고 해도 늦추기만 할 뿐이다.

김동호의 시선을 받은 귀신이 외면했다. 김동호에게 귀신이 들어간 사람은 인형처럼 보인다. 눈 안에 벽이 있는 느낌이 드는 것이다. 그냥 인간은 눈 안으로 빨려들어 가는 느낌이 들기 때문에 시선을 돌려야 한다. 귀신은 김동호를 같은 부류로 본다. 이번에도 김동호의 시선을 받은 귀신이 고등학교 동창을 만난 것처럼 물었다.

"넌 어디 가?"

"그건 왜 물어?"

김동호가 되묻자 귀신이 손목시계를 보았다.

"3시까지 집합인데 늦겠네."

"어디 가는데?"

"그건 왜 물어?"

김동호 흉내를 낸 귀신이 '씩' 웃고 나서 대답했다.

"우린 오늘 밤 테러를 일으킬 거야."

"테러?"

이맛살을 찌푸린 김동호가 귀신이 덮어쓰고 있는 30대의 평범한 외모를 갖춘 사내를 보았다. 이런 인간이 테러범?

"지금 테러를 일으키러 가는 거야?"

"아니, 테러 모의지."

좌우에 공간이 있었기 때문에 사내가 자연스럽게 말을 이었다.

"여의도 사무실에서 12명이 모이기로 했어, 3시까지."

"그래서?"

"뭐가 궁금하냐?"

"심심하니까 이야기하면 안 되냐?"

"폭발물 준비, 위치 선정 등 할 일이 좀 있거든. 오늘은 지원반이 많이 대기한다고 했어."

"그 회의를 하는 거야?"

"그래. 최소한 우리 50명은 데려가야 하거든."

"장소가 어딘데?"

"여의도 하바나호텔."

"근데 나처럼 그냥 데려가는 게 아니라 테러를 일으켜서도 데려가나?"

"요즘은 작업을 적극적, 능동적으로 한다는군. 우리가 지금까지 해 온 것처럼 일일이 귀신을 내려보내는 게 아니라 현장에서 무더기로 데려가는 것으로 방침을 바꾸는 것 같아."

"그래서 지원반이 떠 있다가 죽은 놈을 데려가는 거야?"

"그렇지, 폭발물이 터졌을 때 죽는 놈들한테 내려보내는 거지."

"이제는 귀신을 내려보내지 않고 번호표만 붙여도 되겠다."

"그러면 그 죽은 놈은 귀신이 못 되고 어두운 공간을 떠다니는 거지."

"그런가?"

"하지만 인구가 너무 늘어서 위에서 그런 경우도 검토해 본다고 하더라."

"거기, 여의도 사무실에 같이 갈까?"

"넌 시간이 남아?"

"응. 애를 어디서 데려갈지 아직 정하지 않았어."

"네 구역에서는 그런 경우도 있네. 너, 어느 구역이냐?"

"난 구역 없이 직할반에서 운영되는 귀신이야."

"그렇구나."

머리를 끄덕인 귀신이 말을 이었다.

"같이 가자."

여의도 사무실 안. 8층 사무실에는 11명이 모여 앉아 있었는데 사내와 김동호가 들어서자 13명이 되었다. 김동호를 본 40대쯤의 사내가 이맛살을 찌푸렸다. 그중 리더인 것 같다.

"넌 누구야?"

"직할반 소속이라는데, 이번 우리 일을 같이하겠다는 거야. 그래서 데려왔어."

같이 온 사내가 말하자 40대가 머리를 끄덕였다.

116

"상관없지. 하지만 직할반은 처음 듣는군."

"나도 테러반은 처음 들어."

김동호가 대담하게 말했다.

"전쟁할 때도 이렇게 데려갔나? 귀신 숫자가 모자랐을 텐데."

"그건 우리가 상관할 바 아니고."

사내가 김동호에게 말했다.

"한 사람이라도 더 필요한데 잘됐어. 폭발물이 많이 남았거든."

사내가 책상에 놓인 박스들을 눈으로 가리켰다.

"저 박스 안의 폭발물을 품고 될 수 있는 한 사람들이 많은 곳에서 자폭을 하는 거야."

김동호가 숨을 들이켰다. 자살 테러? 한국에서? 내가?

"뭐라고요? 테러?"

되물었던 박창구는 주위의 시선이 일제히 모이자 목을 움츠렸다. 갑자기 주변이 조용해졌다. 오후 2시, 영등포 경찰서 강력계 사무실 안. 점심 먹고 안 돌아온 형사들이 있었지만 안은 소란스럽다. 그때 사내가 말했다.

"예. 3시에 폭탄이 터집니다. 여의도 하바나호텔을 중심으로 이곳저곳에서요."

"누가 터트려요?"

"누군 누구요? 테러단들이지."

"왜요?"

"왜라뇨? 테러단이 이유 내놓고 폭탄 터트려요?"

"그러니까 무슨 테러단이냔 말이오."

경찰서로 걸려온 전화였기 때문에 이때 박창구가 스피커 버튼을 눌렀다.

신고 전화가 왔을 때 이런 경우는 드물다. 신고가 잘 걸리면 공(功)을 세우는 경우가 되기 때문에 혼자만 들으려고 한다. 그런데 이건 아니다. 형사 경력 8년째인 박창구는 이 전화를 듣고 같이 '웃자고' 스피커 버튼을 누른 것이다. 그때 사내가 말했다.

"아저씨, 지금 내가 장난 전화를 하는 줄 알고 있는 거죠? 만일 3시에 테러가 일어났을 때 아저씨가 책임을 지실 겁니까?"

"신고자는 누굽니까?"

마침내 박창구가 묻자 사내의 목소리가 사무실에 울렸다. 강력계에는 5반까지 50여 명이 근무하고 있다. 그중 30명 정도가 사무실에 있었는데 다 들었다. 절도범, 폭행범, 뺑소니범까지 잡혀 와 있다가 같이 들었다. 이제 딱 증거가 되었기 때문에 박창구는 스피커로 돌린 것을 후회했다. 경솔했다. 그때 잠깐 망설이던 사내가 말했다.

"김동호. 주민번호 930214-14××××. 됐습니까?"

옆자리의 이 형사가 재빠르게 컴퓨터를 두드리자 김동호의 사진과 내력이 좍 떴다. 그때 숨을 가는 박창구가 말했다.

"다시 말해 주쇼. 테러는 몇 명이 일으킨다는 겁니까?"

"나까지 13명."

"지금 어디에 있습니까?"

"여의도 하바나호텔 건너편 우방빌딩 8층 103호실. 지금 모두 모여 있습니다."

"지금요?"

그때는 박창구의 반장 유성필뿐만이 아니라 4반 반장, 그리고 강력계장까지 박창구 뒤에 붙어 서 있다. 이제 기가 질린 박창구가 전화기를 고쳐 쥐었을 때 강력계장이 빼앗아 쥐었다.

"김동호 씨, 난 강력계장 오방원 경감이오. 지금 폭발물을 갖고 있습니까?"

"예. 3시 정각에 모두 갖고 나갈 겁니다. 그러니까 서둘러 주셔야 돼요."

"김동호 씨는 지금 어디 계십니까?"

"난 복도에 나와서 전화하는 겁니다."

"거기 감시는 어떻게 되어 있습니까?"

"감시는 없어요."

"테러단이 감시가 없어요?"

"예. 마음을 놓고 있기 때문에……."

"그럼 우리가 습격해도 반항을 하지 않을까요? 다른 무기는 없어요?"

"아직 폭발물 뇌관을 꽂지 않았지만 서둘러야 됩니다. 다른 무기는 없어요."

"입구, 출구가……."

"내가 사진을 찍어서 보낼게요."

"부탁합니다. 내 번호가 010-8×××-××××요."

그때 통화가 끝났기 때문에 오방원이 상기된 얼굴로 소리쳤다.

"비상 출동 대기시켜! 진짜 같다!"

"우방빌딩이면 여기서 차로 5분 거리입니다."

누가 소리치듯 말했고 또 다른 형사가 거들었다.

"내가 압니다! 우방빌딩만 해도 굉장히 번잡합니다!"

박창구는 이쪽저쪽을 쳐다보고만 있다.

핸드폰 사진 찍는 것이 김동호의 취미였다. 그것도 기술적으로 찍어서 예술 작품 같았다. 여자들 다리, 엉덩이, 치마 밑을 찍고 싶은 마음이야 정유공장 굴뚝만큼 높았지만 자존심 때문에 그러지는 못하고 곤충 사진으로 돌렸다. 잠자리, 새가 날아가는 사진, 매미가 껍질을 벗는 사진, 사마귀가 나비를 잡아채는 사진 등이다.

김동호가 우방빌딩 8층 103호실의 출입구 2개를 찍고 나서 사무실로 들어와 테이블의 폭탄 사진을 찍는다. 한쪽 팔에 걸친 점퍼 안에 핸드폰을 넣고는 버튼을 누르고 있는 것이다. 영상 사진으로 지금 사진이 찍히고 있다. 테러범들까지 같이 찍힌다. 다 찍고 난 김동호가 팔을 내렸을 때다.

"뭐 해요?"

뒤에서 부르는 소리에 김동호의 심장이 덜컥 내려앉았다. 머리를 돌린 김동호가 앞에 선 여자를 보았다, 12명 중 하나. 12명 중에는 여자가 넷 끼어 있었는데 그 넷 중 하나다. 그런데 이 여자는 뒤쪽에 얌전히 앉아 있어서 얼굴을 자세히 안 보았다.

시선이 마주친 순간 역시 벽에 부딪히는 듯했다. 김동호는 자신의 심장이 한없이 내려앉는 느낌이 들었다. 검은 눈동자, 흰 피부에 갸름한 얼굴, 곧은 콧날과 붉고 단정한 입술.

"뭐 하기는요, 둘러보는 거지."

되물은 김동호가 한 걸음 다가섰다. 20대 중반쯤 되었을까? 짧은 머리, 키는 168쯤 될 것 같고 날씬한 몸매, 투피스 차림인데 무릎 밑의 다리가 날씬하다.

"나 참."

여자의 얼굴에 웃음이 번졌다.

"지금 뭐 하느냐고요."

"아, 나. 그러니까 이 몸의 주인 말이지요?"

"주인은 거기 아녜요?"

"어쨌든 내가 차지하고 있긴 하지만."

심호흡을 한 김동호가 말을 이었다.

"난 어제 회사를 차렸지요. 김동호가 말입니다."

"어머나, 그래요?"

여자가 이를 드러내고 웃었다.

"난 사흘 전에 중학교 교사 발령을 받았는데. 1년 반이나 기다렸다가 말이죠."

김동호가 손목시계를 보았다. 2시 15분. 어서 핸드폰 사진을 카톡으로 보내야 한다. 김동호가 여자에게 말했다.

"잠깐 나갈까요?"

"그러죠 뭐."

리더 이하 다른 테러단은 서로 모여서 이야기를 하거나 앉아 있었는데 둘한테 관심을 보이는 귀신은 없다. 순순히 따라 나온 여자와 함께 복도 끝 쪽으로 다가선 김동호가 핸드폰을 들고 말했다.

"잠깐만요. 카톡 좀 보내고."

머리를 끄덕인 여자가 몸을 돌려 창밖을 보았다. 차분한 표정이다. 세상에 이렇게 평온한 모습의 자살 특공대는 없을 것이다. 귀신이니까 그렇지. 순식간에 사무실 입구와 안쪽 사진까지 전송한 김동호가 여자에게 다가가 섰다.

"이름이 뭐죠?"

"하서영요."

"이 일 처음해요?"

"세 번째요. 김동호 씨는요?"

"난 자주하는 편인데. 하서영 씨는 여기서 얼마나 오래 있었어요?"

"두 시간이나 세 시간쯤."

"이번에는?"

"한 시간 전에 들어왔으니까 두 시간쯤 머물다 가겠네요."

"저기, 사무실에 있는 리더가 구역 리더예요?"

"아뇨. 여기서 처음 봐요."

"하서영 씨는 가만 보니까 자폭해서 떠나기에는 너무 아까워요."

"아유. 내가 하서영인가요? 귀신이지."

"귀신 세상도 남녀 구별이 있으니까. 하서영 씨도 계속 여자 데리고 갔죠?"

"그래요."

"이렇게 예쁘고 괜찮은 여자한테 붙은 적 있어요?"

"없어요. 지난번엔 할머니하고 병든 아줌마였어요."

"그럼 나하고 같이 여기서 좀 있다가 갑시다."

그때 유정미가 떠올랐지만 얼른 지웠다.

"아유, 안 돼요."

하서영이 머리를 저었을 때 핸드폰이 진동을 했다. 꺼내 보았더니 발신자가 방금 카톡 사진을 보낸 경찰서 강력계장이다. 김동호가 핸드폰을 귀에 붙였다.

"여보세요."

"전화 괜찮아요?"

"예. 말씀하세요."

"지금 출동 중입니다. 5분쯤 후면 도착할 겁니다."

"아. 그러세요."

"지금 어디 계십니까?"

김동호가 힐끗 하서영을 보고 나서 대답했다.

"복도에 나와 있는데요."

"안에 모두 있지요?"

"11명이 있습니다."

"습격해도 터뜨리지는 않겠지요?"

"그렇게 되지 않을 겁니다."

"알았습니다."

"제가 복도 끝에 있을게요. 제 여친하고 같이요."

"여친이 있어요?"

"예, 여기서 만났어요."

"알겠습니다."

통화를 끝낸 김동호가 핸드폰을 주머니에 넣었을 때 하서영이 물었다.

"누구예요?"

"서영 씨."

김동호가 하서영의 팔을 잡고 복도 끝 쪽으로 데리고 가서 말했다.

"좀 있으면 경찰들이 덮칠 겁니다. 그러니까 하서영 씨는 나하고 같이 가만 있으면 돼요."

"어머나!"

놀란 하서영이 김동호 옆으로 바짝 붙었다. 하얗게 질린 하서영의 얼굴이 그림처럼 아름답다.

"어떻게 해요?"

"때가 안 된 것이니까 가만있으면 돼요, 서영 씨는."

그때 앞쪽 엘리베이터 문이 열리더니 사내들이 쏟아져 나왔다. 완전 무장한 경찰이다.

"저에 대해서는 비밀로 해 주시죠."

김동호가 말하자 강력계장 오방원이 사람 좋은 웃음을 띠었다.

"아이구. 이것, 참. 꼭 그렇게 하시겠다면 굳이 말리지는 않겠지만……"

"귀찮아서요, 잘 아시겠지만."

"귀찮죠. 사람들이 이것저것 물어보고 오라 가라 하고요. 언론은 또 얼마나 성가시게 구는지……"

"저, 그냥 가도 되지요?"

"아."

오방원이 아무도 없는 강력계장실 안을 둘러보는 시늉을 하더니 말했다.

"누가 물어보면 김 사장은 아무것도 모른다고만 해 주세요. 누가 귀찮게 하면 나한테 연락 주시고요."

"그렇게 하겠습니다."

자리에서 일어선 김동호의 손을 오방원이 두 손으로 감싸 쥐었다.

"김 사장, 수고 많으셨습니다. 대공(大功)을 세우셨어요."

그 공을 모두 오방원이 먹을 모양이다.

경찰서 앞에서 기다리고 서 있던 하서영이 김동호를 보더니 다가왔다. 얼굴에 수심이 덮여 있다.

"나 어떻게 하죠?"

"그냥 사는 거죠."

김동호가 바로 대답했다.

"같이."

"누구랑?"

"하서영하고."

"내가 하서영이잖아요?"

124

"그러니까 하서영하고 귀신하고 같이."

"난 언제 돌아가죠?"

그때 김동호가 하서영의 손을 잡고 발을 떼었다.

"서둘 것 없어요. 이번 기회를 놓쳤으니까 그냥 몸에 붙어서 지내면 돼."

김동호가 부드러운 시선으로 하서영을 보았다.

"그런 사람, 아니 귀신이 많아. 시간이 지나면 그 몸에 적응이 되어서 자연스럽게 살지. 인간 세상의 진정한 행복을 느끼게 되는 거요."

같이 살다가 가는 거다.

"사장님, 손님 오셨는데요."

한재영이 말했을 때는 오전 10시. 김동호가 거래처 방문 준비를 할 때다.

"누군데?"

"두 분인데 신용보증자금에서 왔다네요."

얼핏 들으면 정부 기관 같다. 김동호가 머리를 끄덕였더니 한재영이 곧 사내 둘을 데리고 들어왔다.

"안녕하십니까? 신보의 조 과장입니다."

앞장선 30대가 어깨를 젖히면서 명함을 내밀었는데 '신용보증자금'의 조영철 과장이다. 회사 마크도 정부의 '신용보증기금'하고 똑같다. 아리송하다.

"정부 기관입니까?"

명함을 받은 김동호가 제 명함을 건네주면서 묻자 사내가 빙긋 웃었다. 눈빛이 강하다.

"계열사죠."

정부 기관의 계열사란다. 첫눈에 말투며 행동, 체격까지 만만치 않게 생겼다. 정부 기관원이 이런가? 다른 사내의 명함까지 받고 자리에 앉았을 때 조 과장이란 사내가 사무실을 둘러보면서 말했다.

"회사 차린 지 오늘로 사흘째 되셨죠?"

"예. 만 이틀입니다."

김동호가 사내를 응시하며 말했다. 그때 한재영이 쟁반에다 커피를 담아 들고 와서 셋 앞에 내려놓았다. 김동호를 힐끗 보는 것이 불안한 표정이다. 사내들의 기세에 위축된 것 같다. 한재영이 방을 나갔을 때 조 과장이 말했다.

"신용보증자금에서 자금을 대출해 줍니다. '신생 기업 자금'이라는 명칭인 데요. 담보 없이 2억까지 대출해 줄 수가 있습니다. 물론 이자는 은행 이자하고 같습니다."

사내가 말하는 동안 눈을 맞추던 김동호가 소리 죽이고 한숨을 쉬었다. 머릿속을 읽을 수는 없는 것이다. 다만 조종할 수는 있다. 그것도 잠깐 동안. 약효가 언제까지 지속되는지는 아직 모른다. 조 과장이 물었다.

"필요하시면 지금 당장 대출해 드릴 수가 있지요. 신청하시겠습니까?"

"조건은 뭔데요?"

"각서하고 보증인 둘만 서명하면 됩니다. 밖에 직원이 둘 있던데 그분들 서명 받으면 되겠네요."

"……"

"세 분이니까 1억까지 대출해 드리지요."

"기한은요?"

"기한은 없어요. 돈 생겼을 때 갚으시면 됩니다."

김동호가 머리를 끄덕이고는 조 과장을 응시했다. 그때 조 과장이 말했다.

"각서를 받으면 열흘쯤 지나서 돈 받으러 옵니다. 기한이 없기 때문에 바로 받으러 올 수가 있는 거죠."

그 순간 조 과장이 얼굴을 찌푸리고는 입을 이리저리 비틀었다. 머릿속 생각이 뿜어져 나왔기 때문이다. 엊그제 '박스' 아줌마하고 같은 경우다. 그때 조 과장이 다시 말을 이었다.

"보증인이 있기 때문에 꼼짝 못 하고 엮이게 되는 거죠. 아마 보증을 선 여직원 둘은 겁이 나서 3일쯤 후면 탈탈 털리게 될 겁니다. 1억 가져갔으면 2억쯤 받아내겠지요."

그 순간 조 과장이 두 손으로 제 입을 막았다. 두 눈을 치켜떴고 얼굴이 붉게 상기되었다. 그때 옆에 앉아 있던 사내가 조 과장을 흘겨보았다.

"아직 술 덜 깬 거요?"

어깨를 부풀린 조 과장이 입에서 손을 떼고 말했다.

"2억 받으면 원금 1억 원을 제외하고 나머지 1억 원의 15퍼센트를 우리가 먹고 나머지는 회장이 가져가요. 젠장."

기를 쓰고 말했던 조 과장이 주먹으로 제 입을 쳤다. 세게 쳐서 입술이 터지더니 피가 뿜어졌다. 이도 나간 것 같다.

"에이, 쌍."

옆쪽 사내가 투덜대며 조 과장의 팔을 끌고 사무실을 나갔는데 인사도 하지 않았다. 김동호도 앉아서 잘 가라는 말도 안 했다.

"저 사람들 왜 그래요?"

둘이 나갔을 때 사장실로 들어온 오수정이 물었다. 한재영도 따라 들어와 눈만 크게 뜨고 있다.

"저희들끼리 싸웠어."

김동호가 쓴웃음을 짓고 대답했다.

"미친놈들이야. 갑자기 둘이 싸우더니 나가는군."

"별일 다 보았네."

오수정이 따라 웃었고 한재영은 한숨을 쉬었다.

오전 11시 반, 김동호가 '신용보증자금' 사무실로 들어섰을 때 직원들의 시선이 모였다. 이곳은 역삼동 번화가에서 뒤쪽 골목에 위치한 2층 건물이다. '신용보증자금'은 건물 2층이었는데 30평쯤 되는 사무실에 직원들이 7~8명 둘러앉아 잡담을 나누고 있다. 책상에 앉아 있는 것이 아니라 가운데 소파에 모여서 웃고 떠드는 중이었다. 한눈에 봐도 양아치들이 모여 있는 장면이지 사무실이 아니다. 그때 사내 하나가 물었다.

"어디서 오셨어?"

대번에 반말이다. 김동호는 사내들 중에 조 과장과 그 동행이 끼어 있지 않은 것을 알았다. 아마 주둥이가 터졌기 때문에 어디 가서 끙끙대고 있겠지. 김동호는 조 과장이 준 명함을 보고 이곳에 찾아온 것이다. 김동호가 사내들을 둘러보면서 물었다.

"사장 어디 계시지?"

방금 물은 사내의 시선을 잡고 김동호가 물었다. 이쪽도 반말이다. 주위 사내들이 어? 하는 표정들을 지었을 때다. 김동호의 시선을 받은 사내가 대답했다.

"안에 계십니다. 제가 안내해 드리지요."

그러면서 몸을 돌렸을 때 옆에 있던 사내가 낮게 물었다.

"누구여?"

"서부지청 김 검사님."

그 순간 주변이 조용해졌고 몇 명은 김동호한테 머리를 숙이기까지 했다.

"사장님, 김 검사님이 오셨습니다."

128

문을 연 사내가 말했을 때 안에서 목소리가 울렸다.

"뭐? 김 검사?"

그때 방으로 들어선 김동호가 사장을 보았다. 30대 후반쯤, 눈이 가늘고 입은 꾹 닫혔다. 짧은 머리, 큰 키에 피부는 검다. 영화에 나오는 조폭 보스하고 똑같은 분위기다. 일부러 그렇게 꾸민 것 같다. 그때 김동호의 시선을 받은 사내가 웃었다.

"아이고, 김 검사님. 여기 웬일이십니까?"

문이 열려 있어서 바깥 사무실에서 숨을 죽이고 있던 양아치들이 다 들었다. 사장이 뒤에서 어물거리는 사내에게 소리쳤다.

"얀마, 문 닫고 나가!"

이건 김동호의 의사다.

"예. 저는 역삼동파입니다."

사장이 눈을 부릅뜨고 말했다가 헛웃음을 지었다.

"허. 내가 왜 이러는지 모르겠네."

김동호를 노려본 사장이 기를 쓰고 말을 이었다.

"예. 역삼동파에서 서열이 여섯 번째가 됩니다. '신용보증자금'은 역삼동파에서 운영하고 있지요."

그러더니 얼굴에 번진 땀을 손바닥으로 닦았다.

"예. 2년 동안 45억쯤 매출을 올렸습니다. 순이익이 말입니다. 고객 대부분은 영세 상인, 밤일 나가는 아가씨들, 가게 주인들인데 요즘은 일반인도 늘어나는 형편이죠. 아이구."

사내가 이번에는 손바닥으로 가슴을 쳤다. 검은 얼굴이 땀으로 범벅이 되었다.

"내가 이상하네. 내가……."

그때 김동호가 말했다.

"너 아직도 모르겠냐?"

사내가 눈만 치켜떴을 때 김동호가 쓴웃음을 지었다.

"네 입에서 왜 그런 말이 술술 나오는지 아직도 모르겠어?"

"예?"

"그럼 네 귀로 다시 들어 봐라."

그러고는 김동호가 의자에 등을 붙였을 때 사내가 기를 쓰고 입을 떼었다. 본인을 억제하려고 기를 쓴다는 말이다.

"예. 제 이름은 강동철, 서른아홉 살, 전과가 세 번입니다. 폭력, 사기, 횡령이지요. 8년 살다가 나왔고 식구는 어머니하고 누나 하나뿐입니다. 아이구."

"봐. 그 말이 터져 나오지?"

"어떻게 된 거요?"

"내가 누구인 것 같냐?"

"누구기는……."

그때 다시 사내가 말했다.

"내가 요즘 비자금을 3천5백쯤 챙겼습니다. 회장 모르게 챙긴 건데 발각되면 아마 죽일 겁니다. 회장 박경태가 지독한 놈이거든요. 아이구."

"그것 봐라."

"어, 어떻게……."

"내가 누구인 것 같으냐고 물었다."

"귀, 귀신……."

"귀신?"

"아니, 저기."

"저기, 뭐?"

"무당, 아니."

"얀마, 내가 무당이라고?"

"아니, 저기."

"김 검사다."

이번에는 김동호의 입에서도 저도 모르게 그렇게 말이 나왔다. 아까 사무실에 들어올 때 누구냐고 묻던 놈한테 얼떨결에 대답한 말이었다. 김 사장보다 김 검사가 분위기에 더 맞기도 했다.

"예, 김 검사님."

어깨를 늘어뜨린 사내가 김동호의 시선을 받더니 말했다.

"이 자식을 팍 죽여?"

그래 놓고 얼굴이 새파랗게 질렸다.

"어이구."

"그래. 죽여 봐라."

김동호가 머리를 끄덕였을 때 사내가 기를 쓰고 일어나 책상 서랍을 열더니 길이가 30센티쯤 되는 회칼을 꺼내었다. 그러더니 칼을 제 목에 대고는 비명처럼 말했다.

"아이고, 아이고. 이 칼 좀 떼게 해 주십셔."

"네 칼로 네 목을 긋고 죽을래?"

"아이고. 칼이 안 내려갑니다, 형님."

"형님?"

"아이고, 김 검사님. 칼이, 칼이 내 목을……."

사내의 검은 얼굴이 물에 빠진 것처럼 땀투성이가 되어 있다.

"아이고. 사람 살려."

칼에 붙여진 목에서 피가 배어 나오기 시작했다.

"아이고, 김 검사님, 살려 주십셔."

그때 김동호가 시선을 떼자 사내가 회칼을 떨어뜨리면서 털썩 무릎을 꿇었다. 그때 김동호가 물었다.

"너 꿈이 뭐냐?"

"예?"

칼자국이 난 목을 손바닥으로 누른 사내가 꿇어앉은 채로 김동호를 보았다. 그러더니 고분고분 대답했다.

"신용자금 진짜 사장이 되는 것입니다."

"내가 사장 시켜 줄게."

"예?"

"너, 내 능력 보았잖아?"

"예, 보았습니다."

"하지만 사채업은 그만두고 정상적인 대부업을 해. 지금 당장부터."

"예?"

"고리대금으로 뜯지 말란 말이다, 네 회장은 내가 맡을게."

"어, 어떻게요?"

"너, 방금 회칼로 어떻게 하려고 했지?"

"그, 그것이……."

사내의 눈이 뒤집혔다. 흰자위가 커졌다는 말이다.

"저도 모르게 회칼이 제 목을, 제 목을 그리려고 그, 그래서 오줌까지 쌌습니다, 형님, 아니 김 검사님."

"그래. 그렇게 될 테니까, 방해를 하면."

어깨를 부풀린 김동호가 말을 이었다.

"넌 여기 사장이 되는 거야. 착실하고 정직한 신용자금 사장. 그러면 됐지?"

"예, 검사님."

이제는 검사 호칭이 자연스럽다.

길에서 귀신을 가끔 만나지만 이제는 그냥 지나간다. 귀신들도 이쪽이 귀신인 줄 알고 정다운 눈길을 보내기도 하는데 김동호가 말을 걸지 않으면 지나가고 끝이다. 그 귀신이 들어간 몸체는 곧 세상을 떠나겠지.

'이 세상을 떠나 저 세상으로 간다.' 누가 지어낸 말인지 모르지만 다 알고 한 소리 같다, 저세상에 떠 있다가 귀신으로 내려오기도 하니까. 김동호가 귀신 여러 명을 지나치고 회사로 돌아왔을 때는 오후 4시 반이었다. 신용보증자금 바지 사장 강동철을 만난 후에 거래선을 네 곳이나 들렀다 왔기 때문이다. 그 네 곳에서 오더 6억 원어치를 받아 왔기 때문에 오수정과 한재영은 환호성을 질렀다. 한재영은 박수까지 쳤다.

"우리 셋이 하는데도 벌써 한동유통 매출액을 넘었어요. 한 달에 15억이나 돼요."

오수정이 들뜬 목소리로 말했다. 셋은 소파에 둘러앉았는데 분위기가 밝다. 김동호 기억에도 한동유통 시절에 이렇게 밝은 분위기는 없었던 것 같다.

"그런데 우리가 신용자금회사도 하나 같이 운용해야 될 것 같아."

김동호가 말했더니 둘이 눈을 둥그렇게 떴다.

"어떻게요?"

식자재 중개회사가 갑자기 신용자금 회사를 운용한다니 오수정이 '뺑'한 얼굴로 묻자 김동호가 대답했다.

"서민들한테 은행 이자만 받고 자금을 대출해 주는 회사야."

"돈이 많아야 할 텐데요."

한재영이 걱정했다.

"우리가 무슨 돈이 있어요?"

"그건 걱정 말고."

김동호가 지그시 둘을 보았다.

"우리는 관리만 하면 되니까."

"난 사장님 믿어요."

대뜸 오수정이 말했기 때문에 한재영은 입을 다물었다. 한재영의 머릿속을 읽을 수는 없겠지만 김동호와의 사이를 의심하는 기색이 나타나 있다. 오수정은 회사 안에서 깍듯하게 존댓말을 쓰고 있다가 또 복도에서 둘이 만났을 때는 대번에 말을 놓는다. 김동호가 둘을 번갈아 보면서 말을 이었다.

"그리고 당신들 월급 인상을 해야겠어."

김동호의 시선이 한재영에게 옮겨졌다.

"현재 월급에서 50퍼센트 인상해서 이번 달부터 지급해."

"사장님."

얼굴이 빨개진 한재영이 김동호를 보았다. 한재영은 '과장 대리'로 진급했으니 그 월급만으로도 50퍼센트쯤 인상된 셈이다. 오수정도 과장이다.

"너무 많아요."

한재영이 겨우 말했을 때 김동호는 머리를 저었다.

"열심히 일만 하면 돼."

"그렇게 월급 많이 줘도 돼? 우린 지금 재벌 회사 사원보다도 더 많이 받고 있는데."

한재영이 화장실에 갔을 때 오수정이 물었다. 김동호를 쳐다보는 눈동자가 반짝이고 있다. 김동호는 다시 한 번 '신'의 배려에 감동한다. '신'이 상대방의 눈을 보면서 머릿속을 읽는 능력을 주셨다면 이렇게 가슴이 설레지는 않았을 것이다. 미리 다 알아 버리면 무슨 재미가 있겠는가.

지금 오수정의 눈빛은 유혹이 70퍼센트, 교태가 15퍼센트, 질투가 15퍼센트쯤 될 것이다. 무슨 질투냐고? 한재영에 대한 경쟁심 내지 질투다.

"아냐, 됐어. 그 이상도 줄 수 있어."

김동호가 부드럽게 말했더니 오수정의 눈빛이 강해졌다. 유혹이 90퍼센트다.

"오늘 저녁에 우리 술 마실까?"

오수정이 몸을 조금 비틀면서 물었다.

"오늘 금요일이잖아? 나, 오늘 밤 집에 안 들어가도 돼."

"왜?"

"엄마 아빠가 시골 제사 지내러 가셨거든. 밖에서 친구하고 논다고 했어."

"난 어머니하고 병원 가야 돼."

거짓말이 나와 버렸다. 외삼촌이 1년째 암으로 병원을 왔다 갔다 하다가 지난주에 입원을 하기는 했다. 그래서 어머니가 오늘 밤 병원에 간다는 것을 떠올렸던 것이다. 오수정의 얼굴에 실망의 기색이 떠올랐을 때 마침 한재영이 사무실로 들어왔다.

"어! 너 왔구나."

6인실에 누워 있던 외삼촌이 김동호를 보더니 반색을 했다. 외삼촌은 위암이다. 석 달쯤 전에 만났을 때보다 체중이 절반은 준 것 같다.

"예. 그동안……."

어물거리면서 김동호가 인사를 했다. 오수정한테 거짓말을 하고 나서 집에 돌아와 어머니를 따라 병원에 온 것이다.

"네가 잘되었다니 다행이다."

어머니한테서 들었는지 외삼촌이 웃음 띤 얼굴로 말했다.

"네 엄마가 얼마나 좋아하는지."

어머니는 침상 옆을 치우느라고 정신이 없다. 외삼촌은 어머니가 혼자되고 나서 많이 도와줬다. 자신도 힘들게 살면서 매달 쌀자루를 싣고 와서 놓고 갔고 김동호, 김윤희한테 몇만 원씩 용돈을 주었다. 외삼촌은 몇 년 전에 이혼을 했는데 시집간 딸은 찾아오지도 않는다는 것이다.

그때 김동호는 외삼촌 옆에서 어른거리는 그림자를 보았다. 아지랑이 같다. 그러고 보니까 방 안의 6명 환자 중에서 외삼촌까지 2명 근처에서 아지랑이가 어른거린다. 귀신이다. 이쪽 귀신은 아직 흐릿해서 얼핏 보면 모르고 지나칠 수도 있겠다. 시간이 좀 있기 때문인가? 그때 김동호가 그 아지랑이를 향해 입속말로 말했다.

"잠깐 나 좀 보자."

몸을 돌린 김동호가 복도로 나왔을 때 그 아지랑이도 따라 나왔다. 김동호만 의식하는 아지랑이다. 복도를 지나는 사람들은 모른다. 보인다고 해도 잠깐 눈앞의 사물이 흔들리는 정도로 생각했을 것이다. 사람 왕래가 없는 비상계단 앞에 멈춰 선 김동호가 앞에서 어른거리는 아지랑이에게 물었다.

"너, 누구야?"

"조사관이야."

대번에 대답이 돌아왔다. 꼭 컴퓨터의 기계음처럼 사람의 목소리는 아니다.

"뭐? 조사관? 귀신이 아니고?"

"귀신이 오기 전에 조사 역할을 맡은 거야."

136

"데려가기 전에 조사를 한단 말이지?"

"맞아."

"방에 둘이 있던데 나머지 넷은 조사 끝낸 거냐? 아니면 조사관이 안 온 거야?"

"아직 조사할 때가 안 됐나 보지."

"그럼 데려갈 때가 된 사람만 조사를 하는 거야?"

"그래."

"우리 외삼촌은 언제?"

"한 열흘쯤 후에 귀신을 보내야 되겠어."

"네가 조사 보고를 하는 거야?"

"그렇지. 보고 판단을 하는 거지."

"한 10년쯤 후로 미루면 안 될까?"

"병이 저런데 어떻게?"

"방법이 없나?"

"모르겠어. 난 이런 일이 처음이라."

"다 처음이 있는 거다. 네가 보고서를 잘 쓰면 외삼촌 몸이 좋아질 수도 있지 않겠어?"

"보고서 잘 쓴다고 몸이 좋아져? 말이나 되는 소리를 해라."

"지금 우리도 말도 안 되는 소리를 하고 있는 거다. 네 보고서 한 장으로 귀신이 내려와서 데려가다니."

"글쎄 말이야."

"한번 바꿔 봐."

"어떻게?"

"나아질 가능성이 있다고 보고서에 써."

"말도 안 돼."

"그럼 병세가 악화되지도 않는 외삼촌한테 병원에서 어떤 조치를 취해 보겠지. 그러다가 낫게 될 거다."

"내가?"

기계음 같던 아지랑이의 목소리에 억양이 붙었다. 그때 김동호가 말했다.

"바꿔 봐. 15년쯤 더 살 거라고."

5년이 늘어났다.

"외삼촌, 드릴 말씀이 있는데요."

김동호가 외삼촌 옆에 바짝 붙어 앉아서 귀에 대고 말했다. 외삼촌이 눈만 껌뻑였고 김동호가 말을 이었다.

"외삼촌, 놀라지 마세요."

"뭐냐?"

"외삼촌은 앞으로 15년은 더 사실 겁니다. 방금 제가 확인했어요."

"누구한테 확인을 했단 말이냐?"

김동호는 순간 사실을 말해야겠다고 생각했다. 이런 때 어설픈 거짓말을 하면 안 된다.

"귀신한테요."

"뭐?"

외삼촌이 핏발이 선 눈으로 김동호를 보았다. 얼굴에 일그러진 웃음이 떠올라 있다. 그러나 목소리를 낮추고 묻는다.

"네가 귀신을 만났어?"

"네. 두고 보세요."

"뭘?"

"앞으로 일주일간 병세가 호전될 거예요."

"그래서?"

"그럼 의사들이 이상하다면서 조사를 하고 조처를 하겠지요. 그럼 나아지게 되는 겁니다."

"아이구. 야, 말이라도 고맙다."

"두고 보세요. 이건 저하고 외삼촌만의 비밀입니다."

"알았다."

"나아지셔서 소원인 농장을 운영하셔야죠. 제가 농장 사 드릴게요."

그때 외삼촌의 눈에 눈물이 고이더니 주르르 흘러내렸다. 화장실에 갔다 온 어머니가 다가오더니 외삼촌에게 물었다.

"오빠, 괜찮아요?"

"어머니, 의정부도 좋고, 파주 쪽도 좋으니까 전원주택 하나 알아봐."

돌아오는 버스 안에서 김동호가 옆에 앉은 어머니에게 말했다.

"응? 전원주택?"

놀란 어머니가 되묻자 김동호가 말을 이었다.

"외삼촌 퇴원하면 같이 살 집. 방이 5개는 있어야겠지?"

"아이구. 야, 외삼촌이 어떻게. 그리고 그럴 돈이 어디 있다고."

"그럼 내가 집 알아볼 테니까 어머니는 외삼촌하고 같이 살 준비나 해."

"아이구. 그럼 얼마나 좋아."

어머니의 눈에 눈물이 금방 고였다.

"불쌍한 오빠. 고생만 죽어라고 하고 처자식 복도 없이……."

곧 어머니 눈에서 눈물이 주르르 떨어졌다.

"내가 그동안 오빠 속을 많이 썩였지. 오빠도 못사는데 택배 일을 하면서 번 돈으로 쌀을 사 들고 오고"

"그러니까 앞으로 잘살아 보자고. 외삼촌도 나한테 약속했어."

어머니가 눈물을 닦았다. 그 약속을 귀신하고 했다면 믿지도 않을 것이다.

다음 날 아침, 김동호는 전화를 받았다. 오전 8시 반, 회사에 출근하자마자 '신용보증자금' 강동철한테서 전화가 온 것이다. 강동철은 대뜸 김 검사로 부른다.

"김 검사님, 지금 어디세요?"

"어디는 어디야, 회사지."

그때 강동철이 한숨부터 쉬었다.

"오늘 오전 10시에 회장님이 온다는데요. 자금 집행, 수금 확인을 하려고 오는 겁니다."

"내가 갈게."

김동호가 바로 대답했다. 역삼동파 회장 박경태를 만나야 한다.

"김 검사님이쇼?"

사장실로 들어섰을 때 상석에 앉아 있던 사내가 엉거주춤 자리에서 일어서며 물었다. 김동호는 숨을 들이켰다. 위압적이다. 40대 초반쯤이나 되었을까? 단정한 머리, 맞춤 양복, 날카로운 눈빛, 곧은 콧날에 붉게 윤기가 흐르는 입술, 탤런트 같다. 장신, 날씬한 체격. 시선이 마주친 순간, 김동호는 그냥 두기로 한다. 어떻게 나오는지 보자는 생각이다.

"아, 반갑습니다."

김동호가 김 검사냐는 물음에 긍정도 부정도 않고 인사를 했더니 사내가 빙긋 웃었다.

"젊으시구면. 진짜 검사죠?"

"젊으면 검사 못 됩니까?"

사장실 안에는 다섯이 모여 있다. 강동철과 이 사내, 그리고 어깨 폭이 넓은 두 사내까지 넷에다 김동호다. 김동호의 대답에 사내의 눈썹이 치켜 올라갔다.

"아니, 이 새끼를 그냥."

사내 입에서 이 말이 나왔다. 김동호의 마술이 시작된 것이다. 사내는 속으로만 생각했던 말이 튀어나오자 당황했지만 곧 입술을 비틀었다. 상관없다는 표정이다. 이어서 말이 나왔다.

"검사 아닌 것 같아. 이 새끼가 사기 친 거야. 이 새끼를 고문해 봐야겠군."

그때 김동호가 자리에 앉더니 빙그레 웃었다. 그 웃음을 본 강동철이 어깨를 늘어뜨렸고 사내는 눈을 부릅떴다.

"어라? 웃어? 근데 내가 왜 이러지? 말이 막 나오는데?"

그때 김동호가 머리를 끄덕이며 말했다.

"누가 회칼 갖고 있냐? 회칼 쟤한테 줘라, 지금."

김동호의 시선을 받은 어깨 넓은 사내 중 하나가 재킷 안에서 길이가 20센티쯤 되는 회칼을 꺼내 사내에게 내밀었다. 사내가 정신없이 회칼을 받았다. 김동호의 시선을 받은 사내가 회칼을 쥐더니 물었다.

"김 검사님, 어떻게 할까요?"

그때 뒤쪽에 선 어깨 둘이 당황했다.

"회장님, 진정하시죠."

하나가 그렇게 말했다.

"어, 회장님, 왜 이러십니까?"

하나는 그렇게 물었다. 그때 김동호가 앉은 채 사내에게 말했다.

"병신아, 앉아. 쪼다 같은 놈."

"예, 김 검사님."

사내가 고분고분 자리에 앉자 두 어깨, 그리고 강동철까지 앞쪽에 차례로 앉았다. 그때 사내가 말했다.

"제가 역삼동파 회장 박경태입니다, 김 검사님."

김동호는 시선만 주었고 박경태의 말이 이어졌다.

"예. 어제 다녀가셨다는 보고를 받고 달려온 것입니다. 앞으로는 이곳에서 손을 떼도록 하겠습니다. 독립채산제 방식으로 바꿔서 운영을 강동철한테 맡기지요. 예. 지금 당장 그렇게 조처하겠습니다, 김 검사님."

"그 약속을 어떻게 믿어? 네 귀 한 짝을 증거로 내놓을래?"

김동호가 묻자 박경태가 아직까지 들고 있던 회칼을 제 귀에 붙였다. 한쪽 손으로 귀를 잡고 회칼을 붙인 것이다.

"김 검사님, 지금 떼어 낼까요?"

옷의 단추를 떼어 낸다는 것 같은 표정이다. 김동호가 머리를 돌려 강동철을 보았다.

"녹음기 있지? 준비해라."

"예, 검사님."

강동철이 바로 제 핸드폰을 꺼내 녹음 앱을 실행한 후 탁자에 놓았다. 그때 김동호가 박경태에게 말했다.

"읊어 봐."

"예, 김 검사님."

어깨를 편 박경태가 말을 이었다.

"약속을 어길 경우에는 증거물로 제출하시도록 제 범법 사실을 자백합니다."

김동호가 머리만 끄덕였고 박경태의 목소리가 방을 울렸다.

"살인을 세 번 했습니다. 첫 번째는 2005년 7월 25일에 독산동에서 김남철을 죽였는데 시체는 독산동 아파트 지하실에 묻고 위에 시멘트를 부었지요. 그래서 시멘트만 깨면 시체가 나올 것입니다."

말이 길었기 때문에 김동호는 하품을 했지만 옆쪽 어깨 둘은 대경실색을 했고 강동철은 태연했다. 그때 박경태가 회칼을 휘두르면서 말을 이었다. 회칼이 지휘봉이나 되는 것으로 아는 것 같다.

"두 번째는 시흥인데 동구파의 행동대장 최기성이를 죽였지요. 시체는 공사 중인 연립주택 놀이터 밑에다 묻었습니다. 그것이 2008년 10월 20일쯤 됩니다."

그때 김동호가 강동철에게 말했다.

"커피 한 잔 마시고 계속하자."

신용보증자금의 자본금은 150억. 현재 금고에 있는 금액은 78억. 나머지는 대출 중인데 사원들은 일벌처럼 쉴 새 없이 밖에서 이자를 수금해 오고 있다. 김동호가 체크해 보았더니 그중 95퍼센트가 원금은 이미 다 받았고 이자를 받고 있는 중이었다. 이자율이 100퍼센트가 최하이고 500퍼센트까지 받는 채무자도 있다. 그래서 김동호는 원금을 상환한 채무자들로부터 수금은 그날로 중지시켰다.

그러고는 오늘부터 채무 상환을 안 해도 좋다는 '신용보증자금' 명의의 전문을 보냈다. 모두 핸드폰이 있기 때문에 핸드폰 문자로 보낸 것이다. 이것이 증거다. 그리고 내일부터 '신용보증자금'은 은행 이자만 받는 건강한 금융기관으로 다시 출발하게 될 것이다.

"도대체 어떻게 된 겁니까?"

돌아가는 차 안에서 고수만이 박경태에게 물었다. 고수만은 박경태의 고문 겸 행동대장이다. 의리가 있어서 박경태가 '빵'에 들어가 있는 동안에도 역삼동파를 지켜 온 심복이다. 37세, 날리는 칼잡이여서 항상 회칼을 품고 다니기 때문에 별명이 백정이다.

"어떻게 되긴? 니가 본 대로 된 거지."

벤츠 뒷좌석에 기대앉은 박경태가 하품을 했다.

"아이고. 왜 이렇게 졸리는지 모르겠네."

"전 회장님이 정신 이상이 된 줄 알았습니다."

그 순간 고수만의 뺨에서 '철썩' 소리가 났다. 옆에 앉은 박경태가 귀뺨을 갈긴 것이다. 정통으로 귀싸대기를 얻어맞은 고수만이 손바닥으로 볼을 감쌌다. 그러나 기가 질려서 입을 열지는 않는다. 박경태는 독종이다. 싸울 때 주먹이나 칼로 안 되면 '이'로 물어뜯어서 죽자 살자 안 놓는다. 그래서 상대의 볼때기에 지름 10센티를 떼어 낸 적도 있다. 상대방의 볼에 지름 10센티짜리 구멍이 뚫렸다는 말이다. 그때 박경태가 말했다.

"내가 정신 이상이 되었다고? 이 새끼가 진짜 미친놈 아녀?"

"회장님, 그것은……."

"내가 김 검사님 앞에서 그런 말 하는 것이 정신 이상이냐? 내가 거짓말한 거냐?"

"아니, 그것이 아니라요……."

"김 검사님 앞에서는 다 털어놓아야 되는 거다. 알았어?"

"예, 회장님."

"앞으로 큰일을 하려면 김 검사님하고 잘 사귀어 놔야 된단 말이다, 이 병신아."

144

"예, 회장님."

벤츠는 소리 없이 잘 굴러간다.

그동안 유효기간이 얼마나 되는지 궁금했다. 이른바 최면을 걸어서 속마음을 털어놓고 심복이 되는 기간을 말한다.

그런데 이번에 '신용보증자금' 강동철을 만나고 나서 김동호는 그 유효기간이 꽤 길다는 것을 알 수 있었다. 속에 있는 말을 꺼내는 것은 물론 김동호가 시킨 대로 말하고 행동하는 것이다. 그 순간만 그러는 것이 아니라 세뇌가 되었다. 박경태를 보내고 나서 김동호가 강동철에게 말했다.

"이제 박경태가 약속을 했으니까 강 사장도 소신껏 일해."

"예, 검사님."

강동철의 얼굴에 웃음이 떠올랐다.

"걱정하고 있었는데 잘되어서 다행입니다, 검사님."

"무슨 걱정을 했는데?"

"박 회장이 원체 독종이라 세뇌 작업이 먹히지 않으면 어쩔까 하고요."

"너도 나한테 세뇌되었다고 생각해?"

"아닙니까?"

되물었던 강동철의 얼굴에 웃음이 떠올랐다.

"잘된 것이지요. 이런 세뇌라면 얼마든지 해도 됩니다, 검사님."

"그렇다면 이젠 검사라고 부를 필요 없어. 난 사장이야."

"예, 사장님."

"이자 안 받고 회사 운영하기 힘들면 말해. 내가 자금 지원을 해 줄 테니까."

"어떻게 말씀입니까?"

금방 얼굴이 환해진 강동철이 물었다.

"그렇지 않아도 이렇게 운영을 하다가는 원금만 까먹게 될 것이 뻔해서 걱정하고 있었습니다."

"수금 사원이 몇 명이지?"

"모두 37명입니다."

"그 인력을 활용하면 돼."

"수금을 잘해 오는데 일거리가 없어지면 월급도 못 줍니다. 전처럼 웨이터나 삐끼로 쓸 수도 없고요."

"내가 일거리를 만들어 줄 테니까."

자리에서 일어선 김동호가 말을 이었다.

"지금까지보다 훨씬 건설적이고 수입이 많은 일거리야, 보람도 있고."

하서영에게 연락이 왔을 때는 오후 6시가 넘었을 무렵이다. 그동안 잊고 있었기 때문에 누구냐고 물었더니 하서영이 화를 내었다.

"저요, 테러범."

"아이구."

놀란 김동호가 핸드폰을 고쳐 쥐었다. 신용보증자금에서 나와 외부 퇴근을 하려던 참이었다. 하서영이 투덜거렸다.

"뭐죠? 날 잊고 있었어요?"

"쏘리, 내가 요즘 바빠서요."

"서운해요."

"미안하니까 오늘 내가 술 살게요."

"할 이야기도 있으니까 홍대 근처에서 만날까요?"

"그러지요. 몇 시에?"

146

"여덟 시."

"오케."

홍대 앞 커피숍에서 만나기로 해 놓고 김동호는 택시를 탔다. 귀신들에게 가장 바람직한 상황은 귀신과 몸체가 일체되는 것이다. 그래서 귀신이 사람이고 사람이 귀신인 상태로 다시 사는 것. 유정미가 연락이 없는 것은 그 경지에 도달한 것이 아닐까?

홍대 앞 커피숍에서 마주 앉았을 때 하서영이 이맛살을 찌푸리고 김동호를 보았다. 찌푸린 얼굴이 더 예뻤기 때문에 김동호는 한숨이 나왔다. 요즘은 왜 이렇게 예쁜 여자들이 발에 차이는가? 커피를 시킨 김동호가 하서영에게 물었다.

"할 이야기가 뭡니까?"

"하서영을 괴롭히는 남자가 있어요. 다른 일이라면 그냥 견디겠는데 신경이 쓰여서 그냥 떠나고 싶어요."

김동호의 시선을 받은 하서영이 쓴웃음을 지었다.

"학교로 찾아오고 집 앞에서 기다리는데 경찰에 신고를 했더니 이제는 협박을 해요."

"이런."

"차라리 하서영을 데리고 떠날까 해요."

"가만."

입맛을 다신 김동호가 하서영을 보았다.

"그럼 오늘도 기다리겠네요?"

"그럴 것 같아요."

"나하고 술 한잔하고 같이 집에 갑시다, 내가 데려다 드릴 테니까."

"그 남자만 없으면 하서영하고 일체가 되어서 살 만한데……"

"나한테 맡기시고."

커피를 한 모금 삼킨 김동호가 물었다.

"뭘 하는 남자지요?"

"대학 동창인데 강남의 부동산업자 아들이죠. 하는 일이라고는 여자하고 놀러 다니는 일인데 요즘 갑자기 내 생각이 난 모양이에요."

하서영이 길게 한숨을 쉬었다.

"그런 놈을 왜 귀신이 안 잡아가죠?"

귀신이 귀신을 찾는다.

4장
악마를 만나다

하서영과 돼지갈비 안주로 소주를 마시고 나서 김동호는 집까지 데려다 주기로 했다. 김동호는 느긋하게 술을 마셨지만 하서영은 시간이 지날수록 조바심을 내어서 9시 반쯤 식당을 나왔다. 택시를 타고 하서영의 집까지 가는 동안 충격적인 사건이 일어났다.

하서영이 슬그머니 김동호의 손을 잡은 것이다. 심장이 철렁 내려앉는 느낌이 들면서 얼굴에 열이 올랐고 입 안이 순식간에 말라버렸다. 신(神)이 들린 김동호도 어쩔 수가 없는 반응이다. 정신이 없는 상황에서 귀신이 이러는가? 아니면 하서영 본체가 이러는가를 알고 싶은 충동이 일어났다. 물론 본체가 이러기를 바라는 마음에서다.

그때 하서영이 잡은 손을 깍지 끼면서 말했다.

"우리 반말해, 나이도 같으니까."

"응, 그래."

마주 깍지 낀 손에 힘을 주면서 김동호가 열기 띤 목소리로 말했다.

"내가 지켜줄 테니까 걱정 마."

택시 운전사가 힐끗 백미러를 보았지만 진심인데 어떠랴? 김동호는 행복했다.

　방배동의 주택가에 택시가 멈춰 섰을 때는 10시 반이 되어갈 무렵이다. 택시에서 내린 하서영이 앞쪽을 보더니 질색을 했다.

　"와 있어."

　김동호가 하서영의 시선이 향한 쪽을 보았다. 사내 셋이 일차선 도로 가에 서 있었는데 일방통행로여서 차량 통행은 없다. 그쪽도 하서영을 본 모양으로 모두 이쪽을 향하여 서 있다. 가로등에 비친 세 사내의 얼굴이 선명하게 드러났다. 거리는 30미터 정도.

　"어떻게 해?"

　하서영이 당혹한 표정이 되어서 물었을 때 김동호가 마음을 굳혔다.

　"따라와."

　낮게 말한 김동호가 발을 떼었다. 이곳은 고급 주택가여서 오가는 차량은 드물었고 뒤쪽 길가에 편의점 불빛만 환하게 드러나 있다. 통행인도 보이지 않아서 둘의 발자국 소리가 울린다. 거리가 좁혀졌을 때 김동호는 숨을 골랐다. 지금까지 몸은 사용하지 않은 것이다. 그리고 몸을 어떻게 사용할지도 아직 모르고 있다.

　어느덧 사내들과 두 걸음 앞에 다가섰을 때 김동호는 자신의 가슴이 평온해진 것을 느꼈다. 마치 컴퓨터로 제어된 최신형 자동차처럼 장애물 앞에서 속력이 늦춰지고 엔진 마력이 높아지는 것 같다.

　"너희들 여기서 뭐해?"

　대뜸 김동호가 묻자 가운데에 선 사내가 한 걸음 다가섰다. 장신이다. 말쑥한 용모, 가는 눈에 쌍꺼풀 수술을 한 데다 콧날도 올린 것 같다. 몸에서 향수 냄새가 물씬 풍겨왔다.

"넌 누구야?"

되물은 사내의 시선이 김동호 뒤에 선 하서영에게 옮겨졌다. 사내의 얼굴이 험악해졌다.

"너, 비켜. 내가 하서영한테 할 이야기가 있어."

"네가 서영이를 괴롭히는 놈이냐?"

김동호가 사내를 똑바로 보았다. 둘의 얼굴이 20센티 거리를 두고 멈춰섰다. 그때 두 사내가 김동호의 양쪽에 붙어 서더니 입 냄새를 풍기면서 말했다.

"아유. 이걸 쥐여, 살려?"

"너 인마, 혼 좀 나볼래?"

그때 김동호가 주먹으로 오른쪽 사내의 턱을 올려쳤다. 이어서 왼쪽 사내의 사타구니를 구둣발로 차 올렸다. 주먹으로 쳐 올릴 때는 마른바가지가 깨지는 소리가 났고 발끝에서는 풍선이 터지는 소리가 울렸다. 거의 동시에 울린 것이다.

"으악!"

"어억!"

사내들의 비명소리도 같이 울렸다.

"어?"

앞에 선 사내가 놀라 한 걸음 뒤로 섰는데 그의 눈에는 무슨 일이 일어났는지 보이지 않았기 때문이다. 눈도 깜빡이지 않았는데 좌우의 두 사내가 턱과 사타구니를 움켜쥐더니 비명과 함께 나동그라진 것이다.

그때 김동호가 사내에게 물었다. 이제는 사내의 눈을 똑바로 보고 있다.

"네 이름이 뭐냐?"

"조일수입니다."

사내가 고분고분 대답했다. 학질이 떨어진 표정이 되어 있다. 김동호가 말을 이었다.

"앞으로 이곳에 나타나지 않는다. 알겠어?"

"예, 형님."

"저놈들을 데리고 떠나라."

"예, 형님."

"저놈들은 서로 싸우다가 저렇게 된 거야. 그러니까 병원에 데려가."

"예, 형님."

김동호가 아직도 자빠져서 신음을 뱉고 있는 사내들에게 다가가 한 번씩 눈을 맞추고 돌아왔다.

"가자."

하서영의 팔을 끌고 발을 떼었을 때 둘을 향해 조일수가 허리를 기역자로 꺾고 절을 했다.

"안녕히 가십시오, 형님, 형수님."

"어떻게 된 거야?"

하서영이 김동호의 팔짱을 끼면서 물었을 때는 다섯 발짝쯤 떼었을 때다. 다리에 힘이 풀렸는지 하서영이 매달리듯이 김동호의 팔에 몸을 붙였다.

"최면이야."

김동호가 가볍게 말했다.

"세뇌시킨 것이라고."

"자기는 그런 능력도 갖고 왔어?"

"내가 감독관이라고 했잖아."

그때 하서영이 김동호의 팔을 두 손으로 감싸 안으면서 몸을 붙였다.

"내가 자기 애인해도 되지?"

152

"응?"

숨을 들이켠 김동호의 시선을 받은 하서영이 눈을 흘겼다.

"내가 꼭 먼저 그런 말 해야 돼? 눈치도 없이. 감독관이 뭐 이따위야?"

몸의 기능이 상승되었다.

인간의 신체 기능은 한계가 있다고 하지만 갈수록 상승되어 온 것이 사실이다. 과학의 힘을 빌려서가 아니다. 꾸준한 노력으로 신체 기능을 향상시켜 기록을 갱신하고 있다. 100미터 기록이 그 예다.

전(前)에는 9초 돌파가 불가능한 것처럼 말했지만 지금은 9초 대 선수가 수십 명이다. 높이뛰기, 멀리뛰기, 던지기, 달리기 기록도 계속 향상 중이다. 그것은 인간이 아직 본래의 신체 조건을 완전히 활용하지 못하고 있다는 뜻이나 같다.

집으로 돌아오는 택시 안에서 김동호는 자신의 주먹을 내려다보았다. 자신의 몸이 이렇게 빠르고 강력한 힘을 보유하고 있다는 것은 꿈도 꾸지 못했다. 그야말로 전광석화다. 자신의 몸은 전처럼 움직이는데 눈앞의 움직이는 생명체 모두가 슬로우 비디오 장치를 해놓은 느낌이다.

이렇게 강해질 수도 있었구나. 이 컨디션으로 100미터를 달리면 5초 대가 나오지 않을까? 그 이하가 될지도 모른다. 높이뛰기는 5미터쯤. 장대높이뛰기는 20미터도 가능하겠다. 권투 선수로 나서면 파퀴아오쯤은 10초 만에 KO시키겠지.

오늘 또 한 가지 능력을 발견했다, 내 신체의 능력.

동호상사의 매출액은 그야말로 하루가 다르게 늘어난다. 식자재 유통은 수백 가지 상품을 취급한다. 식자재 목록을 펼쳐보면 그야말로 못 먹는 것이 없다고 생각될 정도다. 식자재 대부분은 자연에서 채취되어 상품화된다. 그래서 그 상품을 현장에서 검사하는 것이 중요하다.

"어제 대한백화점에서 납품한 채소를 가져가라는 연락이 왔는데요."

오수정이 말했을 때는 오전 10시. 셋이 사무실에서 업무회의를 하고 있다. 한숨을 쉰 오수정이 말을 이었다.

"이 사장이 납품한 채소인데 일부가 썩었고 신선도가 떨어진답니다."

서류를 본 김동호는 대한백화점에 8천만 원 물량의 채소가 납품된 것을 알았다. 오수정이 검사를 한 채소다.

"담당이 까다로워요. 다른 업체들 이야기를 들었더니 반품률이 50퍼센트 이상이라고 합니다."

"이 사장은 뭐래?"

"절대로 썩은 건 보내지 않았답니다. 금방 캐낸 상품이라 신선도가 떨어질 이유도 없구요."

그렇지만 갑(甲)이 하라면 해야 된다. 항의하거나 의문을 제기하면 당하는 건 이쪽이다. 김동호가 입맛을 다셨다. 동호상사는 이미 이한수에게 물품 대금을 지급했기 때문이다. 나중에 이한수에게 변상을 받을 수 있겠지만 동호상사가 타격을 입게 된 것이다. 그러나 어쩔 수 없다.

"이 사장한테 가져가라고 해. 오 과장도 가서 상품 확인을 해보고."

회의를 끝낸 김동호가 자리에서 일어섰다. 오후에는 '신용보증자금'에 가야 한다.

길을 걷다가 김동호가 걸음을 멈췄다. 역삼동 대로변의 복권 가게 앞이다. 잠깐 망설이던 김동호가 유리창 안의 복권을 보았다.

처음 '신의 능력'을 받았을 때 복권부터 산 기억이 떠올랐다. 10만 원짜리

154

즉석복권이다. 지금도 가게 안에는 즉석복권이 수백 장 진열되어 있다. 로또라고 불리는 1주일에 한 번 추첨해서 수십억을 받는 복권도 있고 연금복권, 축구복권 등 여러 가지다.

김동호가 천천히 머리를 끄덕였다. 지금도 즉석복권에서 10만 원짜리를 구별해낼 수가 있다. 겉에 칠을 해놓았지만 안의 표식이 보이기 때문이다. 옷에 가린 사람 몸뚱이는 보이지 않아도 즉석복권의 '안'은 보인다. 이것은 무엇을 의미하는가? 보고 싶다는 의지가 눈에 작용했기 때문이다. 이것도 육체의 능력인가?

머리를 든 김동호가 가게 안에서 물건을 고르는 여자의 몸을 보았다. 그리고는 눈에 의지를 심었다. 그 순간 김동호는 숨을 들이켰다. 알몸의 여자가 눈앞에 서 있는 것이다. 아랫배가 조금 나왔고 젖가슴은 쳐졌다. 김동호는 눈을 감았다가 떴다. 의지를 버린 것이다. 그러자 옷을 걸친 여자가 새우깡을 집어 드는 것이 보였다.

이제 또 한 가지 신체의 능력을 깨달았다. 눈에 의지를 심으면 보고 싶은 것이 보인다.

신용보증자금 사장실에 둘러앉은 사내들은 셋, 사장 강동철과 대한은행 역삼동 지점장 유필수, 그리고 김동호다. 유필수는 강동철이 만나자고 해서 온 것인데 물론 김동호가 시킨 것이다.

오후 2시 반, 유필수는 40대 중반으로 보였는데 깐깐한 성격이라고 했다. 강동철과 업무상 몇 번 거래를 했지만 담보가 확실하지 않으면 1만 원도 빌려주지 않는다는 것이다. 유필수는 김동호가 건네준 '동호상사' 사장 명함을 앞에 내려놓고 있다. 강동철이 김동호를 '신용보증자금'의 실질적인 사주(社主)라고 소개시켜 줬는데도 믿지 않는 것 같다. 전(前)에 박경태를 한 번 본

155

적도 있기 때문이다.

여직원이 갖다놓은 커피를 한 모금 삼킨 김동호가 유필수를 보았다. 시선이 마주쳤지만 머릿속은 읽을 수가 없다.

"대한은행에서 우리 '신용보증자금'에 2백억쯤 대출해주시지요."

놀란 유필수가 입을 쩍 벌렸다가 쓴웃음을 지었다. 놀란 것이 민망한 것 같다.

"아, 그거야 조건만 맞는다면 해 드려야지요."

"우리가 신용보증자금이니까 신용으로 해주시지요."

"아이구, '신용' 자가 들어간다고 신용대출이 됩니까?"

"대한은행은 돈을 쌓아두고만 있다고 들었는데, 우리가 대신 운용해 드리는 것입니다. 그러니까 오늘 중으로 부탁합니다."

그때 조급해진 강동철이 헛기침을 했다.

"사장님, 잠깐만요."

김동호를 만류한 강동철이 자리에서 일어서면서 말했다.

"잠깐 드릴 말씀이 있습니다."

앞장서서 사장실을 나온 강동철이 복도에서 김동호와 마주 보고 서더니 쓴웃음을 지었다.

"사장님, 그러시면 안 됩니다. 우리 박 회장이 담보를 내놓아도 꿈쩍도 안 하는 놈입니다. 저놈들은 정부기관이어서 우리말은 이빨도 들어가지 않습니다."

그때 김동호가 얼굴을 펴고 웃었다.

"그럼 안에 들어가서 이야기 듣자고."

다시 사장실로 들어온 김동호와 강동철이 자리에 앉았을 때 이번에는 유필수가 일어섰다.

"제가 다른 약속이 있어서요."

그때 김동호의 시선을 받은 유필수가 얼굴에 웃음을 띠면서 앉았다.

"거짓말입니다. 기분이 나빠서 한 말이었습니다."

"조금 전에 말한 200억 대출 말인데, 오늘 중에 처리되겠지요?"

그러자 유필수가 벽시계를 보고 나서 말했다.

"지금이 3시인데 본점 승인을 받고 이사회 의결까지 거치려면 최소한 내일 오후 3시까지 만 24시간이 필요합니다."

유필수가 초점이 흐려진 눈으로 김동호를 보았다.

"구비서류가 6가지가 되는데요. 보증인, 담보가 필수거든요."

김동호는 듣기만 했고 강동철은 입 안의 침을 삼켰다. 그때 유필수가 말을 이었다.

"하지만 제가 서류를 조작해 보지요. 모두 컴퓨터로 처리되는 거라 글자하나만 틀려도 컴퓨터는 다른 서류로 구분하거든요. 그래서 기존에 있는 자료를 고쳐서 제출하겠습니다."

"문제는 일어나지 않을 거요, 내가 200억을 사기 치려고 하는 것이 아니니까."

김동호가 부드러운 표정으로 말을 이었다.

"원금에다 은행 이자는 꼬박꼬박 갚아 드릴 테니까."

"믿고 있습니다."

한숨을 쉰 유필수가 강동철에게 말했다.

"내일 오후 3시까지 '신용보증자금' 계좌로 2백억이 입금될 것입니다."

유필수를 배웅하고 돌아온 강동철이 한숨을 쉬면서 김동호 앞자리에 앉았다.

"사장님, 괜찮겠습니까?"

강동철이 조심스럽게 묻자 김동호가 피식 웃었다.

"뭐가?"

"유필수가 배신하지 않을까요?"

"네 자신을 한번 돌아봐."

"저를 말씀입니까?"

되물은 강동철이 잠깐 김동호와 시선을 마주치더니 대답했다.

"저는 사장님 심복입니다. 일심동체나 마찬가지지요. 사장님이 시키신 일은 의심 없이 그대로 진행합니다."

"자신이 기계 같은 생각이 드나?"

"아닙니다. 나쁜 일을 하다가 서민을 위한 일을 하게 되어서 오히려 행복합니다, 사장님."

"왜 그렇게 되었다고 생각해?"

"사장님이 제 머리를 개조시켜 주셨기 때문이죠."

"그것이 불편하고 싫은가?"

"절대로 그렇지 않습니다."

그때 김동호가 머리를 끄덕였다.

"유필수도 그렇게 된 거야."

"전혀 거부감 없이 받아들인 것이군요."

머리를 끄덕인 강동철이 말을 이었다.

"사장님은 신(神)이십니다. 저도 처음에는 사장님이 최면술사나 무당인 줄 알았다가 이렇게 믿고 심복하게 된 것입니다."

"좋은 세상을 만들려는 거야. 그것을 명심하면 더 믿게 될 거다."

"그럼요. 제가 부하들을 교육시키겠습니다."

강동철이 결연한 표정으로 대답했다.

"박윤성 씨, 요즘 어떠세요?"

주치의 문 교수가 불쑥 물었기 때문에 박윤성이 긴장했다. 오후 5시 반. 병실에 와 있던 박경숙도 몸을 굳히고 문 교수를 보았다. 문 교수 주위에는 한 무리의 의사들이 서 있다. 그들도 모두 긴장한 표정이다. 그때 박윤성이 대답했다.

"괜찮습니다."

"그래요?"

문 교수는 60대 초반으로 위암의 권위자다. 수술 횟수가 5천 번을 돌파했다고 신문에도 나온 적이 있다. 15년 동안 하루도 빼놓지 않고 수술을 해야 그 숫자가 나온다. 그때 문 교수가 의심쩍은 시선으로 박윤성을 보았다.

"어제부터 검사 많이 하셨죠?"

"예."

"근데 밖으로 번졌던 암세포가 딱지가 떨어지듯이 다 없어졌어요."

문 교수는 그것이 불쾌한 듯 이맛살을 찌푸렸다.

"그리고 위를 거의 덮었던 암세포 절반 이상이 녹아내렸습니다. 특수한, 이건 의학계에 없는 현상이지요."

"⋯⋯."

"다시 묻겠는데 요즘 다른 거 드신 건 없지요?"

"예. 수십 번 말씀드렸지만 없습니다. 한약은 절대 안 먹었습니다."

"이젠 다 나은 것이나 같아요."

그때 박경숙이 두 손으로 얼굴을 감싸 쥐고 울기 시작했다. 박윤성의 눈에도 눈물이 고였다. 문 교수가 말을 이었다.

"그래서 말씀인데요."

어깨를 부풀린 문 교수의 얼굴에 이번에는 웃음이 떠올랐다. 아부하는 것 같다.

"오늘 밤부터 특실로 옮기시는 것이 어떻습니까? 거기서 열흘만 계시면서 저희들이 조사를 할 수 있도록 도와주시면 감사하겠는데요. 물론 특실비, 치료비는 전액 병원 부담입니다. 그리고 열흘 동안 조사에 협조해주시는 대가로 5백만 원을 지급하겠습니다."

박윤성과 박경숙이 마주 보았다.

"또 왔어."

유정미가 말했을 때 김동호는 머리를 기울였다. 오후 6시 반. 사무실 안이다. 아직 대한백화점에서 오수정이 돌아오지 않았기 때문에 기다리다가 유정미의 전화를 받은 것이다.

"누가 왔다는 거야?"

"귀신."

그 순간 김동호가 숨을 멈췄다. 지금 유정미도 귀신이 들어간 몸이다. 귀신과 본체가 일체가 되어가는 중이었는데 귀신이 또 오다니. 그때 유정미가 말을 이었다.

"지금 나하고 같이 있어."

"무슨 말이야?"

"귀신이 둘 들어와 있는 셈이지."

그러더니 바로 말을 잇는다.

"지금 이야기한 것은 나중에 온 귀신이 한 말이야."

160

"아이구!"

머리가 혼란해진 김동호 입에서 저절로 신음이 뱉어졌다. 유정미 귀신이라 목소리가 똑같다. 그래서 누가 누군지 구별이 안 된다. 여기서 본체까지 목소리를 낸다면 3개의 혼(魂)이 되는가? 두 개는 죽은 혼, 한 개는 살아있는 혼. 그때 유정미가 말했다.

"아무래도 가야겠어. 이번에는 다른 구역에서 왔어."

먼저 온 귀신이다. 그때 유정미의 목소리가 이어졌다.

"이런 경우는 처음이야. 귀신을 둘까지 보낸 경우 말이야. 당신이 조사관이라지만 못 가게 막을 권한이 있는 거야?"

지금은 귀신이다. 한숨을 쉰 김동호가 물었다.

"유정미는 어때?"

"유정미라니?"

누가 물었는지 모르겠지만 김동호가 다시 말했다.

"유정미는 갈 마음이 있는 거야?"

"무슨 소리야? 내가 그때 들어왔을 때부터 실제 유정미가 되어 있는데?"

첫 번째다. 핸드폰을 귀에 붙인 김동호가 머리를 끄덕였다. 잊고 있었다. 혼은 지금 3개가 모여 있지만 첫 번째 귀신이 온 순간부터 유정미는 귀신의 지배를 받고 있었던 것이다. 그때 유정미가 말했다.

"난 아직 떠나기 싫은데 두 번째 귀신까지 와서 가야 할까 봐."

"너희들 둘이 합의를 해보지 그래? 며칠간 같이 지내면서 말이야."

"무슨 말이야?"

이건 나중에 온 년이다. 그때 유정미가 말했다.

"알았어. 이삼 일 같이 있다가 결정할게."

처음 귀신이다. 김동호가 더 이상 억지를 쓸 수 없다는 생각이 들었다. 인생은 유한하다.

"알았어. 둘이 결정해라."

통화가 끝나기를 기다렸다는 듯이 문에서 노크 소리가 울리더니 오수정이 들어섰다. 오수정 뒤를 한재영이 따르고 있다.

"대한백화점 식품부장이 나쁜 놈이에요."

오수정이 눈을 치켜뜨고 말했다.

계약서는 다른 업체와 비슷하다. 까다로운 조항은 거의 없다. 그리고 단순하다. 계약서대로라면 굉장히 납품업체를 배려한 것처럼 보인다. 그런데 그것이 함정이다. 오히려 납품받는 갑(甲)이 갑질을 얼마든지 할 수 있는 공간을 만들어 준 셈이다.

대한백화점 식품부장 정갑진이 바로 그 갑질의 전문가다. 43세, 대한백화점 사주(社主)의 처가 쪽 친척이기도 한 정갑진은 10년이 넘도록 식품부를 장악해오면서 엄청난 재산을 축적했다. 식품부 매출이 한 달에 150억 정도가 되는 터라 그중 최소한 20퍼센트를 정갑진이 챙긴다는 소문이 났다. 그러니 소문대로만 해도 1년에 300억을 챙기는 셈이다.

정갑진에게 오늘 오후 동호상사를 통한 채소 8천만 원 물량의 반품은 코딱지를 떼어낸 것 정도밖에 안 되었다. 그런 일이 비일비재해서 7시에 퇴근할 때는 까맣게 잊어먹었다.

"정 부장님."

뒤에서 부르는 소리에 정갑진이 몸을 돌렸다. 백화점 지하 주차장 안이다. 3층 VIP 주차 공간에 주차시킨 차 앞이다. 그때 앞으로 세 사내가 다가왔다. 앞장선 사내의 웃음 띤 얼굴을 본 정갑진이 머리를 기울였다. 이곳에서 납품업체를 만난 일이 자주 있었기 때문이다. CCTV가 반대쪽에 있어서 봉투를

162

받기에 적당한 장소다.

그런데 누군지 모르겠다. 하긴 납품받는 업체가 현재 220개인 상태다.

"누구시더라?"

정갑진이 어깨를 펴면서 물었을 때다. 바짝 다가온 사내가 갑자기 주먹으로 배를 쳤다.

"억!"

정통으로 배를 맞은 정갑진이 허리를 기역자로 구부리면서 소화되지 않은 음식물을 한 움큼 바닥에 토했다. 그때 다시 날아온 구둣발이 정갑진의 턱을 차 올렸다. 뒤로 벌떡 넘어진 정갑진이 뒷머리를 차에 부딪치면서 의식을 잃었다.

"지금 파주 안가(安家)로 데려가는 중입니다."

핸드폰에서 강동철의 목소리가 울렸다.

"오늘 밤 안가에서 재울 작정입니다, 사장님."

"알았어. 내일 오전 10시쯤 갈 테니까."

김동호가 택시 정류장에 서서 말했다.

"그때까지 거기서 쉬라고 해."

"예, 사장님."

강동철의 목소리에 웃음이 띠어져 있다. 지하 주차장에서 정갑진을 잡아온 것은 강동철의 부하들인 것이다. '신용보증자금'에는 37명의 수금사원이 있다. 그들에게 이런 일이 가장 적성에 맞는 것이었다.

김동호가 시청 앞 로즈호텔 커피숍에 들어서자 기다리고 있던 하서영이 활짝 웃는 얼굴로 맞는다. 오늘 하서영은 조금 진하게 화장을 한 데다 몸에 딱 맞는 니트 원피스를 입었다. 그래서 가슴과 허리, 볼록한 아랫배와 엉덩이 윤곽까지 선명하게 드러났다.

"흐흐흐."

앞쪽에 앉은 김동호가 눈을 가늘게 뜨면서 웃자 하서영이 눈을 흘겼다.

"왜 그런 얼굴로 웃어? 음탕하게."

"맞아. 음탕하지?"

"그 눈이 내 옷 안으로 들어오는 것 같아. 온몸이 근지럽단 말야."

"맞아."

"뭐가 맞다는 거야?"

"내가 네 옷 속의 몸을 다 볼 수가 있거든."

"으악!"

하서영이 저도 모르게 두 손으로 가슴을 덮었지만 김동호는 눈에 '의지'를 섞지 않았다. 그래서 하서영의 생 몸을 보지 않았다. 능력을 낭비하면 신비감이 줄어든다.

다음 날 아침, 눈을 뜬 김동호는 침대 옆자리가 비어 있는 것을 보았다. 이곳은 테헤란로의 한강호텔. 어젯밤 늦게 하서영과 함께 투숙했던 것이다. 침대 옆 탁자의 디지털시계가 오전 7시 반에서 깜빡이고 있다.

침대에서 몸을 일으킨 김동호가 의자 위에 놓인 핸드폰에 메시지 수신 표시가 떠 있는 것을 보았다. 수신 버튼을 눌렀더니 하서영이 남긴 메시지가 나타났다.

'어젯밤 행복했어. 하서영이.'

짧은 글이지만 다 함축되었다. 하서영이 보낸 것이다. 귀신과 하서영이 합체가 되어서 하나의 하서영이 되었다. 그 하서영이 보냈다.

호텔에서 바로 파주의 안가에 도착했을 때는 오전 9시 반이다. 동호상사에는 외부 출근을 한다고 연락을 하고 곧장 이곳으로 출근했다.

안가는 국도에서 3백 미터쯤 일방통행로로 들어간 산골짜기의 외딴집이다. 전에 축사를 했던 곳이어서 커다란 축사도 그대로 남아있고 방 3개짜리 기와집도 멀쩡했다. 역삼동파는 이곳을 구입해서 조직원 극기 훈련이나 단합 대회 장소로 사용해왔다.

기다리고 있던 강동철이 김동호를 맞았는데 사내들 네 명을 데리고 있다. 어제 정갑진을 납치해 온 부하들이다. 김동호를 본 사내들이 일제히 허리를 꺾어 절을 했다. 조폭 보스가 된 느낌이 들었지만 나쁜 기분은 아니다.

"방에 있습니다."

앞장서서 집 안으로 들어서면서 강동철이 말했다. 활기 띤 표정이다. 일이 적성에 맞기 때문일 것이다. 1층 응접실 옆방으로 들어서자 의자에 이삿짐 테이프로 누에고치처럼 감겨 있던 정갑진이 눈을 크게 떴다. 머리만 나와 있는 것 같은데 얼굴이 땀과 눈물범벅이다.

"아이구, 살려주십셔."

정갑진이 울부짖었다.

"돈 있는 대로 다 내겠습니다. 목숨만 살려주십셔."

김동호가 앞쪽 의자에 앉았을 때 강동철이 옆에 서서 보고했다.

"지금까지 갑질해 온 거 다 자백했습니다. 납품업자들한테서 상납 받은 내역도 다 녹음해 놓았습니다."

김동호가 머리만 끄덕였고 강동철이 말을 이었다.

"통장 계좌번호, 비밀번호까지 다 불러줬는데요. 확인해보니까 맞습니다."

"……."

"처제, 장모, 처이모하고 처이모 딸 계좌까지 만들어서 예금해놓고 부동산을 구입해 놓았더구만요. 재산이 3백억쯤 됩니다."

그때까지 눈을 크게 뜨고 듣기만 하던 정갑진이 소리쳤다.

"다 드리지요! 다 드립니다."

강동철이 머리를 들고 김동호를 보았다.

"사장님, 이놈은 그걸 다 게워내도 또 벌 겁니다. 몇 년이면 만회할 테니까요."

김동호가 한숨을 쉬었다. 동호상사가 반품당한 8천만 원 물량의 농산품에 대해서 적절한 보상을 받으려고 시작된 '정갑진 납치극'이다. 그것이 엄청난 몸값을 받는 상황으로 변했다. 강동철이 시키지도 않은 일을 알아서 진행시켜버린 것이다. 이윽고 김동호가 자리에서 일어서며 말했다.

"알아서 해."

"예, 사장님."

신바람이 난 강동철이 어깨를 부풀렸다.

"제가 금방 끝내겠습니다."

"저를 살려만 주신다면……."

김동호의 뒤에 대고 정갑진이 다급하게 말했다.

"다 드립니다. 다 드릴 때까지 저를 잡아두셔도 됩니다. 그러니 목숨만……."

"죗값을 받는 거야. 정갑진한테서 받은 자금은 '신용보증자금' 운영비로 써서 돈 없는 사람들에게 신용대출을 해주면 되겠다."

밖으로 나온 김동호가 강동철에게 말했다. 오늘 대한은행에서 2백억도 대출될 테니 신용보증자금의 원금은 몇 배로 늘어날 것이었다.

동호상사로 돌아오는 전철 안에서 유정미한테 전화를 했더니 받지 않는다. 전원을 꺼버린 것이다. 예감이 이상했지만 김동호도 어쩔 수가 없다. 회사로 돌아온 김동호가 오수정에게 말했다.

"대한백화점은 그냥 놔둬. 우리가 손해를 보기로 하지."

이미 이한수에게 물품값은 다 지불했기 때문에 반품 받은 채소는 창고에서 곧 썩을 것이다.

"아녜요. 삼환물류 강 사장님이 가져가신다고 했어요."

오수정은 그사이에 삼환물류에 샘플을 보낸 것이다. 삼환물류는 동호상사의 일이라면 손해를 보더라도 가져가는 사이가 되었다. 김동호가 쓴웃음을 짓고 말했다.

"오 과장이 혼자 애쓰는데 영업사원을 우선 두 명만 채용하기로 하지."

매출액이 한동유통보다 많아졌는데 사원은 김동호까지 셋인 것이다. 한동유통은 20명이 넘을 때도 있었다.

"사원모집 광고를 내."

김동호가 한재영에게 말했다.

"영업직 2명, 관리직 1명. 1차로 3명만 충원하자."

오후 2시가 되었을 때다. 점심을 먹고 거래처에 가려고 전철역 계단을 내려가던 김동호의 핸드폰이 울렸다. 김동호는 운전면허도 있지만 대중교통을 이용한다. 자가용을 살 필요를 아직 느끼지 못하고 있다. 발신자를 보았더니 유정미다. 놀란 김동호가 핸드폰을 귀에 붙였다.

"여보세요."

"김동호 씨세요?"

처음 듣는 여자 목소리다. 다시 긴장한 김동호가 대답했다.

"예, 제가 김동호인데요."

그러자 잠깐 말을 멈췄던 여자가 길게 숨을 뱉었다.

"난 유정미 엄마인데요."

"……."

"정미가 어젯밤 자다가 갔어요."

"네? 자다가 가다니요?"

"심장마비라네요."

"……."

"핸드폰에 친지 전번이 찍힌 대로 연락을 하는 건데, 김동호 씨는 오늘도 연락을 하셨더라구요."

"아, 예."

"지금 강남성심병원 영안실이네요."

"예, 어머님. 연락 주셔서 감사합니다."

"정미가 김동호 씨 이야기 했어요."

"예? 제 이야기를요?"

"그래요."

어머니가 다시 한숨을 쉬더니 이제는 울음 섞인 목소리로 말했다.

"며칠 전에 이야기하다가 '엄마, 나 무슨 일 있으면 김동호한테 연락해!' 하더라구요."

"……."

"무슨 일 말이냐고 물었더니 '그냥 아무 일이나' 하길래 그러마고 했는데……."

"……."

"설마 지가 죽을 때 연락하라고 한 건 아니겠지요?"

"그럴 리가요……."

"그럼 이만 끊어요."

"어머님, 기운 차리십시오."

겨우 그렇게 위로한 김동호가 핸드폰을 귀에서 떼고는 길게 숨을 뱉었다. 결국 두 번째 내려온 귀신과 함께 유정미는 떠났다. 떠날 준비는 해주었구나. 하지만 좀 늦추면 하늘이 뒤집어지는가? 조금 화가 났다.

인사차 삼환물류에 들렀더니 매장에 나와 있던 강삼환 사장이 반색을 하고 김동호를 맞았다.

"어, 김 사장 왔나?"

"사장님, 대한백화점에서 반품된 상품 받아주셔서 감사합니다."

"그놈들이 나쁜 놈들이야. 특히 정갑진이가 말야."

강삼환이 김동호의 팔을 끌고 사장실로 들어가면서 말을 이었다.

"내가 상품 전수검사를 했더니 모두 A급이었어. 그놈이 리베이트 먹으려고 일부러 그런 거야."

"제가 가격 깎아 드릴게요."

"아냐, 됐어."

이런 바이어도 없다. 솔직히 강삼환의 딸을 구해내지 않았다면 이러지 않았을 것이다. 소파에 마주 보고 앉았을 때 여직원이 마실 것을 내려놓고 돌아갔다.

강삼환은 김동호의 능력을 아는 인물이다. 납치범이 통화를 할 때 최면에 걸린 것처럼 술술 털어놓는 것을 보고는 강삼환은 심장이 멎는 느낌을 받았을 것이었다. 그 후부터 김동호는 삼환물류에서 제2인자 대접을 받았다. 1인자는 물론 강삼환이다. 강삼환이 현장에 있던 간부들에게 소문을 내지 말라고 '경고'를 했기 때문에 김동호의 '능력'에 대해서는 몇 사람만 안다. 그때 강삼환이 말했다.

"이봐, 김 사장, 나하고 어디 좀 가지 않을래? 내가 며칠 전부터 김 사장한테 이야기를 하려고 별렀는데."

강삼환이 멋쩍게 웃었다.

"지난번 큰일을 당하고 나서 내가 식겁을 했지만 김 사장 능력을 보고 퍼뜩 떠오르는 게 있더란 말야."

"뭔데요?"

김동호는 지난번 강삼환이 회사에 찾아왔을 때 1억을 주면서 네 능력에 대한 이야기를 해보자던 장면이 떠올랐다. 강삼환이 상반신을 기울였다.

"김 사장, 노름할 줄 아나?"

"모르는데요."

"카지노 같은 데 안 가봤지?"

"예. 그런 데 안 가봤습니다."

"파친코는?"

"말만 들었지 모릅니다."

"고스톱은 칠 줄 알지?"

"그건 알지요."

"화투로 치는 짓고땡, 버티기는?"

"그쯤은 알지요."

"옳지."

손바닥으로 제 허벅지를 친 강삼환의 눈이 번들거렸다.

"여긴 짓고땡, 버티기 판이라구."

"어디가요?"

"내가 가는 곳."

숨을 고른 강삼환이 말을 이었다.

"판이 엄청 커. 판돈이 한 번에 1, 2천만 원이야. 3천까지 올라간 적도 있어."

"……."

"물론 불법 도박이지. 부끄러운 말이지만 내가 두 달쯤 전부터 이곳에 빠졌다가 3억쯤 날렸어."

강삼환이 손가락 두 개를 펴서 흔들었다.

"두 달에 3억이야. 우리 식구들이 피땀 흘려서 장사해 준 돈 3억을 두 달 만에 날렸다고."

말도 안 되는 이유로 직원들을 팔아먹고 있지만 본인은 흥분해서 분별이 안 되는 것 같다. 그때 강삼환이 말을 이었다.

"이놈들이 사기도박꾼이야. 그런데 그 증거를 못 잡는다고. 딱 두 놈인데 이놈들이 도박장 주인하고 짠 것이 분명해."

강삼환의 입가에 흰 거품이 일어났다.

"지금도 나한테 오라고 연락이 와. 짓고땡이나 버티기로 승부내자고 말야. 그 말을 들으면 혈압이 터지겠어."

"또 가시려구요?"

"응, 김 사장하고 같이."

"제가 왜요?"

"그, 능력으로 안 될까? 납치범을 세뇌시키는 능력으로 말야."

"카드를 세뇌시킬 수는 없는데요."

말은 그렇게 했지만 김동호의 심장은 화투 이야기가 나왔을 때부터 박동이 빨라지고 있는 중이었다. 이것은 즉석복권 가려내는 것보다 쉬운 일이 아닌가? 더구나 사기도박꾼을 상대하는 일인 것이다. 김동호의 말에 낙심한 표정이 되어 있던 강삼환이 머리를 들었다.

"그래도 한번 가보지 않을래?"

강삼환은 도박 중독에 걸린 것 같다. 복수를 핑계 삼아 가고 싶은 것이다. 그때 김동호가 말했다.

"한번 가보지요."

그러자 강삼환이 펄쩍 뛰었다.

"그래. 내가 당장 준비하지."

대림동의 연립주택 안. 이층에 방 3칸짜리 연립주택이 도박장이다. 응접실에 카펫을 깔았고 여섯 명이 둘러앉았는데 화투 20장으로 일명 '버티기'가 진행 중이다.

둘러앉은 면면을 보면 고 사장, 박 사장, 이 사장, 최 사장, 그리고 강삼환과 김동호다. 강삼환과 김동호는 아직 게임에 참석하지 않았고 넷이 게임을 한다. 판돈은 10만 원. 패를 받고 나서 무제한 '고'가 되는 터라 상대가 기권하지 않으면 끝까지 간다. 그래서 밑천이 없는 놈은 상대방 표를 보지도 못하고 먹히는 무지막지한 게임이다.

판이 점점 열기를 띠면서 판돈이 50으로 올랐다. 그중 최 사장이 두 번을 연거푸 따더니 앞에 5만 원짜리 묶음이 수북이 쌓였다. 이곳은 수표도 필요 없고 5만 원 권을 사용한다. 그래서 각자의 앞에 5만 원권 뭉치가 30~40개씩 쌓여 있다. 강삼환도 등산용 가방에 5만 원 뭉치 60개를 넣어왔으니까 밑천이 3억이다.

"자, 강 사장, 붙으시지."

50대쯤의 이 사장이란 사람이 강삼환에게 말했다. 이 사장은 그동안에 2천쯤 잃었다. 그때 문간방 문이 열리더니 사내들이 나왔다. 하우스 주인과 경리다. 둘 다 40대쯤으로 평범한 체격에 용모다.

"식사들 하실까요? 술도 같이……"

경리가 묻자 이 사장이 머리를 끄덕였다.

"위스키 가져와. 안주는 스테이크로."

"예."

경리가 돌아가자 박 사장이 말했다.

"난 좀 있다가 마사지 받을 테니까 미스 오 대기시켜 줘."

"예, 사장님."

고분고분 대답한 하우스 주인 오 사장이 방으로 들어갔다. 방에는 마사지걸 3명이 대기하고 있었는데 안방이 마사지 받는 곳이다. 문간방은 하우스 주인 사무실, 욕실이 딸린 안방은 마사지실, 건넌방은 마사지걸 대기실, 그리고 응접실이 게임룸이다.

'버티기'는 순식간에 끝이 났다. 이번에는 이 사장이 3천을 땄다. 6땡을 쥐고 다섯 번을 버티다가 선을 잡은 최 사장이 '까' 보자고 했기 때문이다. 최 사장은 3땡이었다. 김동호의 옆에 앉은 강삼환이 아까부터 자꾸 침을 삼키는 것이 끼고 싶은 것 같다. 그러나 김동호의 신호가 있었기 때문에 끼지 못하고 있다.

이번에는 이 사장이 '선'을 잡았다. 단숨에 3천을 따서 잃은 것을 만회한 이 사장은 기분이 좋았다.

"판돈 1백으로 하지."

판돈 올리는 것도 '선' 마음이다. 이 사장이 말하자 셋은 군말 없이 판돈으로 1백씩을 내놓았다. 현금 박치기여서 5만 원권 20장을 내놓아야 한다. 클립으로 1백만 원, 50만 원을 묶었기 때문에 셀 필요는 없다.

그때 이 사장이 화투를 나누었다. 각각 2장씩 나눠주는 것이다. 자신도 2

장, 그 2장으로 끗수가 높은 놈이 먹는다. 끗수가 낮은 것부터 시작하면 4·6
은 뺑, 그다음이 10·1이 1끗, 이렇게 3·6 갑오까지 가다가 1땡, 2땡, 3땡……, 장
땡인 10땡까지. 그리고 가장 높은 패가 3·8 광땡이다. 3광하고 8광이 나와야
광땡인 것이다.

김동호는 이 사장이 패 뒷면만 보여주고 있었지만 2·7 갑오를 쥐고 있는 것
을 보았다. 다 보이는 것이다. 최 사장은 6땡, 고 사장이 5땡이다. 그런데 박 사
장이 1·6 7끗이다. 어라? 6월이 3개다? 그렇다면.

김동호의 어금니가 물려졌다. 최 사장과 박 사장 두 놈이 사기꾼이다. 뒤가
유리판처럼 훤하게 보이는 터라 사기꾼이 금방 잡혔다. 결국 판돈을 각각 3천
까지 올린 후에 최 사장이 5천을 따고 게임이 끝났다. 박 사장이 두 번 버티다
가 들어갔고 이 사장은 3번, 3천까지 갔다가 홀랑 껍질이 벗겨진 것이다.

"분하구만."

5땡 갖고 있다가 망한 고 사장이 이를 갈았지만 의심하지 않았다. 그때 박
사장의 소매 속에 화투 패가 들어 있는 것이 보였다. 여러 장이다. 화투를 접
는 최 사장의 손을 본 김동호의 심장 박동이 빨라졌다. 굽혀진 손바닥 안에
서 화투가 한 장씩 소매 속으로 들어가더니 팔을 한 번 움찔할 때마다 팔목
안으로 사라졌다. 그러더니 허리 사이로 빠져나온 화투가 바지 주머니로 들
어갔다.

그때 방에서 나온 주인이 최 사장 옆에 비비고 들어오더니 위스키 병을
내려놓았다. 그리고는 물러 나가면서 최 사장의 주머니에 든 화투를 꺼내 손
에 쥐었다. 주인까지 한패다.

김동호의 눈짓을 받은 강삼환이 어깨를 부풀리며 말했다.

"자, 나도 한판 합시다."

"어서 오시오."

이 사장, 고 사장은 반겼는데 사기꾼들인 박 사장, 최 사장은 쓴웃음을 짓기만 했다. 사기꾼이 더 자연스럽다. 강삼환이 가져온 가방을 옆에 놓고 지퍼만 열었다. 안에는 5만 원권 뭉치 60개가 차곡차곡 쌓여 있다. 둘러앉은 다섯의 판돈을 모두 합치면 15억쯤 될 것이다.

"자, 버티기를 계속 합시다."

끗발로 '선'이 된 이 사장이 말하면서 클립에 끼운 1백만 원을 앞에 내놓았다.

"기본은 1백이오."

다섯이 1백씩 내놓았으니 판돈이 5백이다. 이 사장이 화투를 먼저 1장씩 돌렸다. 뒤쪽으로 물러나 앉은 김동호에게는 다섯이 쥐거나 앞에 뒤집어 놓은 표가 다 보였다. 최, 강, 고, 이, 박의 순서로 각 2, 4, 5, 5, 10이다.

이 사장이 다시 두 번째 화투를 나눠주었다. 4, 6, 8, 1, 9다. 그렇다면 2·4, 4·6, 5·8, 5·1, 10·9다. 끗발 순서로 보면 10·9가 가장 높고 5·1, 2·4는 같고 5·8이 그다음, 강삼환이 4·6 멍청이로 최하수다.

그때다. 선을 쥔 이 사장이 판돈 1백을 내놓고 거드름을 피웠다. 이 사장은 5·1 6끗, 최 사장과 같다. 이 사장이 2백을 걸었다.

"자, 따라올 사람."

그때 김동호가 기다리고 있는 감상환에게 말했다.

'최 사장은 2·4, 고 사장은 5·8, 이 사장은 5·1, 박 사장은 10·9요.'

머릿속 말이라 강삼환만 듣는다. 강삼환에게는 박 사장, 최 사장, 하우스 사장 셋이 사기꾼이라는 말도 해주었다. 김동호의 말을 들은 강삼환이 거드름을 피웠다.

"아, 이거 참, 따라가기도 그렇고."

입맛을 다신 강삼환이 패를 던졌다.

"에라, 욕심 안 내고 말지."

"젠장, 김빠지는구먼."

최 사장이 따라서 죽었지만 눈치를 보던 고 사장이 3끗을 갖고 한 번 더 나갔다. 박 사장이 당연히 따라갔을 때 선을 쥔 이 사장이 패를 뒤집었다. 여기서 까 보자는 것이다. 당연히 박 사장이 판돈을 넣고 게임은 박 사장이 '선'으로 시작되었다.

이렇게 1시간이 지났을 때 패가 안 좋으면 죽고 좋으면 나가기를 반복하다 강삼환이 7천만 원을 땄다. 신이 난 강삼환이 판돈을 올리자고 제의하자 박 사장과 최 사장이 동의했고 고 사장, 이 사장이 뒤를 따랐다. 이제 기본금이 5백이 되었다. 최소 버티기는 5백, 그래서 한 번만 버텨도 1천이 나간다.

그동안 김동호는 멀찍이 떨어져 앉아서 음료수도 마시면서 왔다 갔다 했지만 4명의 패는 빠짐없이 다 읽어 주었다. 박 사장, 최 사장 둘이 열심히 패를 바꿔치기 했지만 다 보이는데 어쩔 것인가? 대신 이 사장, 고 사장은 각각 1억 원쯤을 잃었다.

"아, 그동안 공부를 하셨나. 보통이 아니신데요."

최 사장이 감탄한 표정으로 강삼환에게 말했다. 자동차 부품 공장을 운영한다고 했지만 거짓말일 것이다.

"우리 좀 쉬고 판돈 좀 올릴까요?"

박 사장이 말했기 때문에 김동호가 강삼환에게 머릿속으로 말을 했다.

"5배쯤 올리자고 하세요."

5배면 2천5백만 원이다. 그러자 심호흡을 한 강삼환이 말했다.

"5배로 올립시다. 그리고 버티기 최소액은 1천으로."

그러면 최소 1번만 버티어도 최소 3천5백이 나간다. 최와 박의 시선이 멈췄다가 풀어지더니 둘이 동시에 말했다.

"합시다."

이와 고가 분김에 동의했고 그 말을 들은 하우스 사장이 활짝 웃었다. 하우스 사장은 판돈 총액의 5퍼센트를 가져가는 것이다. 물론 딴 사람이 많이 내게 된다.

CCTV가 3대 장치되어 있었다. 응접실 천장의 샹들리에 사이에 하나, 앞쪽 시계에 하나, 뒤쪽 벽의 액자 속 그림에 하나. 교묘하게 박혀 있어서 바로 눈앞에서 봐도 모를 정도였는데 김동호는 2미리 정도밖에 안 되는 CCTV 최소형 렌즈에서 비치는 빛으로 감별했다. 인간 '신체의 잠재된 기능'이 발휘된 것이다.

약을 먹거나 컴퓨터 칩을 몸속에 삽입시킨 것도 아니다. 신체의 본래 기능이 표출된 것뿐이다. 그렇다, 자극을 받았기는 했다, 신(神)의 자극. 이 3대의 CCTV를 문간방의 하우스 주인이 보면서 게임을 지휘하고 있는 것이다.

하우스 주인 오 사장은 친절했다. 김동호에게 마사지 받을 것을 여러 번 권하기도 했다. 김동호는 강 사장 회사에 납품하는 유통 회사 사장으로 소개되어서 여기서도 김 사장으로 불린다. 여자들은 안방에 셋이 있다. 셋 다 눈동자가 돌아갈 만큼 미인인데 그동안 박 사장하고 고 사장이 마사지를 받고 나왔다. CCTV에 다 찍혔을 것이다.

30분쯤 쉬고 나서 메인 게임이 시작되었다. 오후 11시 반, 아직 초저녁이다. 게임하면서 밤참으로 스테이크, 샥스핀, 바다가재까지 경리 미스터 조가 배달해 와서 먹었고 위스키, 샴페인까지 마셨다.

"저기, 돈 필요하시면 3억까지는 빌려드릴 수가 있습니다."

오 사장이 두 손을 모아 쥐고 말했다.

"현금을 준비하고 있으니까요."

도대체 이놈들 정체가 무엇인가? 그때 오 사장이 김동호에게 말했다.

"김 사장님은 심심하실 텐데 저하고 안방에 들어가시지요."

그 말을 들은 강삼환이 퍼뜩 시선을 들었기 때문에 김동호가 머릿속 말로 말했다.

"걱정 마세요."

김동호는 오 사장을 따라 안방으로 다가갔다. 안방 구조가 궁금하기도 했다.

안방은 컸다. 안쪽에 문이 있는 것이 화장실 같다. 침대가 놓였고 반대쪽 벽에 소파와 탁자가 붙어 있는데 여자 하나가 TV를 보고 있다가 머리를 들었다. 마사지걸 중의 하나다. 그림처럼 예쁜 모습이다. 반팔 셔츠에 팬티 같은 반바지를 입었는데 모델처럼 미끈한 몸매다.

여자는 들어서는 둘을 보았지만 곧 TV로 시선을 돌렸다. 꼬고 앉은 긴 다리의 발가락에는 붉은색 매니큐어를 칠했다. 오 사장은 여자 앞쪽 소파에 앉더니 김동호에게 옆자리를 가리켰다.

"김 사장님, 여기 앉으쇼."

여자하고 정면으로 바라보는 위치다. 김동호가 자리에 앉았을 때 오 사장이 말했다.

"김 사장님, 침대에 누워서 마사지 받으시지요. 끝내줍니다."

"아니, 됐습니다."

"받아보세요. 그리고 돈 안 받습니다."

178

"괜찮습니다."

"그냥 미스 정하고 놀기나 하시든지요."

"아뇨."

그때 여자가 일어나더니 김동호 옆에 앉으면서 바지 위에 손을 얹었다. 여자한테서 강한 향수 냄새가 맡아졌다.

"그럼 그냥 누워 계세요."

여자가 나긋나긋한 목소리로 말했다. 시선이 마주치자 여자는 눈웃음을 쳤다.

"안에서 잠그면 아무도 못 들어오니까 걱정 마시구요."

"우리 김 사장님 구경만 하시는데 질렸을 거야. 미스 정이 서비스해 드려."

오 사장이 자리에서 일어서면서 웃었다. 김동호의 얼굴에 쓴웃음이 떠올랐다. 이곳에다 묶어두려고 하는 것이다. 강삼환이 오늘은 예전과 다른 것이 수상했기 때문일 것이다. 이놈들의 눈치는 보통이 아니다.

박 사장이 공급책이고 최 사장이 배달책이다. 즉 박 사장의 손에 화투가 닿는 순간에 바꿔치기가 되는 것이다. 그것은 최 사장이 나눠주고 회수를 해서 하우스 오 사장한테 넘긴다. 그리고 새 화투를 박 사장한테 넘겨주는 일이 반복된다.

셋의 손발이 맞았고 둘이 '선'을 잡게 되면 둘 중 하나가 어김없이 딴다. 가끔 다른 사람에게 좋은 표를 밀어줘서 의심받지 않도록 분위기를 맞추지만 끝났을 때는 백발백중이다.

오 사장이 안방에 김동호를 묶어놓고 나왔을 때 게임이 절정에 오르고 있다. 첫 번째는 이 사장이 따서 단숨에 7천을 먹었다. 신이 난 이 사장이 '선'을 쥐었는데 강삼환이 안방을 힐끗 보았다. 제 앞으로 한 장을 놓고 강, 고, 최,

박의 순이다.

각각의 앞에 놓인 첫 번째 패는 4, 7, 6, 8, 2다. 강삼환이 멧돼지가 그려진 7월 한 장 들고 한숨을 쉬었다. 이것으로는 2가 나와서 갑오, 즉 9끗이 되거나 7땡이 나와야 한다. 그때 이 사장이 두 번째 화투를 돌렸다. 제 앞으로 5, 강삼환에게 8, 고 사장한테 9, 최 사장한테 4, 박 사장한테 10이다.

자, 그러면 이, 강, 고, 최, 박의 패가 각각 4·5, 7·8, 6·9, 8·4, 2·10이다. 끗발 순으로 9, 5, 5, 2, 2인 것이다. 이 사장이 가장 높고 최 사장, 박 사장이 가장 낮다. 다섯 명 모두 속된 말로 '개패'를 쥐었다. 개떡 같은 끗발이란 말이다.

그때 기술자 박 사장의 소매에서 10월 단풍이 나왔고 2월이 슬쩍 들어갔다. 박 사장이 장땡이 된 것이다. 눈치를 보던 이 사장이 9끗으로 두 번을 버티었고 강삼환, 고 사장은 기권을 했다. 최 사장이 한 번 더 버티었다가 들어가는 바람에 세 번째까지 갔던 이 사장이 5천을 잃고 똥 밟은 얼굴이 되었다. 이번에 박 사장은 8천을 땄다. 만일 박 사장이 선을 쥐었다면 끝까지 따라가서 망하든가, 도중에 기권을 하고 말든가 둘 중 하나를 택해야 했을 것이다.

이번에도 강삼환은 기본금 2천5백을 잃었다. 그때 안방 문이 열리면서 김동호가 나왔기 때문에 강삼환이 반색을 했다. 숨을 들이켜면서 눈에서 광채가 났다.

"어, 왔어? 김 사장이 옆에 있어야 내가 운이 붙는가 봐."

강삼환이 웃지도 않고 말했을 때 김동호가 문 앞에 서서 웃었다.

"저, 마사지 좀 할게요."

"아, 그러셔."

박 사장이 웃음 띤 얼굴로 김동호에게 말했다.

"안에 미스 정이 있지? 걔 괜찮아?"

그때 김동호의 시선과 박 사장의 시선이 부딪쳤다. 김동호가 머리만 끄덕이며 다시 방 안으로 들어갈 때 강삼환의 귀에 목소리가 울렸다.

'걱정 마세요. 박 사장이 버티면 계속 밀어붙이세요.'

이번에는 박 사장이 '선'이다. '재수 없는' 김동호까지 마사지걸에 홀려서 안방으로 들어가자 박 사장은 신이 났다. 최 사장도 마찬가지고 왔다 갔다 하는 하우스 오 사장은 말할 것도 없다.

"이번에 결판을 냅시다."

어깨를 편 박 사장이 주위를 둘러보면서 말했다.

"다 나이도 지긋하신 분들이고 우리가 어디 밤 새워서 이 짓 하고 죽자 살자 하는 군번이오? 어떻습니까?"

"좋지."

이 사장이 대답했고 고 사장이 머리를 끄덕였다.

"합시다. 오늘은 좀 안 되네."

이 사장과 고 사장 앞에는 각각 2억 3천, 1억쯤 돈뭉치가 쌓였고 강삼환도 2억 5천쯤 남았다. 박 사장은 4억, 최 사장은 5억 정도였는데 지금도 둘이 딴 상태다.

"그럼 기본은 5천으로 하고 버티기 최하는 1천으로 합시다."

박 사장이 제의하자 강삼환이 먼저 찬성했다.

"그럽시다."

그러면 게임 시작할 때의 판돈이 2억 5천이 된다. 고 사장, 이 사장이 따라서 동의했고 최 사장이 마지못한 듯이 따랐다.

"아이구, 이제 시작이군요."

그 소리를 들은 하우스 오 사장이 다가와 최 사장 옆에 앉는다. 화투 공급을 대려는 수작이다.

"벗으세요."

웃음 띤 얼굴로 미스 정이 말했기 때문에 김동호가 마침내 입을 열었다.

"말해 봐요."

김동호의 시선을 받은 미스 정이 침대 옆 의자에 앉더니 한숨을 '푹' 쉬었다. 얼굴에 순식간에 수심이 덮였다.

"하룻밤에 1백만 원을 받기로 했는데 김 사장님한테는 저걸 먹이라고 하네요."

미스 정이 눈으로 탁자 위에 놓인 박카스 병을 가리켰다.

"뭔데요?"

김동호가 묻자 미스 정이 고분고분 대답했다.

"히로뽕이라 들었어요. 마시면 정신을 잃어요, 한두 시간쯤."

김동호가 머리를 끄덕였다.

그때 응접실에서는 박 사장이 패를 나눠주고 있다. 이, 강, 고, 최, 박의 순서로 나눠준 패가 2·2, 4·9, 3·3, 2·8, 10·4였으니 고 사장이 3땡으로 가장 높고 이 사장이 2땡, 박 사장이 4끗, 강삼환이 3끗, 최 사장이 꽝이다. 그것을 기술자 박 사장이 10자를 소매에서 내놓고 4자를 집어넣어서 10땡을 만들었다.

그러고 나서 버티기를 시작했다. 박 사장은 20장 표를 계획대로 그렇게 나눠준 것이다. 화투 뒷면에 표시를 했기 때문에 '기리'를 할 때 그렇게 배회를 했다. 1월은 바늘 끝만 한 돌기가 하나, 10월 10개. 이런 식으로 두 번 손이 닿으면 없어지는 터라 귀신도 모른다. 그래서 모두의 패를 읽고 있다.

"자, 나는 올인이오."

박 사장이 결연한 표정으로 말하면서 앞에 놓인 4억을 앞으로 밀어놓았다. 최 사장은 기본 5천을 포기하고 기권, 당연히 이 사장이 1억 8천, 고 사장이 5천을 다 밀어놓았다. 모두의 시선이 강삼환에게 옮겨졌다. 박 사장은 '넌 포기하지?' 하는 표정이다. 3끗 갖고는 관운장이라도 안 된다. 그때 강삼환이 앞에 놓인 2억 5천을 다 앞으로 밀었다.

"그럼 나도 올인."

"아이구, 존경합니다."

박 사장의 입에서 저절로 그렇게 말이 나왔다. 자, 판돈이 9억 8천이 되었다.

"까 보셔."

어깨를 부풀린 최 사장이 심판관처럼 말했고 옆에 붙어 앉은 하우스 오 사장의 침 삼키는 소리가 크게 났다.

강삼환이 쥐고 있는 두 장의 패를 다시 한 번 확인했다. 9월이 2개, 9땡이다. 처음에 9월, 두 번째로 나눠진 패가 9월이었을 때 심장 박동이 빨라져서 이를 악물어야만 했다. 노름판에서는 '포커페이스'가 중요하다. 거꾸로 인상을 쓰거나 웃는 등 표정의 변화를 일으키는 놈들은 백전백패다. 다 간파를 당하는 것이다. '무표정한 얼굴', 포커페이스가 가장 낫다.

그래도 미세한 변화를 관찰당하는 경우도 있는데 그 경기에서는 확률이 반반이다. 너무 상대방 반응을 쳐다보다가 제 패에 신경을 못 쓰는 경우가 있기 때문이다. 자, 강삼환은 9땡으로 올인을 했다. 버티기 노름판에서 3·8 광땡, 10땡 다음으로 높은 수다.

고 사장은 3땡을 쥔 채 이제는 이놈의 노름을 안 하기로 작정했다. 앞에 놓인 판돈 9억 8천을 먹으면 지금까지 노름판에 퍼부은 20억의 절반을 만회하는 셈이 될 것이다. 이것으로 노름 끝낸다. 노름에 빠진 지 1년, 집이 한 채 날아갔고 운영하는 플라스틱 공장도 담보로 잡힌 상태다. 이젠 노름 안 한다.

이 사장은 2땡을 쥔 채 박 사장의 태도를 관찰했다. 이 자식이 수상했다.

노름방에 다닌 경력이 10년이 넘은 터라 사기꾼은 대충 잡을 수 있다. 그런데 이놈은 만난 놈 중에서 가장 기술자 같다. 전혀 표시가 나지 않는다. 화투 빼내고 바꾸고 있다면 세계 최고의 수준일 것이다.

어쨌든 내가 2땡을 쥐었으니 확률이 절반쯤 될까? 이놈이 5땡 이상일 가능성은 없다. 고 사장이 좋은 패를 쥔 것 같다. 강 사장은 허당이다. 들어갈 것 같았는데 왜 이럴까? 손에 쥔 패는 분명 땡이 아니다. 어쨌든 이번에 먹으면 당분간 쉬겠다. 지금까지 30억쯤 깨졌나? 하지만 강남의 부동산에서 월 임대료가 3억쯤 나오는 터라 별로 타격도 없다.

박 사장이 손에 쥔 패를 다시 한 번 보았다. 10땡, 장땡이 맞다. 자, 이제 까기만 하면 된다. 오늘 판은 일찍 끝낸 편이다. 옆쪽에 앉은 하우스 오 사장의 가쁜 숨소리가 들렸다. 오 사장이 자꾸 보고 싶은 눈치를 보였지만 놔두었다. 아무리 같은 편이라고 해도 보이면 김이 빠지는 것이다. 그리고 마지막까지 버티다가 '딱' 내놓는 순간의 희열을 누구하고 나눈단 말인가? 이것이야말로 '타짜'의 몫이다. 이윽고 심호흡을 한 박 사장이 맨 끝 쪽의 이 사장에게로 시선을 돌렸다.

"자, 내가 선으로 맨 끝이니까 이 사장님부터 까시죠."

"좋습니다."

어깨를 편 이 사장이 두 장의 패를 바닥에 기운차게 내던졌다. 명쾌한 소리와 함께 2땡, 2월 2장이 바닥에 펼쳐졌다.

"자, 2땡. 어때요?"

그때 옆에 앉아 있던 강삼환이 쓴웃음을 짓고는 머리를 저었다.

"안 되겠는데요? 그 이상의 패 없어요?"

그때 박 사장, 최 사장, 오 사장까지 동시에 이맛살을 찌푸렸지만 입을 열지는 않았다. 그 순간 고 사장이 바닥에다 힘껏 3땡을 내던졌다.

184

"자, 3땡!"

고 사장이 강삼환과 박 사장을 차례로 흘겨보았다.

"나보다 높단 말요?"

그때 강삼환이 바닥에다 9땡을 내려놓았다. 얼굴에 쓴웃음이 떠올라 있다.

"내가 마누라 죽고 처음 9땡 잡았습니다."

강삼환의 부인은 멀쩡히 살아있다. 그러자 모두의 시선이 박 사장에게로 옮겨졌다. 하우스 오 사장이 다시 침을 삼켰는데 맥주 마시는 소리 같다. 그때 심호흡을 두 번이나 하고 난 박 사장이 차분한 동작으로 바닥에 화투 두 장을 한 장씩 펼쳐 놓았다. 10월, 그리고 4월이다.

그 순간 응접실에 무거운 정적이 흘렀다. 모두의 시선이 바닥에 깔린 화투 2장에 꽂혀 있다. 10월, 4월, 2장 4끗이다. 4끗이라니? 제일 먼저 반응한 사람이 화투 주인 박 사장이다. 박 사장이 한 짓이 가관이다. 화투 4월을 뒤집어 본 것이다. 뒤에 10월이 있을까 봐? 그때 고 사장이 말했다.

"뭐야? 지금 무슨 짓을 하는 거야?"

이 사장이 다음에 거들었다.

"왜? 화투 밑장에다 10월 깔았소?"

최 사장이 어깨를 부풀렸다가 내리기만 했고 하우스 오 사장도 얼굴이 하얗게 질렸다. 그때 박 사장이 다시 화투를 뒤집어 보았는데 이번에는 애매한 10월을 뒤집는다. 그때 강삼환이 돈뭉치를 쓸어안으면서 말했다.

"자, 죽은 자식 불알 만지지 말고 내가 먹습니다."

"어, 축하합니다."

쐐기를 박듯이 이 사장이 말했다.

돌아오는 차 안에서 겨우 흥분을 가라앉힌 강삼환이 머리를 돌려 김동호를 보았다. 밤 1시 반, 뻥 뚫린 길을 강삼환이 직접 차를 몰고 가는 중이다.

"김 사장, 어떻게 된 거냐?"

"뭐, 간단합니다."

"뭐가 간단해?"

"박 사장 눈에 9월이 4월로 보였고 4월이 10월로 보인 것이지요."

"아니, 넌 그걸 어떻게 알았어?"

김동호는 자신이 안방에 들어오기 전에 박 사장과 시선이 마주쳤을 때 그렇게 장치를 해 놓았다는 설명을 하지 않았다. 설명하지 못했다고 해야 옳다. 이것은 신(神)의 영역이다. 그걸 다 일일이 설명해 줘야 시원하냐? 그랬다면 그런 줄 알지.

동호상사에 신입사원 셋이 입사했다. 영업부 오수정 과장 밑으로 둘, 관리부 한재영 밑으로 하나, 사장 김동호까지 합쳐서 직원이 여섯. 사무실에 들어서면 진짜 사무실 분위기가 풍긴다. 첫째로 바쁘기 때문에 신입도 정신없이 왔다 갔다 한다. 이제는 한재영도 저보다 한 살 어린 사원한테 꽥꽥 소리를 지를 때도 있다. 다 신바람이 났기 때문이다.

회사에 일이 많으면, 더구나 흑자가 나면 이렇게 신바람이 나는 법이다. 김동호는 25살짜리 사장이다. 이젠 의젓해져서 '사장님' 소리에도 무표정하다.

"사장님, 저 여수에 출장 다녀올게요."

오수정이 출장 간다는 보고를 하러 왔을 때는 오전 10시경. KTX 타고 가는 터라 당일치기로 돌아올 수도 있다.

"어. 갔다 와. 하루 쉬고 오든지."

사장실에서 반말로 말했더니 오수정이 활짝 웃었다. 오수정은 신입사원

186

미스 강하고 같이 출장이다.

"그럼 하루 자고 올게요."

여수에서 해산물 납품업체에 검사를 나가는 것이다. 바이어니까 접대도 받겠지. 신입 미스 강의 얼굴도 밝아져 있다. 23세, 서동대학 영문과를 졸업하고 지금 생선 신선도 검사를 하러 간다.

몸을 돌린 둘이 문까지 세 걸음을 걷는 동안 김동호의 시선이 미스 강의 엉덩이에 머물렀다. 날씬한 몸매지만 볼륨이 있다. 김동호의 시선을 의식한 듯 다리가 불안정하게 움직였고 그러다 보니까 엉덩이가 조금 뒤틀렸다. 문을 연 오수정이 먼저 나갔고 그 뒤를 미스 강이 나갈 때 옆문으로 이쪽을 보았지만 김동호는 시선을 돌린 후였다.

괜찮은 용모에 몸매, 그리고 학력이다. 김동호가 면접까지 보고 뽑았지만 흙 묻었던 보석을 주운 느낌이다. 귀신이 안 붙은 괜찮은 여자를 처음 본 것 같다.

납품업체는 수백, 수천 곳이지만 다 거래선이 있다. 그 거래선 사이를 비집고 들어가야만 하니 온갖 편법이 동원된다. 지연, 학연, 혈연은 말할 것도 없고 온갖 모임 등 인연을 만드는 작업이 사업가들의 일이다.

오후 2시, 김동호는 납품업체의 지점 개업식에 갔다가 '신용보증자금'에 들렀다. 강동철이 반색을 하고 김동호를 맞았는데 바깥 매장은 손님들로 가득 차 있다. 돈을 빌리려고 온 영세 상인들이다.

전에는 매장이 텅 비어 있었고 사원들이 돈 받으려고 쫓아다니는 상황이었는데 지금은 거꾸로다. 안에서 손님 받느라고 정신이 없다. 은행 이자만 받는 데다 담보 없이 신용만으로 빌려주기 때문이다. 처음에는 안 믿다가 소문이 난 후에는 손님이 미어터진다.

"자금이 넉넉하니까요."

사장실에서 강동철이 웃는 얼굴로 말을 잇는다.

"저더러 시의원 나가라고 합니다."

"나가지그래?"

이제는 김동호가 10살도 더 위인 강동철에게 반말을 한다. 강동철이 초능력을 아는 이상 그러는 게 자연스럽다.

"에이구, 이게 다 누구 덕인데요? 사장님이 만들어 주신 건데."

"돈 떼이지는 않았어?"

"몇 명이 연체는 했지만 떼어 먹으려고 온 사람은 아직 없었습니다."

"좋은 일 하는 거야."

"그런데 사장님."

정색한 강동철이 강동호를 보았다.

"박 회장이 여기서 손을 떼기는 했지만 호락호락 넘어갈 것 같지는 않습니다."

"그러겠지."

"역삼동파의 원로인 석필이 형, 아니 최석필이 사장님을 노린다는 정보가 있습니다."

"최석필이 누구야?"

"박 회장한테 밀려서 사우나를 하고 있다가 이번에 '신용보증자금'이 떨어져 나갔다는 소문을 듣고는……."

강동철이 쓴웃음을 지었다.

"사장님에 대해서 알아볼 모양입니다."

"그래? 그럼 만나면 되겠네."

김동호가 머리를 끄덕였다. '신용보증자금'이 간단하게 정리되리라고는 생각하지 않았던 것이다. 박경태에게는 '신보'를 강동철이 운영하도록 머릿속에 박아놓았지만 주위 사람들까지 세뇌시키지는 못했기 때문이다. 그러니 온갖 소문이 난무하고 욕심을 부리는 놈들이 나서는 것은 당연했다. 그때 강동철이 말했다.

"최석필이만 누르면 '신보'를 노리는 놈들은 사라질 겁니다."

"그래?"

"최석필이 아주 악질이거든요. 팔 하나에 의수를 끼고 있는데 그놈의 의수에 회칼이나 도끼, 쇠갈고리를 번갈아 끼고 날뛰면 경찰이 총으로 제압하는 수밖에 없습니다."

"그럼 나온 김에 나하고 같이 가지."

김동호가 바람 쐬러 가자는 것처럼 말을 이었다.

"내가 간다고 연락을 해, 의수에 좋아하는 것 끼워놓고 기다리라고."

성남 변두리의 사우나는 주차장이 컸고 3층 벽돌로 만든 건물이었는데 장사가 잘되는 것 같았다. 주차창에 고급차가 가득 차 있는 데다 들락거리는 손님이 많다. 최석필의 집은 뒤쪽의 단층 주택이었다. 대문에 붙은 벨을 눌렀더니 요란하게 개 짖는 소리가 들렸다. 큰 개가 짖는 소리다. 강동철이 김동호를 돌아보며 쓴웃음을 지었다.

"개가 있어요. 두 마리인데 도베르만입니다. 그래서 들어가지 않으려고들 해요."

그때 문이 열렸다. 집 안으로 들어선 둘 앞으로 도베르만 두 마리가 달려왔다. 앞장섰던 강동철이 질색을 하고 섰다. 그때다. 으르렁거리는 개 소리가 김동호의 귀에 들렸다.

"<u>으르르르르릉</u>"

"컹컹. 컹. 컹컹."

그것이 이렇게 들리는 것이다.

"앞에 선 자식은 몇 번 본 놈이야."

"뒤쪽 놈은 처음 보는 놈인데."

마치 외국어로 말하는 것이나 같다. 즉 '개 말'이 들리는 것이다. 그때 김동호가 '개 말'로 말했는데 강동철에게는 이렇게 들렸다.

"으르르릉. 킁킁 컹."

놀란 강동철이 김동호를 보았다. 눈이 동그래져 있다. 미친 것이 아닌가 하는 표정이다. 그보다 더 놀란 것은 도베르만 두 마리다. 그들에게 김동호가 '개 말'로 이렇게 말했기 때문이다.

"시끄러, 이 병신들아. 거세한 놈들이 으스대기는. 새끼도 못 만드는 놈들이."

놀란 개 한 마리가 김동호에게 물었다.

"우리 말을 아십니까?"

"아니까 이렇게 말하잖아, 병신아."

"선생님 같은 분은 처음 봅니다."

"내가 신(神)이다."

개한테는 그렇게 말해 버렸다. 그렇다면 '개신'이 되는 셈이다. 그때 다른 개가 물었다.

"신이시여, 우리는 언제 해방이 됩니까?"

"무슨 말이냐?"

"개들이 마음 편하게 사는 세상 말씀입니다."

"지금은 옛날보다 훨씬 좋아졌지 않느냐? 조금만 더 기다려라."

그렇게 말하면서 마당을 건넜는데 강동철한테는 김동호와 개들이 으르렁

거리는 것으로만 보였을 것이다. 어쨌든 개들이 김동호 옆을 졸졸 따라오면서 으르렁대는 것이 신기하기는 했다. 김동호는 능력 하나를 또 발견했다. '개말' 능력.

"어, 왔나?"

응접실에 앉아 있던 최석필이 먼저 강동철한테 알은체를 했다. 옆에 김동호가 있는데도 시선을 주지 않는다. 의도적인 무시다. 김동호를 데리고 온다고 연락도 했다.

"형님, 이분이······."

강동철이 김동호를 바라보며 소개를 시작했을 때 최석필이 말을 잘랐다.

"아, 됐다. 앉아라."

김동호한테는 앉으라는 말도 없다. 당황한 강동철이 김동호에게 말했다.

"앉으시지요, 사장님."

그때 김동호가 소파에 앉으면서 강동철에게 말했다.

"저놈이 나를 사람 취급을 안 하는데 나도 그래야겠군."

놀란 강동철이 숨을 들이켰다. 저놈이란 최석필인 것이다. 대놓고 저놈이라고 했다. 과연 최석필이 눈을 치켜떴다. 최석필은 40대 중반으로 체격이 컸고 왼쪽 의수에는 거대한 낚싯바늘 같은 갈고리가 끼워져 있다.

"뭐야? 아니, 이 새끼가."

어깨까지 부풀린 최석필이 의수를 앞쪽으로 조금 내민 순간이다. 김동호의 입에서 '독어'가 터져 나왔다. 독어(dog語)다. 독일어가 아니다.

"으르렁 컹컹 캉캉!"

최석필이 '뻥'한 얼굴이 되었고 강동철은 '이건 또' 하는 표정을 지었을 때다. 현관문이 와락 열리더니 도베르만 두 마리가 뛰어 들어왔다. 이를 드러낸 두 마리는 총알처럼 달려오더니 한 마리는 최석필의 의수 위쪽 팔목을, 또 한 마리는 목을 물었다. 영리한 개들이다.

"으악!"

비명은 강동철의 입에서 먼저 터졌다.

팔을 물린 최석필이 성한 손으로 개를 밀었지만 더 힘껏 물렸다. 곧 목에서 피가 솟아났다.

"아이고!"

의수 위쪽 팔을 문 개가 머리를 흔들어 아예 팔을 뜯어내려고 했다.

"아이고! 나 죽는다!"

그때 김동호가 다시 '독어'를 했다.

"으르릉 캉 킁 캉!"

한국어로 번역하면 '더 물어뜯어라!'라는 독어다.

"킁 캉 캉 캉 킁!"

목을 문 '독'한테 죽이지는 말라는 '독어'다.

"아이구, 사장님."

정신을 조금 회복한 강동철이 김동호에게 말했다. 지금 최석필은 응접실 바닥에 쓰러져서 허우적거렸고 개 두 마리는 뒤에서 덮쳐누르고 있다.

"저러다 죽겠습니다."

"아이고! 사람 살려! 살려 주소!"

마침내 최석필이 소리쳤다.

"나 죽겠다! 사람 살려!"

잠시 후에 최석필은 소파에 앉아 있었지만 끔찍했다. 목에서 피가 철철 흘렀고 왼쪽 팔은 의수 윗부분 살점이 몽땅 뜯겨져서 뼈가 드러났다. 그리고 도베르만 두 마리가 좌우에 딱 붙어 앉아 있었는데 얼굴이 최석필의 얼굴과 맞닿아 있다. '독'들은 긴 혀를 내밀고 이를 드러낸 채 가쁜 숨을 내뱉으며 계속 김동호를 쳐다보고 있다. 그래서 최석필은 신음을 뱉으면서도 '독' 때문에 꼼짝을 못 한다.

도베르만 두 마리는 최석필이 강아지 때부터 4년을 키운 '독'들인 것이다. 죽으라면 죽는 시늉까지 내던 놈들이 지금은 야수가 되었다. 그때 김동호가 최석필에게 말했다.

"네가 날 사람 취급을 안 하길래 얘들한테 상대하라고 한 거다."

"아이구, 이놈의 개들이……."

최석필이 겨우 한마디 했을 때 김동호가 눈을 가늘게 떴다.

"누가 너한테 말하라고 했어?"

"예?"

"건방진 놈, 귀를 절반씩만 떼어주마."

그러고는 '독어'를 했다.

"캉 쿵 캉 콩 쿵!"

그 순간 두 마리가 동시에 최석필의 귀 한쪽씩을 입에 넣더니 썩둑 절반을 잘라 씹어 먹었다.

"으아악!"

최석필이 한 손과 의수로 귀를 덮고 비명을 질렀다. 그러고는 소리쳤다.

"살려주십셔! 목숨만 살려주십셔!"

그때 김동호가 자리에서 일어섰다.

"병원에 갔다오고, 저 개들은 그냥 놔두는 것이 좋을 거다."

"아이구, 알겠습니다."

따라 일어선 강동철은 완전히 정신이 나간 것 같다. 그때 김동호가 개들에게 다시 '독어'를 했다.

"저놈이 겁을 먹었으니까 함부로 못 해."

도베르만뿐만이 아니다. 최석필을 만나고 회사로 돌아오는 길에 앞쪽 길에서 강아지와 산책을 하는 아줌마를 보았다. 몰티즈다. 그런데 몰티즈는 옷을 입었고 머리에는 리본을, 발에 가죽신까지 신었다. 온갖 치장을 다 했는데 아줌마는 유모차까지 끌고 있었다. 아이하고 강아지, 둘을 데리고 산책을 하는 줄 알았더니 그 유모차가 '개 차'였다.

요즘은 아줌마들이 '개'라는 말을 싫어해서 사람 나이로 80이 넘는 17살짜리 '개'를 데리고 가도 '개'라고 부르면 싫어한다. '강아지'라고 불러야 한다. 그래서 지나치는 길에 개한테 '독어'로 물었다.

"너 지내기 괜찮아?"

그때 놀란 개가 바로 대답했다.

"지겨워 죽겠어요. 제 꼴 좀 보세요. 제가 사람이지 개인가요?"

같은 방향으로 걷는 터라 김동호가 다시 물었다.

"뭐, 어떠냐? 모두 네 팔자를 부러워하겠구먼그래."

그때 아줌마가 '독어'를 하는 김동호를 흘겨보았다. 개가 대답했다.

"말도 마세요. 개는 개로 살아야지. 사람처럼 살면 됩니까? 제가 지금 병원에서 관절염 치료를 받고 왔다구요. 멀쩡한 다리에 주사 놓고 몇십만 원어치 약을 받아 가는 중입니다."

"얘가 어디 아픈가?"

'독어'를 하는 개에게 아줌마가 하는 말이다. 얼굴도 몰티즈 비슷하게 생겼다. 그때 김동호가 물었다.

"아줌마 혼자 사냐?"

"혼자 사는데 남자가 많아요."

"뭐 하는 아줌마야?"

"유산을 많이 받아서요. 노는 게 일이죠."

"돈이 많아?"

"엄청 많은데 지독해요. 가정부 아줌마가 천 원어치 상추 사온 것도 확인한다구요."

"저런."

"아저씨가 한번 오셔서 집 금고에 있는 돈 좀 가져가시죠. 돈이 썩어나요."

"집에 돈을 쌓아놨어?"

"은행도 못 믿는대요."

"금고 번호 아냐?"

"다 압니다. 집이 언제 비는지, 아파트 비밀번호, 보안장치 잠금 번호까지 다 압니다."

김동호가 주머니에서 수첩을 꺼냈다.

"불러봐라."

무지막지한 방법으로 최석필을 제압하자 강동철은 김동호를 더욱 존경하게 되었다. 충성심이 가득 차서 넘쳐날 정도였다. 이런 인간은 능력이 없어지면 그 즉시 몸을 돌릴 부류지만 있는 동안은 안심해도 된다.

동호상사로 돌아온 김동호가 퇴근 시간이 되어갈 무렵에 하서영의 전화를 받았다. 하서영의 전번이 휴대폰에 떴을 때부터 김동호의 심장 박동이 빨라졌다. 유정미 경우가 떠올랐기 때문이다. 그래서 바로 물었다.

"응, 왜?"

"왜는 왜야? 보고 싶어서 전화했지."

하서영의 나긋나긋한 목소리를 듣자 김동호가 한숨을 쉬었다.

"고맙다."

"고맙다니?"

"날 보고 싶다니 고맙지."

"무슨 말이 그래?"

"사랑받는다는 것이 고마운 일이지."

"이상해, 자기는."

"나도 그렇게 생각해."

"자기, 조사관 아니지?"

"조사관?"

되물었다가 김동호는 자신이 그렇게 귀신들에게 말한 것이 떠올랐다. 감사관이라고도 했다. 어느 구역에서 왔다고 했던가? 그건 까먹었다. 그때 하서영이 말했다.

"자기는 나처럼 그 세상에서 나온 귀신이 아닌 것 같아."

"그럼 뭐란 말이냐?"

"우리보다 더 위쪽. 우리를 만든 창조자 세상에서 온 것 같아."

"어째서?"

"그 능력이."

"무슨 능력?"

"우리를 알아보고 조정하는 능력."

"감사관이니까."

"조사관이라면서?"

"조사관이나 감사관이나."

김동호가 얼버무리며 서둘렀다.

"만나자."

오후 8시, 김동호와 하서영이 홍대 앞 돼지껍데기 식당에서 소주를 마시고 있다. 이곳은 하서영이 귀신이 들어오기 전부터 자주 가던 식당이다. 소주를 두 병째 마실 때 하서영이 조금 상기된 얼굴로 김동호를 보았다.

"인연을 믿어?"

"지금 내 눈앞의 너를 믿어."

김동호가 바로 대답했더니 하서영이 눈을 흘겼다. 요염했다. 갑자기 목구멍이 좁혀진 김동호가 흐린 눈으로 하서영을 보았다.

"그건 왜 묻는데?"

"자기 생각하면 자꾸 그런 생각이 떠올라, 우리가 어떤 인연인가 하고."

"귀신이 들어가서 그런 건가?"

"장난 마."

"아니, 진심이다."

"귀신이나 하서영이나 다 똑같아. 다만 데리러 왔을 뿐이라고."

"지금은 일체가 된 거야?"

"그래. 그냥 하서영이야."

어깨를 부풀린 하서영이 말을 이었다.

"자기도 김동호지?"

"그럼."

"나, 보살펴줄 거지?"

순간 김동호가 숨을 들이켰다가 뱉고 나서 대답했다.

"그럼."

"내가 뜬금없이 테러단에 끼어든 것이 이해가 안 가. 전혀 모르는 사람들과 말이야. 만일 폭탄 테러가 일어나 모두 죽었다면 어떻게 되었을 것 같아?"

김동호가 잠자코 시선만 주었다. 그러면 테러단들의 인연과 사연이 만들어질 것이다, 이유 없는 사건은 없는 법이니까. 하서영은 데려가려고 그냥 끼워 넣었을 수도 있겠다. 그때 하서영이 말했다.

"자기가 날 구해준 건 인연이야, 우연이 아니라고."

"……"

"이 세상에서 우연히 일어나는 일은 없어. 다 원인이 있고 그것이 인연이 돼."

"자, 자, 그만."

술잔을 든 김동호가 하서영을 보았다.

"그렇다면 그 인연을 다시 열심히 쌓자고. 증거 찾아서 뭐 해? 지금이 중요하지."

하서영이 떠나고 싶지 않다는 건 확인이 되었다. 그런데 불안하다. 유정미도 거의 마음을 굳혔을 때 두 번째 귀신이 왔지 않은가? 아예 '장부'에서 뺄수는 없을까?

또 외박이다. 오늘은 신촌의 그린힐호텔, 눈을 뜬 김동호가 자고 있는 하서영을 보았다. 고른 숨소리를 내면서 하서영은 깊게 잠이 들었다.

오전 6시 반, 침대에서 조심스럽게 일어난 김동호가 화장실에서 씻고 나왔지만 하서영은 아직 깨어나지 않았다. 한동안 하서영을 내려다보다 김동호가 탁자 앞에 앉아서 짧게 글을 썼다. 이번에는 김동호가 메모를 남긴 것이다.

'네 자는 모습이 너무 사랑스러워. 깨우지 않고 간다. 연락할게.'

호텔을 나온 김동호가 택시 정류장으로 다가갈 때다. 아직 이른 아침이어서 통행인은 많지 않은데 앞에서 다가오는 사내와 시선이 마주쳤다. 그 순간 김동호가 숨을 들이켰다. 사람이 아니다. 그렇다고 귀신이 들어가 있지도 않다. 김동호의 시선을 받은 사내가 빙그레 웃었는데 그 순간 온몸에 찬 기운이 스치고 지나갔다. 다가간 김동호가 멈춰 섰고 사내는 걸음을 멈췄다. 30대쯤의 사내는 키도 김동호와 비슷했고 잘생겼다. 그때 사내가 물었다.

"날 잘 모르시겠지?"

사내의 시선을 받은 김동호가 머리를 끄덕이며 물었다.

"당신은 날 아시나?"

"내 종족은 아닌 것 같은데, 그렇다고 귀신도 아니고. 그렇다면……."

"종족?"

"그래. 종족."

그러면서 사내가 다시 빙그레 웃었다.

"말로만 듣던 '전달자'를 만났군."

"전달자?"

"그래. 능력을 나눠주는 자."

"내가?"

"또는 신(神)의 자식으로 불린다면서?"

"누가 그래?"

"소문이 다 났어, 이 사람아."

눈을 가늘게 뜬 사내가 안쓰럽다는 표정을 짓고 김동호를 보았다.

"고생이 많아, 귀신들 말리느라고."

"넌 누구냐?"

"나?"

사내가 발을 떼어 옆쪽 건물의 벽에 붙어 섰다. 옆으로 다가간 김동호가 나란히 섰다. 심장 박동이 빨라졌지만 두렵지는 않았다. 사내가 머리를 돌려 김동호를 보았다.

"네 이름이 뭐냐?"

"김동호다. 너는?"

"지금은 한성구야."

"지금은?"

"그래. 이놈을 데려가고 나서 다른 놈으로 옮겨가면 다른 이름이 되지."

"너도 귀신이냐?"

"귀신이면 네가 갖고 놀라고?"

"넌 누구냐?"

"너하고 비슷한 입장이야."

"그렇다면……."

"이곳을 무너뜨리는 역할이야."

숨을 멈춘 김동호를 향해 사내가 말을 이었다.

"너 같은 놈만 있으면 이 세상이 망한다. 굶어 죽거나 지쳐 죽거나 병으로 죽거나 씨가 말라서 죽거나……."

"……."

"나 같은 놈만 있어도 망하지. 서로 싸워 죽거나 미쳐 죽거나 서로 잡아먹을 수도 있지."

"너 좀비냐?"

"이 자식이 좀비 영화만 보았구만."

쓴웃음을 지은 사내가 다시 김동호를 지그시 보았다.

"너하고 같은 급이라고 했다, 김동호."

"그러면……."

"악마라고 해라. 악마의 전달자라면 동기니까."

"악, 악마."

숨을 들이켠 김동호를 향해 사내가 말을 이었다.

"나도 너만큼의 능력은 있을 거다, 김동호."

"……."

"창조자께서는 공평하시니까."

"창조자?"

"그래."

머리를 끄덕인 사내가 정색했다.

"선(善)이 있으면 악(惡)이 있고 천사가 있으면 악마가, 음·양, 장·단, 고·저 모두 상대가 있는 법이다."

"……."

"난 생물체를 병들어 죽이고 말려 죽이고 미쳐 죽이고 싸우다 죽게 하면서 이 세상의 균형을 잡는다."

"……."

"네가 살리고, 막고, 보류시키면서 여자하고 노닥거리는 역할과는 정반대지."

갑자기 사내가 손을 뻗쳐 어깨를 움켜쥐었기 때문에 김동호는 깜짝 놀랐다. 김동호의 시선을 받은 사내가 한마디씩 또박또박 말했다.

"다음에 만났을 때, 아니 얼굴이 부딪히기도 전에 널 죽일 거다, 전달자여."

"네 맘대로?"

"너 같은 놈을 두 명 만났지."

김동호가 어깨를 흔들어 사내의 손을 털어냈다.

"그래. 다 죽였니?"

"네가 세 번째다, 전달자여."

"나한테 첫 번째로 죽는 악마 놈이 되겠구나, 너는."

그때 사내의 모습이 없어졌다. 눈을 크게 뜨고 있었는데도 눈앞에서 없어진 것이다. 이런 능력도 있단 말인가? 도대체 이곳에 저런 놈이 몇이나 있지?

5장
악마의 능력

'악마'의 말이 맞다. 세상은 그렇게 균형이 잡혀 있다. 그래서 인과응보란 말도 생겨나고 새옹지마라는 말도 만들어진 것 같다. 김동호는 조급해졌다. 신(神)으로부터 능력을 받았지만 그것을 제대로 '활용'하지 않은 것이다. 물류 회사를 차려서 사장 노릇을 하고 '신용보증자금'을 빼앗아서 서민들을 위한 일을 시작했을 뿐이다.

그사이에 납치범한테서 강삼환의 딸을 구해내고 귀신이 데려갈 사람들을 구해냈지만 시간을 늦춰준 것뿐이다. 회사에 출근한 김동호가 결재를 하고 있을 때 커피 잔을 들고 온 한재영이 조심스럽게 물었다.

"사장님, 바쁘세요?"

"아니, 괜찮아."

머리를 든 김동호가 한재영을 보았다.

"나한테 할 이야기가 있어?"

"저기. 어제 오후에 성환상사에서 다녀갔어요. 사장님이 나가시고 나서요."

김동호는 시선만 주었다. 성환상사는 과일 도매상이다. 충청도 영동에서 지방 과수원의 과일을 모아 유통업체에 납품을 해왔는데 전에 한동유통하

203

고 거래를 하다가 끊겼다. 한동유통이 대금 지급을 자주 미루고 약속을 지키지 않았기 때문이다. 한재영이 말을 이었다.

"우리 동호상사하고 거래를 했으면 좋겠다고 하는데요. 성환상사 사장하고 영업부장 둘이 다녀갔습니다."

김동호의 얼굴에 쓴웃음이 떠올랐다. 한동유통 사장실에서 안택수와 성환상사 사장이 대판 싸웠던 것이다. 따라 웃은 한재영이 말을 이었다.

"우리가 잘된다는 소문을 듣고 왔다고 해요."

"직접 아웃렛이나 백화점에 상품을 넣을 수 없으니까 왔겠지."

"당연하지요."

아웃렛이나 매장에서는 아무 상품이나 받아주는 것이 아니다. 유통회사의 품질보증과 처리에 대한 약정을 하고 나서야 상품을 받는다.

"그런데요."

한재영이 바짝 다가섰다. 한재영한테서 향수 냄새가 맡아졌고 얼굴에서 교태가 떠올랐다. 상기된 얼굴. 눈동자가 반짝였으며 입 끝은 웃음을 머금고 있다. 유혹하는 몸짓이나 같다. 자신도 모르게 움직이는 것이다. 한재영이 말을 이었다.

"저도 영업을 하면 안 돼요? 관리부에서 만날 사무실에만 앉아 있으니까 답답해서요."

"자금을 맡고 있잖아?"

"자금까지 해도 지장이 없거든요."

"한 대리가 욕심이 많구나."

"출납 담당 한 명만 더 있으면 얼마든지 감당할 수가 있어요."

"오 과장 팀에서 일할 거야?"

"당연하죠. 영업팀이 농수산, 축산물로 나뉘어졌으니까 그때처럼……."

204

"알았어. 고려해 보지."

감동하고 머리를 끄덕였다. 일 욕심을 내는 것은 그만큼 회사에 활기가 있다는 증거인 것이다. 한동유통 시절에는 이런 일이 없었다.

점심시간이 되었을 때 삼환물류의 강삼환이 찾아왔다. 강삼환은 이제 시도 때도 없이 김동호를 찾아왔는데 삼환물류의 농수산, 축산물 일체를 동호상사에 맡겨 버렸다. 그래서 한 달에 삼환물류를 통한 거래액만 해도 10억이 된다.

"어, 김 사장, 밥 안 먹어?"

예고도 없이 불쑥 찾아온 강삼환이 소파에 앉으면서 물었다. 12시 10분이다.

"아이구, 참. 내가 약속이 있으면 어쩌시려고 전화도 않고 오십니까?"

"약속 있으면 그냥 가지. 지나다가 들른 거야."

"정말입니까?"

"아니, 거짓말."

정색한 강삼환이 머리까지 저었다.

"내가 김 사장을 속일 수는 없지."

"오늘은 무슨 일인데요?"

"밥이나 먹으면서 이야기하지. 내가 밥 살게."

"도박판에는 안 갑니다."

"나도 끊었어. 다 김 사장 덕분이야."

자리에서 일어선 강삼환이 빙긋 웃었다.

"김 사장은 내 구세주야, 신(神)이라고."

"내가 아는 조 사장이란 사람이 있는데, 부동산 임대업을 하는 억만장자야."

점심으로 냉면을 먹으면서 강삼환이 말을 이었다.

"강남에 빌딩이 7개, 서울에만 10개가 넘는 빌딩이 있는데 한 달에 임대수입만 20억이래."

꿈같은 말이어서 김동호는 눈만 껌벅였다. 냉면을 삼킨 강삼환이 말을 이었다.

"실제 수입은 그 두 배쯤 될 거야, 세금 안 내려고 요리조리 편법을 쓸 테니까. 내가 그 사람을 잘 알지."

"배가 아파서 그런 겁니까?"

불쑥 김동호가 물었더니 강삼환이 쓴웃음을 지었다.

"그 사람은 번 돈을 끊임없이 부동산에 재투자를 해. 땅과 건물을 사들이는 거지. 나이가 60인데 아마 몇 년 후에는 여의도만 한 땅을 갖게 될 거라고 하더구만."

"잘되었네요, 땅이 어디로 도망가는 게 아니니까. 다른 나라 사람도 아니고."

"그런데 조 사장이 지은 건물 중에 3곳이 교회야."

젓가락을 내려놓은 강삼환이 김동호를 보았다. 어느새 정색한 얼굴이다.

"기독교는 아니고 '천지교'라는 종교 단체인데 신도 수가 엄청나게 불어나고 있어. 나도 가 보았는데 분위기에 끌려들어서 정신이 없었어."

"……."

"조 사장은 천지교 장로야. 교주한테 신임을 받는 최측근이고."

"……."

"3년쯤 전부터 천지교 교인이 되더니 교회 건물을 짓고 장로 행세를 하더구먼, 그전에는 골프나 치던 사람이.”

“……”

“교인들한테 걷는 성금이 한 달에 1백억이 넘는다는 거야. 그걸 교주하고 조 사장이 나눠 먹는다고 소문이 났어.”

김동호가 냉면 그릇을 밀어놓고 웃었다.

“이제는 교회 성금 나눠 먹는 게 부럽습니까? 그런 것까지 부러워하실 바에는 차라리 도박을 하세요.”

“이런 젠장.”

강삼환이 눈을 흘겼다.

“그놈들이 사기꾼이니까 그렇지. 특히 그 교주란 놈은 사기꾼인데 왜 그렇게 사람들이 홀렸는지 모르겠어.”

그 순간 김동호가 숨을 들이켰다. 어제 거리에서 만난 악마가 떠올랐기 때문이다.

그날 오후 7시가 되었을 때 김동호와 강삼환은 안양의 천지교 건물 앞에서 있었다. 김동호가 천지교에 가 보자고 했더니 강삼환이 펄쩍 뛰듯이 반기면서 이곳으로 안내해준 것이다.

“여기는 내가 조 사장을 따라서 와 본 곳인데 이런 교회가 수원에도 있고 천안에도 있어.”

건너편의 교회 건물을 눈으로 가리키면서 강삼환이 말을 이었다.

“신도 수가 5천 명이라는군. 세운 지 2년도 안 된 교회가 말이야.”

교회 정문은 들어가는 교인들로 혼잡했다. 5층 건물이었는데 지하 주차장으로 고급 차가 줄을 이어 들어가고 있다.

“교주가 신통력이 있어서 환자들을 살려낸다는군. 나는 못 보았지만 암도 낮게 해주고 걷지 못하던 사람도 벌떡 일어나게 했다는 거야."

"그건 사기구만."

"교주가 설교할 때마다 기적을 일으킨다니 오늘도 그럴 거야."

"구경했습니까?"

"내가 간 날은 안 했어. 교주가 안 나왔어."

강삼환이 정색한 얼굴로 김동호를 보았다.

"들어가 볼까?"

교당은 교인들로 가득했다. 3천 명쯤 수용할 수 있는 면적의 대교당에 교인들이 가득 차 있는 것이다. 연단에는 붉은색 양탄자가 깔렸고 뒤쪽 벽은 하늘에서 막 내려오는 날개 달린 천사가 그려져 있다. 벽 전체를 황금빛으로 빛나는 천사와 날개로 채웠다. 천사 얼굴은 긴 머리의 동양인이다.

연단은 비어 있었는데 교인들은 소리쳐 노래를 불렀고 가끔 함성을 쏟았기 때문에 대강당이 떠나갈 것 같다. 그런데 얼굴을 살펴보면 모두 격정적으로 신을 찾는다. 신(神)이시어! 아버님이시어! 하고 외쳐댔지만 '그리스도'를 찾지는 않는다.

"엄청나군요."

김동호가 옆에 선 강삼환에게 소리쳐 말했다. 자리가 없어서 둘은 뒤쪽에 둘러선 사람들 사이에 끼어 있다. 군중들의 외침에 휩쓸려 같이 소리치고 싶은 충동이 일어났다. 강삼환이 김동호를 보았다. 얼굴이 상기되었고 두 눈은 번들거린다.

"이런 상황에서 기적이 일어나면 나라도 끌려들었을 거야."

"기적을 못 보아서 끌려들지 않았어요?"

"난 내 눈으로 보지 않으면 안 믿어. 그래서 김동호를 믿는 거지."

강삼환이 연단 밑의 검은 상자를 가리켰다. 10여 개의 상자가 나란히 놓여 있다.

"저기에다 기부금을 내는 거지. 이름을 쓴 봉투에 넣어서 내는 거야."

"이름을 써요?"

"그래야 돼. 많이 낸 교인이 더 대접을 받는 거야, 치료 순서도 빨라지고."

그때 함성이 갑자기 높아졌기 때문에 둘은 연단을 보았다. 금빛 가운을 입고 교주가 들어서고 있다. 그 뒤를 흰 옷을 입은 여자들이 따른다. 시중드는 천사들 같다. 그런데 교주는 머리를 길렀다. 멀리서 보았지만 벽에 그려진 천사의 얼굴과 비슷하다. 함성과 외침에 귀가 먹먹해질 정도다. 그때 연단에 선 교주가 두 손을 들자 함성이 뚝 그쳤다. 김동호가 교주를 유심히 보았다. 함성이 그친 교당 안은 숨소리도 들리지 않는다. 이제는 엄청난 정적이다. 그때 교주의 목소리가 울렸다.

"내 자식들이여, 새 세상을 살도록 내가 징검다리를 놓아주마."

"신이시여!"

교인들이 일제히 소리쳤기 때문에 김동호는 깜짝 놀랐다. 그때 교주가 손을 들어 이쪽을 가리켰다.

"오너라! 내가 고쳐주마."

"네, 신이시여!"

모두 같이 대답했고 흰 옷을 입은 선녀들이 아래로 내려가더니 휠체어를 탄 여자를 둘러싸고 올라왔다. 교인들이 일제히 외침을 뱉어서 교당 안은 소란했다. 그때 김동호도 휠체어를 탄 여자를 유심히 보았다. 환자다. 창백한 얼굴, 가는 팔, 병색이 완연했고 일어날 기력조차 없어 보였다. 그때 교주 앞에 휠체어가 놓이니 교주가 다가갔다. 휠체어 앞에 멈춰 선 교주가 두 손으로 여자의 어깨를 눌렀다.

교당 안은 순식간에 조용해졌다. 그때 교주가 한 걸음 물러서면서 두 손을 들어올렸다. 그 순간이다. 김동호가 숨을 들이켰다. 옆에 선 강삼환은 입을 떡 벌리더니 외마디 외침을 뱉었다. 동시에 교당 안은 환호성으로 뒤덮였다. 두 손을 흔들면서 외침을 뱉고 흐느껴 우는 교인들이 대부분이다.

보라. 휠체어에 탄 환자가 앉은 자세 그대로 허공에 떠오른 것이다. 휠체어는 그대로 있고 여자만 떠올랐다. 그러니 더 불가사의하게 보인다. 여자의 몸은 휠체어에서 1미터쯤의 허공에 떠 있는 것이다.

"아이구, 정말이네."

강삼환이 사기꾼이라고 해댄 것을 잊어먹고는 비명처럼 소리쳤다. 그때 김동호가 심호흡을 했다. 저놈은 악마가 틀림없다. 어제 만난 한성구와 같은 부류일 것이다. 그런데 저 능력은 나보다 낫지 않은가, 저렇게 상대방을 공중부양을 시킬 수 있다니?

그때였다. 교주가 손을 천천히 내렸더니 환자가 다시 휠체어에 앉았다. 그때 교주가 말했다. 마이크 장치가 연단에 되어 있어서 다 들린다.

"내 자식이여, 일어서서 내게로 오라."

그때 여자가 휠체어에서 일어서더니 교주에게로 뚜벅뚜벅 걸어갔다. 세상에!

"나갑시다."

김동호가 강삼환의 소매를 끌면서 말했다. 넋을 잃고 있던 강삼환이 놀라 따라 나오면서 얼빠진 표정으로 말했다.

"아이고, 난 사기꾼인 줄 알았더니 진짜네."

바싹 붙어 선 강삼환이 다시 물었다.

"넌 저렇게 못 하지?"

"못 해요."

솔직하게 말한 김동호가 교회 건너편의 편의점 앞에서 발을 멈췄다. 그리고는 옆에 붙어 선 강삼환을 보았다.

"사장님도 저런 거 처음 보는 건가요?"

"그래, 말만 들었어."

한숨을 쉰 강삼환이 머리까지 저었다.

"공중부양을 시키더니 앉은뱅이를 벌떡 일어나게 만들었어. 이건 TV에 나가야 되는데……"

"왜 안 찍지요? 그럼 신자가 10배, 1000배 늘어날 텐데."

"조 사장 이야기를 들었더니 교주가 싫다고 한다는군, 그런 건 장사꾼이나 하는 짓이라면서. 나는 사기꾼이라 그런 줄 알았는데."

"교주 집이 어디래요?"

"왜? 찾아가 보려고?"

"아세요?"

"조 사장한테 물어보면 알겠지."

그때 교회 안의 함성이 그곳까지 들렸다. 울고불고 난리다. 교회 안은 이미 미어터지는데도 지금도 안으로 달려 들어가는 교인이 많다. 김동호는 신(神)의 능력을 받은 후에 처음으로 위축감을 느꼈다. 겁은 나지 않는다. 자신이 할 수 없는 일을 하는 상대에 대한 감정이다. 그리고 교주는 악마 부류인 것이 분명했다. 한성구와 동류다. 저렇게 집단으로 인간들을 이끌어서 악마의 추종자로 만들려는 것이다. 김동호는 발을 떼었다. 강삼환이 뒤를 따르면서 교회를 돌아봤다.

"이거, 저 교주 진짜로 하늘에서 내려온 신(神) 아녀?"

강삼환이 이 정도니 다른 사람은 오죽하겠는가?

집에 돌아왔을 때는 11시 반이다. 그때까지 김동호를 기다리던 박경숙에게 김동호가 옷을 갈아입고 나왔을 때 말했다.

"동호야, 파주에 전원주택 하나를 알아보았는데 외진 골짜기에 있는 집인데 8억이나 된다는구나."

"아, 됐네. 그럼 거기로 옮기자."

"돈이 어디 있어?"

"내가 대출을 받을 테니까, 걱정 말고."

소파에 앉은 김동호가 방 3개짜리 아파트를 둘러보며 웃었다.

"돈 빌려가라는 데가 있어. 이자 꼬박꼬박 내면 돼."

신용보증자금에서 대출을 받을 예정이다, 그러면 강동철에게도 실적을 주는 셈이 될 테니까. 그때 박경숙이 앞쪽에 앉으면서 물었다.

"뭘 믿고 너한테 돈을 빌려줘?"

"신용으로."

"네가 무슨 신용이 있다고?"

"조그만 회사지만 매출이 있고 순이익도 발생하고 있으니까."

"아이고."

다시 눈물이 글썽해진 박경숙이 김동호를 보았다.

"내가 너 잘되라고 천지교에 가입할 생각이다. 거기는 소원을 빌면 백발백중 다 들어준단다."

"천지교라고 했어?"

"응, 교주가 새 세상을 이끄는 신(神)이라는 거야. 거기는 교회처럼 기부금도 안 받아. 교주가 돈이 많아서 오히려 교인들한테 나눠준단다."

박경숙의 얼굴이 상기되었고 목소리는 열기가 띠어졌다.

"소원을 빌면 교주가 바로 응답을 해준다는 거야. 물론 순서를 기다려야지."

"……."

"내가 아는 식당 아줌마는 글쎄, 자식이 술 먹고 행패를 부리는 버릇이 있어서 그것을 하소연했더니 글쎄."

숨을 고른 박경숙이 김동호를 보았다.

"집에 가면 아들의 손을 잡으라고 하더니 아줌마 손을 교주가 쥐어 주더란다. 그래서 집에 돌아가 아들의 손을 잡았더니……."

박경숙이 눈을 동그랗게 뜨고 김동호에게 말했다.

"아들놈이 비명을 지르면서 넘어지더라는 거야. 그러더니 그 후부터는 제 엄마를 보면 벌벌 떨면서 시킨 대로 한다는구나."

김동호는 숨을 들이켰다. 악마의 능력은 어디까지인가?

'자신의 능력을 전달해준 것이다.'

다음 날 회사로 출근하면서 김동호의 머릿속에 떠오른 생각이다. 아줌마의 손에 악마의 기운을 전해 주었다. 그래서 아들을 만졌을 때 악마의 기운이 전해진 것이다. 어떻게 전달되었을까? 그 후부터 제 엄마를 보면 벌벌 떤다는데 엄마가 악마로 보이는 것일까? 사장실에 앉은 김동호에게 출장 보고를 하려고 오수정과 강연희가 들어왔다. 둘 다 웃음 띤 얼굴이다.

"다녀왔습니다."

오수정이 다가와 출장 보고서를 책상 위에 놓았다. 강연희는 수줍은 얼굴로 쳐다만 본다.

"물량이 많아지니까 소문을 듣고 거래하자는 업체가 많아졌어요."

"당연하지."

빈익빈 부익부다. 잘 안 된다는 소문이 나면 거래선도 선금을 요구하거나 공급을 미룬다. 공급했다가 떼이는 경우가 있기 때문이다. 김동호가 오수정을 보았다.

"한 대리도 영업팀에 포함시켜. 자금은 여직원 하나 더 채용해서 맡기기로 하고."

"한 대리도 영업하고 싶다더니 사장님한테 부탁했군요."

웃음 띤 얼굴로 말한 오수정이 머리를 끄덕였다.

"잘되었어요. 영업팀에 몇 명 더 있어야 되는데 한 대리가 오면 바로 도움이 돼요."

김동호의 시선이 강연희에게 옮겨졌다.

"미스 강은 어때? 일은 재미있어?"

"네, 사장님."

강연희가 바로 대답했다.

"시간 가는 줄 모르겠어요."

김동호의 얼굴에 웃음이 떠올랐다. 직원 5명인 소기업이다. 일단 일자리를 찾다보니까 입사를 했지만 더 좋은 일자리가 생기면 가차 없이 떠날 것이었다. 회사에 잡아두려면 회사가 무언가를 충족시켜줘야 한다.

오전 10시 반에 강삼환한테서 전화가 왔다.

"이봐, 김 사장, 집 알아놨어. 그 집도 조 사장이 지어줬더구만."

강삼환이 서두르듯 말을 잇는다.

"내가 천지교에 관심을 보였더니 조 사장이 나하고 같이 교주를 만나러 가자는 거야."

"……."

"교주 이름이 고춘만이야. 촌스럽지? 그동안 외국에서 살다가 3년쯤 전에 한국에 왔다는데 어디서 왔는지 조 사장도 모르더구만."

"그래서 약속했어요?"

"아직 안 했어, 왠지 겁이 나서 말이야."

"저한테 먼저 집부터 알려줘요."

"용인 교외의 산속 별장이야. 내가 약도도 받았어."

강삼환이 말을 이었다.

"조 사장 땅에다 직접 지어준 건물이라 자세하게 들었어."

"요즘 중간고사야, 그래서 바빠."

서둘러 앞쪽에 앉은 하서영이 숨을 고르며 말했다. 그러나 얼굴에는 웃음기가 떠올랐고 눈이 반짝인다. 하서영의 시선을 받은 김동호의 가슴이 따뜻해졌다. 심장 박동도 빨라졌고 가슴의 열기가 온몸으로 번져 나간다. 이것이 '좋아하는 사람'을 만났을 때의 반응이다. 혼자만의 감정으로서는 이런 반응이 일어나지 않는다. 그때 하서영이 눈을 흘겼다.

"뭐야, 불러놓고는. 할 말이 있다는 게 뭐야?"

"아, 글쎄, 서두르지 좀 마."

"괜히 시간 끌고 나서 같이 자자고 하지 마. 나 오늘 집에 가야 돼."

"자는 건 제가 밝히면서."

"어머. 누가? 언제?"

"그건 그렇고."

"말 돌리지 마."

"너 악마 이야기 들어봤어?"

김동호가 묻자 하서영이 숨을 골랐다. 그러더니 정색하고 김동호를 보았다.

"요즘 나오는 악마 영화 이야기야?"

"아니, 시내 돌아다니는 악마."

"악마가 시내를 돌아다녀?"

"내가 만났거든."

"응? 어디서?"

"시내에서, 그리고 교회에서."

김동호가 눈만 크게 뜬 하서영에게 시내에서 만난 한성구와 천지교 교주 고춘만 이야기를 해 주었다. 이윽고 이야기가 다 끝났을 때 의외로 하서영이 차분한 표정으로 말했다.

"당연하지. 우리 같은 귀신이 돌아다니는데 악마가 없겠어?"

"내가 귀신이냐?"

"귀신이나 조사관이나."

그때 김동호는 하서영에게는 자신의 신분을 밝혀야겠다고 마음먹었다.

"난 조사관이 아냐."

"그럼 감사관? 헷갈려?"

"난 전달자다."

"또."

입맛을 다신 하서영이 눈을 흘겼다.

"오늘 같이 잘게, 이상한 소리 좀 마."

"난 진심이야. 난 너처럼 구역을 맡고 내려온 귀신이 아냐."

"난 귀신이 아냐, 이 멍청아. 하서영이야."

"그건 알아."

"뭘 알아?"

"네가 하서영한테 녹아 버렸다는 거."

"너도 마찬가지 아냐? 전달자나 조사관이나 감사관이나 다 녹아서 김동호 아냐?"

"이런 젠장."

김동호가 신(神)을 만났다는 이야기를 하려다가 그건 억제했다. 그러고는 다른 방법을 썼다.

"봐라. 난 다른 기능이 있어."

"뭔데?"

"저기 종업원이 쟁반에다 커피 잔을 가져오는 거 보이지?"

김동호가 눈으로 가리키는 곳에 종업원이 커피 잔이 놓인 쟁반을 들고 5미터쯤 앞에서 지나가고 있다. 그때 김동호가 자리에서 일어나 종업원에게 다가가 쟁반 위의 커피 잔을 갖고 돌아왔다. 잔을 앞에 내려놓고는 하서영에게 말했다.

"봐. 저기 커피 잔이 없어졌지?"

"어머나!"

하서영은 커피 잔을 보고 있었는데도 순식간에 사라진 것이다. 그때 김동호가 앞에 놓인 커피 잔을 가리켰다.

"여기 봐."

커피 잔을 본 하서영이 숨을 들이켰다. 손님 앞으로 다가갔던 종업원은 빈 쟁반을 내려다보더니 머리를 기울였다. 뒤쪽 김동호 앞에 커피 잔이 놓여 있는 줄은 상상도 하지 못했다. 하서영이 물었다.

"어, 어떻게 된 거야?"

"내 인체의 능력. 보통 인간보다 수십 배 빠르고 강하게 향상되어 있지."

"그건 어떤 귀신이야?"

다시 하서영이 귀신을 찾았을 때 김동호가 말했다.

"전달자야. 신(神)이 능력을 전달해 주셨기 때문에 그렇게 이름 붙인 거다."

점심시간에 하서영을 불러냈기 때문에 택시 정류장으로 데려다 주면서 김동호가 마침내 마음먹은 말을 꺼냈다.

"오늘 저녁에 나하고 같이 악마를 만나러 가자."

"오늘 저녁에? 어딘데?"

"용인 근처야."

"내가 할 일은 뭔데?"

"저녁에 만나서 이야기해."

"난 그런 능력 없어, 하서영을 데려가는 능력 외에는."

하서영의 얼굴에 쓴웃음이 번졌다.

"시기를 한 번 늦췄으니까 다른 귀신을 또 보낼지도 몰라."

"넌 못 가게 할 테니까."

김동호가 손을 뻗어 하서영의 손을 쥐었다. 이제 둘은 택시 정류장에 나란히 섰다.

"내가 너한테 능력을 나눠주려고 해."

"응? 어떤 능력?"

"생각해 봐서."

"그럼 오늘 저녁에 몇 시에 만나?"

하서영이 김동호의 손을 힘주어 쥐었다. 두 눈이 반짝이고 있다. 아름답다.

오후 5시 반, 사무실로 찾아온 강삼환이 김동호에게 약도를 건네주었다. 조 사장한테서 받은 고춘만의 별장 약도다.

"언제 갈 거야?"

218

강삼환이 묻자 김동호가 약도를 보면서 대답했다.

"요즘 바쁘니까 이삼 일 내로 가십시다."

"조 사장한테 말할까, 우리가 간다고 말이야? 그럼 교주한테 연락하겠지."

"아직 말하지 마세요. 내일쯤 정확한 일정 알려드릴 테니까."

"가서 교주 만나면 뭐 할 건데?"

"그냥 보고 인사나 하는 거죠 뭐."

"천지교에 가입할 거야?"

"봐서요."

"난 조 사장한테 말한 것도 있고 해서 가입해야 될 것 같은데."

"그거야 강 사장님이 알아서 하시고."

"교주가 김 사장보다 능력이 낫지?"

"누가 시합하러 갑니까? 그냥 인사나 하고……."

"그럼 싱거운데……."

"어쨌든 연락드릴게요. 제가 약속이 있어서요."

"그러지."

무겁게 엉덩이를 들면서 강삼환이 김동호를 향해 웃었다.

"둘이 만나면 재밌겠어. 그날이 기다려진다."

하서영과 만난 곳은 테헤란로의 호텔방이다. 오후 7시 반, 김동호가 호텔방 번호를 알려 주었더니 하서영이 왜 '대낮'부터 거기서 만나냐고 화를 냈다가 김동호의 설명을 듣고 이해했다. 호텔방만큼 '비밀 작업'을 하는 데 마땅한 장소도 드물다.

둘이서 방 안의 작은 원탁을 사이에 두고 마주 앉았을 때 김동호가 손을 뻗쳐 하서영의 손을 잡았다. 그러고는 똑바로 눈을 들여다보면서 말했다.

"난 이런 일 처음이야."

"뭘?"

하서영이 묻자 김동호가 혀를 찼다.

"잠자코 들어, 나서지 말고."

"응, 그럴게."

고분고분 대답한 하서영에게 김동호가 말을 이었다.

"내 능력을 나눠주는 일."

하서영은 숨만 쉰다.

"그래서 방법을 모르겠어."

"……."

"나도 그냥 전달을 받았기 때문이야. 그냥 '팍' 능력이 전달되었어."

"손을 좀 닦고 다시 잡으면 안 돼?"

하서영이 물어서 김동호가 엉겁결에 되물었다.

"왜?"

"손에 땀이 나서 끈적거려. 닦고 나서 잡으면 좋겠어."

"젠장."

김동호가 손을 떼고 둘이 제각기 손바닥을 닦고 나서 다시 잡았다. 호흡을 고른 김동호가 하서영을 보았다.

"너한테 몸의 능력이 전달되면 좋겠다."

"그러게."

"입 다물고 있으라니깐."

"알았어."

"네 몸의 능력이 증가되면 내가 할 일에 도움이 될 텐데."

김동호가 하서영을 응시한 채 손을 힘주어 쥐었다.

"그리고 귀신을 감별하는 능력도."

"그건 돼."

하서영이 다시 나섰다가 얼른 입을 다물었다. 김동호가 말을 이었다.

"상대방을 내가 원하는 대로 움직이게 하는 능력도."

"……"

"감춰진 숫자를 읽을 수 있는 능력도."

"……"

"거기까지만이라도 내 능력이 너한테 전달되면 좋겠다."

그리고는 심호흡을 두 번 했을 때 하서영이 손을 꼼지락거렸다. 깍지 낀 손에서 다시 땀이 배어 나왔다.

"이제 손 떼어도 돼?"

하서영이 물어서 김동호가 먼저 손을 떼었다.

호텔에 머문 시간은 한 시간 반밖에 되지 않는다. 엘리베이터에서 내린 김동호가 옆을 걷는 하서영에게 말했다.

"너 저기 프런트에 놓인 펜을 가지고 와 봐."

걸음을 멈춘 김동호가 눈으로 프런트를 가리켰다. 10미터쯤 떨어진 프런트의 여직원 앞에 펜이 놓여 있다. 메모지 옆에 놓인 펜이다.

"내가?"

하서영이 불안한 표정이 되었을 때 김동호가 설명했다.

"네 몸의 능력이 향상된 만큼 옆쪽 움직이는 물체의 동작이 느껴질 거다. 그것을 보면 네 능력이 향상되어 있다는 걸 느낄 수 있어."

멈춰 선 둘이 마주 보며 말을 이었다. 하서영이 묻는다.

"어떻게 시작하지?"

"내가 100미터 달리기용 스타트 총 사오랴?"

"농담 말고."

"그럼 준비, 땅 해줘?"

"안 되면 어떻게 하지?"

울상이 된 하서영이 김동호와 펜을 번갈아 보았다.

"안 되면 귀신이 되어서 돌아가는 거지 뭐."

조금 답답해지고 화가 난 김동호가 불쑥 말을 뱉었더니 하서영이 움직였다. 그 순간 김동호가 숨을 들이켰다. 김동호의 눈에는 하서영의 움직임이 보이는 것이다. 눈의 능력이 그만큼 향상되었기 때문이다. 하서영이 서둘러 카운터로 다가가는데 주위 사람들은 거의 정지되어 있다. 마치 사진을 찍어 놓은 것 같다. 그 사이를 유일하게 움직이는 사람이 하서영이다. 카운터로 다가간 하서영이 펜을 집어 들고 김동호에게 돌아온다. 처음에는 서둘더니 주위 사람들을 보고 나서 놀란 것 같다. 그러더니 돌아올 때의 얼굴은 상기되었다.

"나, 됐어."

펜을 김동호에게 내밀면서 하서영이 낮게 소리쳤다. 그때 펜을 받은 김동호가 말했다.

"내가 갖다놓고 올 테니까 잘 봐."

김동호가 다시 프런트로 다가가 펜을 놓고 오는 동안 주위의 사람들은 겨우 한 발짝 정도를 떼었을 뿐이다. 돌아온 김동호가 하서영의 손을 쥐고 말했다.

"시작과 끝은 마음먹으면 돼. 스타트 총 따위는 쏠 필요가 없다는 말이야."

"알았어."

하서영이 김동호의 손을 깍지 껴 쥐었다. 김동호를 향해 활짝 웃은 하서영이 말을 이었다.

"다른 능력도 시험해 볼 거야."

"그건 가면서 하고. 갈 데가 있어."

호텔 밖으로 나온 김동호가 손목시계를 보았다. 8시 반이다.

"예, 염려하지 마십시오."

택시 운전사가 불쑥 말했기 때문에 김동호가 백미러를 보았다. 택시는 용인을 향해 달려가는 중이다. 그런데 운전사의 시선이 옆쪽으로 비껴져 있다. 옆자리에 있는 하서영에게 맞춰져 있는 것이다. 그때 운전사가 하서영에게 말했다.

"두 분이 하시는 말씀은 택시에서 내리시는 즉시 다 머릿속에서 지우겠습니다."

"고마워요."

상냥하게 대답한 하서영이 김동호를 보았다. 두 눈이 반짝이고 있다.

"자기야, 머릿속을 지배하는 능력도 옮겨졌어."

"벌써 나보다 효율적으로 사용하는구나."

"머릿속을 읽을 수 없는 것이 아쉽네. 영화 보았더니 생각을 읽던데."

"그건 좀 오버한 것이지."

"자기 능력이 뭐가 더 있지?"

"욕심 부리는 거야?"

"숫자 볼 수 있는 것하고 또 뭐가 있지?"

"독어."

"독어?"

"개하고 이야기하는 것."

"어머나."

"그게 아까 말하지는 않았지만 전달되었나 나중에 체크해 봐."

하서영이 숨을 들이켜더니 김동호의 손을 찾아 쥐었다.

"나, 돌아가고 싶지 않아."

별장은 국도에서 2백 미터쯤이나 들어간 골짜기 안에 있어서 둘은 택시를 보내고 걸어야 했다. 별장만으로 통하는 일방통행로다. 밤 10시가 넘은 시간이다. 주위는 적막강산이고 풀벌레 소리도 들려오지 않는다. 하서영은 김동호 옆에 바짝 붙어 섰다. 귀신 주제에 겁이 나는 것 같다. 아니, 지금은 귀신이 본체와 동화되었으니 인간이라고 해야 맞다.

"왜? 무서워?"

김동호가 낮게 물었더니 하서영이 팔을 쥐었다.

"으스스해."

그때 산 모퉁이를 돌자 1백 미터쯤 앞쪽에 별장이 나타났다. 단층집인데 지대가 높아서 주택 형체가 다 드러났다. 불이 켜져 있는 곳은 거실과 응접실 같다. 넓고 크다. 기역자 구조에 방이 10여 개, 대청마루가 앞뒤로 길게 붙어 있고 마당도 넓다. 담장 대신 나무를 듬성듬성 심었는데 밤이었지만 잘 조성된 별장이다. 그때였다. 개 짖는 소리가 골짜기의 적막을 깨뜨렸다. 두 마리다. 엄청나게 큰 소리로 짖는 것이 큰 개다. 놀란 하서영이 김동호의 팔을 와락 끌어안았다.

"개야."

김동호가 독어를 한다고 한 것을 잊은 것 같다. 그때 짖는 소리가 가까워졌다. 개들이 달려오고 있는 것이다. 개들을 풀어놓은 것 같다.

"옳지."

김동호가 말했을 때 하서영이 숨을 들이켰다. 눈앞에 송아지만 한 도베르만 2마리가 나타난 것이다. 그때 김동호가 '독어'로 말했다.

"애들아, 말 좀 묻자."

그것이 하서영한테는 개소리로 들렸다.

"으르렁 컹컹컹."

하서영한테는 '독어'가 전달되지 않은 것이다. 그때 개들이 나란히 김동호 앞에 앉더니 빤히 쳐다보았다.

"컹컹컹컹컹."

개 한 마리가 짖었지만 실은 물은 것이다.

"아이구, 우리말을 하시는군요, 선생님."

"난 신(神)의 아들이야."

"믿겠습니다."

지금 김동호는 '독어'로 대화 중이다. 김동호가 물었다.

"집 안에 누가 있는 거냐?"

"예, 집주인 고춘만하고 시녀 둘이 있습니다."

"시녀?"

"예, 고춘만한테 혼(魂)을 빼앗긴 여자들이지요."

"혼을 빼앗기다니?"

"예, 고춘만한테 세뇌되어서 하라는 대로 다 합니다. 그런데 그 시녀들도 능력이 있지요."

"무슨 능력?"

"시선이 마주치면 시킨 대로 해야 됩니다."

그때 옆쪽 개가 거들었다.

"머릿속에 생각을 집어넣는 것입니다."

"너희들 생각을 읽어?"

"그렇지는 않은 것 같습니다. 우리 둘이 그 여자들이 없을 때는 욕을 하고 그랬거든요. 그런 건 모르고 있더라구요."

"그, 고춘만이 누구인 것 같냐?"

"악마입니다."

하나가 거침없이 정의했다.

"이곳에 끌려온 인간들은 모두 홀려서 나갑니다. 나쁜 놈들이 되어서 나가는 것이지요."

"우리들은 알 수가 있지요. 전혀 다른 인간이 되어서 나가는 것입니다. 고춘만의 추종자가 되는 것이지요."

"고춘만의 능력은?"

그때, 서로의 시선을 맞춘 개 중 한 마리가 말했다.

"시선을 받은 상대는 다 뜻대로 움직이게 됩니다."

머리를 끄덕인 김동호가 하서영에게 설명했다. 그쯤은 김동호도 한다. 그래서 하서영에게 전수도 해주었다. 개 한 마리가 말을 이었다.

"빠르게 움직입니다. 그 능력을 시녀들도 갖고 있어서 어떤 때는 우리보다 빨리 달리기도 합니다."

인간 능력의 극대화다. 그때 김동호가 하서영에게 말했다. 물론 '인간어'다.

"얘 목의 끈을 풀어봐, 빨리 움직여서"

그 순간 숨을 들이켠 하서영이 재빠르게 움직였지만 김동호의 눈에는 다 보였다. 대신 개들은 석상처럼 움직이지 않는다. 목에 맨 가죽 끈을 푼 하서영이 손에 들고 김동호 옆에 와 섰을 때 어깨를 늘어뜨렸다. '빠른 행동'이 끝난 것이다. 그때 개들이 그때서야 하서영이 쥔 '목 띠'를 보았다. 그러더니 소리쳤다.

"바로 그것입니다. 그런 능력이 있지요."

226

그때 저택 쪽에서 여자 목소리가 들렸다.

"존! 존! 메리!"

개들을 부르는 소리다. 그러자 개들이 몸을 돌리며 말했다.

"시녀입니다. 돌아갈게요."

그중 하나가 서두르듯 말을 잇는다.

"집에 들어가시려면 뒷문으로 오세요. 주방 쪽 문이 항상 열려 있습니다."

모두 독어여서 하서영은 알아듣지 못한다.

개들이 어둠 속으로 사라졌을 때 김동호가 하서영에게 말했다.

"뒤쪽으로 돌아가자."

"집 안에 들어갈 거야?"

하서영이 불안한 표정으로 묻자 김동호가 쓴웃음을 지었다.

"저놈도 어차피 귀신이야. 우리보다 나을 게 없다고."

"하지만……."

"숨어서 보다가 돌아 나오기로 하자."

김동호가 그렇게 결정했다. 당장에 사생결단을 할 이유가 없기도 했다.

뒤쪽으로 돌아가 보았더니 이곳도 뒷마당이 있는 데다 정원수가 우거졌다. 산골짜기여서 숲 사이에 저택을 지었기 때문이다. 덕분에 몸을 숨기기는 좋았다. 김동호가 하서영에게 말했다.

"넌 여기서 기다리고 있어."

"무서워."

"여기 가만있는데도 무섭단 말이냐?"

혀를 찬 김동호가 말을 이었다.

"네 능력을 생각해 봐. 넌 누구보다도 빨라."

"저 악마도 마찬가지 아냐?"

"무슨 일 있으면 넌 그냥 집으로 돌아가. 그리고 저 악마를 조심하면 돼."

"그런 말이 어딨어?"

"시간 없어."

김동호가 몸을 돌리면서 말했다.

"괜히 따라와서 신경 쓰이게 하지 마."

미안한지 하서영은 입을 열지는 않았다.

"개가 왜 짖었던 거야?"

고춘만이 묻자 나갔다 온 유옥진이 말했다.

"산짐승 쫓고 다녔나 봐요."

"개를 매어 놔야겠다. 멀리 싸댕기다가 도망갈 수도 있어."

"그래도 쟤들은 부르면 바로 와요, 교주님."

다가온 유옥진이 말을 이었다.

"그보다 내일은 교인을 더 불러야 될 것 같습니다. 기부금이 줄었어요."

그때 주방 쪽에 있던 강희경이 다가오면서 말했다.

"어제 사제님한테서 연락이 왔습니다. 시내에서 전달자를 만났다고 합니다."

"뭐라?"

되묻는 고춘만의 이맛살이 찌푸려졌다.

"지난번에 우리가 둘을 치웠는데 계속해서 보내는군. 하긴 당연하지."

"시내에서 우연히 만났다고 합니다. 이번에는 20대의 사내라고 하는데요."

"어쩐지 요즘 사건이 줄어들더라니."

입맛을 다신 고춘만이 앞에 놓인 술잔을 들었다.

"뭐하는 놈이야?"

"이름만 들었다고 합니다. 김동호라는데요."

"그놈 능력은?"

"그건 물어보지 못했습니다."

"연락해서 나한테 들르라고 해."

"예, 교주님."

"그런 일이 있으면 나한테 직접 보고를 해야지, 너한테 전화 걸기나 한단 말이야?"

짜증을 냈던 고춘만이 한 모금 위스키를 삼키고는 응접실을 둘러보았다.

"전달자 놈이 있다면 내 교당 소식도 들었겠다."

"전달자 능력이 어느 정도지요?"

강희경이 물었다. 20대 후반쯤의 강희경은 큰 키에 날씬한 몸매의 미인이다. 유옥진은 30대쯤으로 풍만한 체격인데, 둘 다 안이 비치는 모기장 같은 가운을 걸치고 있다. 고춘만이 지그시 강희경의 몸을 바라보면서 입을 열었다.

"전달자는 신(神)의 아들이라고도 불리지."

"우린 악마의 자식이겠군요."

"신이나 악마나 비슷한 종자다. 인간 입장에서 보면 둘 다 신(神)이지."

"전달자 능력은 우리보다 낫습니까?"

"나은 점도 있고 못한 점도 있다."

"말씀해주세요. 앞으로 전달자는 만나면 없애야 되지 않습니까?"

"너희들 능력으로는 안 된다."

"어떤 점이 강합니까?"

"변신력."

"어떻게요?"

"그놈은 어떤 사람으로든 그 자리에서 변신이 되지만 우린 죽어야 옮겨갈 수가 있지. 그것은 어쩔 수가 없는 일이야. 우리가 그런 능력까지 갖췄다면 우리가 우세할 테니까."

"그것뿐인가요?"

"전달자가 된 놈의 능력에 달렸지. 융통성이나 임기응변이 뛰어난 놈이라면 더 강한 놈이 될 것이고."

"우리가 그놈보다 뛰어난 점은요?"

그때 또 개들이 짖었기 때문에 대화가 끊겼다. 창밖을 내다보던 유옥진이 말했다.

"차 소리가 나요."

주방 옆쪽 벽에 붙어 서 있던 김동호는 고춘만의 말을 다 들었다. 악마의 입으로부터 자신의 능력을 듣게 된 셈이었다. 숨도 쉬지 않고 서 있던 김동호는 안에서 수선거리는 틈을 타서 다시 주방 쪽 문을 통해 뒷마당으로 나왔다. 저절로 입에서 긴 숨이 뱉어졌다.

그때 앞쪽 마당의 자갈 위로 차바퀴가 지나는 소리가 들리더니 떠들썩한 목소리들이 들려왔다. 손님이 온 것이다.

김동호는 몸을 돌려 마당을 가로질러 숲으로 다가갔다. 더 이상의 모험은 무리다. 고춘만은 이미 전달자 둘을 제거했다고 하지 않는가? 오늘 밤의 행동도 경솔했다. 다만 '변신술' 능력이 있다는 말을 들은 것이 예상하지 못했던 소득이다, 내가 그런 능력이 있다니. 전임자들은 그런 능력이 있었는데도 당했단 말인가?

그때 앞쪽에서 인기척이 나더니 나무둥치 옆에서 어른거리는 그림자가 보였다. 하서영이다. 김동호가 다가가자 하서영이 말없이 손을 잡았다.

같은 밤, 차가 없어서 국도를 한참이나 걸어오다가 지나는 트럭을 얻어 탔는데 서울에 도착했을 때는 오전 1시가 되어갈 무렵이다. 역삼동의 호텔방에 들어온 하서영은 뜨거운 물로 샤워를 하고 가운으로 갈아입고 나서야 얼굴에 화색이 돌았다. 긴장이 풀린 것이다.

"난 솔직히 준비가 덜 되었어."

소파에 깊숙하게 등을 붙인 하서영이 정직하게 말했다.

"자기가 좋아서 따라갔을 뿐이야. 난 능력도 부족하고 사명감도 없어."

"내가 널 데려간 것이 잘못이지."

김동호가 쓴웃음을 짓고 말했다.

"나야 그런 일을 해야 되지만 넌 억지로 할 필요가 없어."

냉장고에서 맥주 캔을 꺼낸 김동호가 하서영 앞에도 한 개를 놓으면서 말을 이었다.

"넌 귀신에서 정착한 하서영으로 만족하면 돼. 세상은 공평하게 돌아가니까 걱정 안 해도 된다."

이번에 벽에 붙어 서서 고춘만의 말을 듣고 나서 깨달은 점이 있다. 신과 악마를 창조한 창조자는 공평하다는 것이다. 세상은 신과 악이 함께 공존하도록 창조되었다. 신이 먼저인지 악이 먼저인지는 알 수 없지만 선악이 공존해야 균형이 맞는다. 그러나 선과 악 사이에서도 능력의 차이는 있을 수가 있는 것이다.

"피곤해. 자자."

침대에 오르면서 하서영이 말했다. 힐끗 김동호를 스치는 하서영의 눈이 반짝이고 있다.

다음 날 아침, 회사에 출근한 김동호가 강삼환의 전화를 받았다.

"아무래도 내가 천지교에 가봐야 할 것 같네."

강삼환이 말을 이었다.

"조 사장한테서 조금 전에 연락이 왔어. 오늘 저녁에 특별 예배가 있으니까 꼭 참석하라는 거야. 오늘 교주를 만나게 해준다는구만."

"……."

"교주한테도 이야기 해 놓았다는 거야."

이렇게까지 되었는데 거절하면 예의가 아니다. 그리고 무엇보다도 강삼환이 교주의 능력에 끌리고 있다. 교주가 악마라고 하면 도움이 될까?

"알았습니다. 어쩔 수 없지요."

김동호가 마침내 그렇게 말했다.

"가 보세요."

"김 사장은 같이 안 갈 거야?"

"저는 바빠서요. 다음에 가지요."

"내가 말할까?"

"제 이름은 이야기 하시면 안 돼요."

"왜?"

"제 능력은 밝히지 않는 것이 낫습니다."

한성구란 악마 사제를 통해 자신의 이름이 악마에게 전달되었다는 말을 할 필요가 없다.

"알았어. 그럼 갔다 와서 연락하지."

강삼환의 통화가 끝났을 때 김동호는 문득 변신술을 떠올렸다. 악마 고춘만이 알려준 변신술이다.

사무실로 나왔더니 오수정이 보이지 않는다.

"오 과장 어디 갔어?"

둘러보며 묻자 강연희가 대답했다.

"거래처 들렀다가 오후에 출근한다고 했어요."

머리를 끄덕인 김동호가 사무실을 다시 둘러보았다.

이제 동호상사는 직원이 김동호 포함해서 8명이나 된다. 영업부에 5명, 관리부에 2명. 한재영은 영업부 대리로 옮겨갔고 경력직 대리 한 명을 더 채용해서 그렇다. 사무실을 나온 김동호가 복도 끝의 화장실로 들어가 세면대 앞에 섰다. 화장실은 비었다.

세면기 앞 거울을 바라보면서 김동호는 머릿속에 '변신'을 떠올렸다. '오수정'으로 변신이 가능할까? 그 순간이다. 김동호가 숨을 들이켰다. 거울에 오수정이 비친 것이다. 놀란 김동호가 손바닥으로 얼굴을 만졌다. 거울 속의 오수정이 제 볼을 만지고 있다. 김동호의 손이 저절로 오수정의 젖가슴을 움켜쥐었다. 물컹한 촉감이 전해져 온다. 김동호가 아니라 오수정이 오수정의 젖가슴을 움켜쥔 것이다.

"아이구!"

입에서 놀란 외침이 터진 순간 김동호는 숨을 들이켰다. 오수정의 목소리가 터진 것이다.

"됐구나."

오수정의 목소리로 탄성을 뱉은 김동호가 이제는 정신을 가다듬고 거울을 보았다. 오수정이 입은 옷은 어제 보았던 그 투피스다. 오수정의 마지막 기억이 머릿속에 박혔기 때문일 것이다. 숨을 들이켠 김동호가 다시 오수정의 젖가슴을 두 손으로 움켜쥐었다. 뭉클한 촉감과 함께 몸이 짜릿해졌다.

이런, 몸은 바꿨지만 촉감이나 감정은 김동호가 느끼고 있는 것이다. 김동호는 오수정의 젖가슴에서 손을 떼었다. 오수정은 지금 어떤 느낌일까?

김동호가 사무실로 들어서자 강연희가 반갑게 맞는다.

"과장님, 조금 전에 사장님 나가셨는데 못 보셨어요?"

됐다. 숨을 들이켠 김동호가 대답했다.

"못 뵈었는데. 나 찾으셨어?"

"네, 거래처 들른다고 말씀드렸어요."

그러더니 강연희가 자리에서 일어섰다.

"보고드릴 것이 있어요."

앞장서서 회의실로 들어가는 강연희의 미끈한 뒷모습을 보면서 김동호가 따라 들어섰다. 회의실에 둘이 마주 보고 앉았을 때 강연희가 김동호 앞으로 봉투 하나를 밀어 놓았다. 결재 파일에 넣고 온 봉투다. 김동호의 시선을 받은 강연희가 웃음 띤 얼굴로 말했다.

"어제 성호수산에서 받은 리베이트예요."

"……."

"2백 가져왔어요."

"2백? 제대로 계산이 된 건가?"

내용을 알려고 김동호가 머리를 기울였더니 강연희가 자세히 설명했다.

"이번에 그쪽 제시 단가에서 3프로 올라 금액이 380이었잖아요?"

"그랬던가?"

"그것을 절반으로 나누니까 190이죠. 그래서 노 사장이 200을 가져 온 거죠."

"그렇구나."

머리를 끄덕인 김동호가 봉투를 강연희에게 도로 밀었다.

"이따 오후에 줘."

"네, 과장님."

"어디서 또 리베이트 나올 데 없나?"

"서동축산에서 삼환물류에 납품만 시켜주면 인사하겠다고 했잖아요."

강연희의 두 눈이 다시 반짝였다. 예쁜 얼굴이지만 이제는 시궁창에서 피어난 장미꽃 같다. 향기 대신 악취가 맡아진다.

"그렇구나."

머리를 끄덕인 김동호가 자리에서 일어서며 말했다.

"나, 어디 좀 들렀다가 오후에 올게."

"과장님, 그런데 한 대리가 자꾸 가격 체크를 해요. 신경이 많이 쓰여요."

따라 일어선 강연희가 말하자 김동호가 쓴웃음을 지었다. 오수정이 쓴웃음을 지은 것이다.

"그래? 걱정 마."

오수정은 그렇게 대답했을 것이다.

"집단 자살을 했습니다."

갑자기 울리는 말에 김동호가 고개를 들었다. '신용보증자금'으로 가는 택시 안에서 뉴스를 들은 것이다. 아나운서가 말을 이었다.

"강원도 속초의 민박집에 투숙했던 남녀 6명이 방에서 연탄가스를 마시고 사망해 있는 것을 오늘 오전 8시에……."

그때 운전사가 채널을 돌렸기 때문에 방송이 끊겼다.

"요즘은 이런 일 많아요."

나이든 운전사가 혼잣소리처럼 말했다.

"쉽게 살려고 하니까 이래요. 그게 안 되면 쉽게 가는 거죠."

김동호는 외면한 채 듣기만 했고, 운전사가 말을 이었다.

"책임감이 없어요. 어떻게 태어났건 간에 제 인생에 대한 책임은 져야 되는 겁니다. 그게 인간이니까요."

그때서야 김동호가 백미러를 보았지만 운전사는 시선을 마주치지 않았다. 운전사를 불러 백미러를 보게 할 수도 있었지만 김동호는 그러지 않았다. 그렇다, 자신의 인생에 대한 책임을 생각해 보지 않았구나. 내 생명이 내 것이라는 인식이라도 있었다면 그렇게 쉽게 버릴 수는 없을 텐데. 내가 다른 생명 같았을까?

그때 김동호의 머릿속에 고춘만이, 한성구가 떠올랐다. 고춘만을 향해 열광하던 천지교 교인들이 떠올랐다. 그들의 영혼은 고춘만이 움켜쥐고 있는 것이 아닐까?

'신용보증자금'에서 6억을 빌린 김동호가 시내 커피숍에서 어머니와 외삼촌, 그리고 동생 김윤희까지 만났다. 어머니가 오늘 파주의 전원주택 중도금과 잔금까지를 치르는 것이다. 어머니가 간다니까 외삼촌과 김윤희까지 따라왔다. 집도 볼 겸 거금을 갖고 가는 어머니와 동행하겠다는 것이다. 거의 완쾌된 외삼촌은 차를 운전하고 왔다. 김동호가 6억짜리 수표를 내밀자 받는 어머니의 손이 벌벌 떨렸다.

"아이구, 엄마 손 떠는 것 봐."

김윤희가 놀렸고 외삼촌 박윤성이 웃었다.

"나도 6억짜리 수표는 처음 본다."

"저는 일이 있어서 같이 못 가요."

김동호가 외삼촌한테 말했다.

"외삼촌이 엄마랑 수고 좀 해주세요."

"아이구야, 걱정 마라."

박윤성이 어깨를 폈다.

"신바람이 나서 기운이 철철 넘친다."

전원주택은 방이 6개에 2층 건물이다.

정원이 1백 평이나 되었고 잘 조성된 주택단지여서 포장도로를 500미터만 내려가면 상가가 펼쳐진 곳이다. 김동호도 한 번 가봐서 안다. 돈이 절대적이지는 않지만 행복의 부수적 요인이긴 하다.

어머니 일행과 헤어지고 점심을 먹으려고 식당에 들어섰을 때 핸드폰이 울렸다. 하서영이다.

"자기 뭐해?"

"점심 먹으려고 식당에 왔어."

자리에 앉은 김동호가 다가온 종업원에게 메뉴판의 요리를 손가락으로 짚어 주문하면서 말했다.

"넌 학교야?"

"응, 나도 점심시간이야. 교무실에 있어."

"왜? 밥은 안 먹고?"

"어젯밤 생각을 하니까 미안해서."

"뭐가 미안해? 좋았는데."

"응? 뭐가?"

되물었던 하서영이 말했다.

"장난 말고. 별장에 갔을 때 이야기야."

"내가 데려간 게 잘못이야."

"가만 생각해보니까 난 하서영이를 벗어날 수 없어."

"무슨 말야?"

"내가 귀신으로 들어왔지만 하서영 능력 이상이 될 수 없다는 말야."

하서영이 말을 이었다.

"몸의 능력은 향상되었지만 나, 하서영은 겁이 많고 수동적이야. 게으르기까지 하고."

"……."

"자기는 파트너 잘못 골랐어."

"……."

"미안해."

그 순간 김동호가 심호흡을 했다. 반면교사(反面教師)라는 말이 있다. 다른 사람의 부정적인 측면에서 가르침을 받는다는 말이다. 하서영의 고백에서 김동호는 다른 방법을 찾았다. 이것이 김동호의 성품이다.

"너 요즘 뭘 하고 다니는 거냐?"

고춘만이 묻자 한성구는 쓴웃음부터 지었다. 천지교 교당의 교주실 안이다.

오후 1시, 한성구가 고춘만을 찾아온 것이다. 교주실은 30평도 더 되는 면적에 집기가 으리으리하다. 이태리제 가구와 책상, 바닥에는 모로코산 카펫이 깔려 있다. 방 안에는 둘뿐이었기 때문에 한성구가 거침없이 말했다.

"내 역할은 '불의의 사고' 아닙니까? 내가 올린 실적을 사형께선 모르시는 것 같은데."

"알고 있어. 어젯밤 속초에서 '연탄가스'로 죽은 여섯이 네 작품이지?"

"이틀간 작업했어요."

"그게 자랑이냐?"

"사형은 교주 노릇에 재미를 붙이신 것 같습니다. 난 내 임무는 확실하게 하고 있으니까 염려하지 않으셔도 돼요."

"넌 나한테 '동향보고'를 하도록 되어 있어. 그것을 소홀히 하고 있다는 거 모르냐?"

"무슨 말씀이오?"

"내 시녀한테만 연락해주고 갔다면서?"

"아, 강희경이한테 전달자 만났다고 연락한 거 말씀이군."

"왜 바로 나한테 보고를 안 해?"

"별거 아니었습니다."

"네가 어떻게 알아?"

"내가 은신술을 써서 옆쪽 가로수에 붙었는데도 못 알아보더라고요."

"……."

"아직 초짜 같았습니다."

"쫓아가서 없애지 그랬어?"

"능력을 확실하게 모르는데 무조건 덤비면 어떻게 합니까? 사형 같으면 그러시겠습니까?"

"이 자식이 왜 나를 걸고 넘어져?"

"너무 쉽게 말하시는 것 같아서요."

"너, 그놈 껍질은 언제 벗을 거냐? 널 볼 때마다 기분이 나쁘다."

"내가 탤런트 정미경으로 나타나도 사형은 보기 싫다고 하실걸요?"

"닥치고, 그 전달자 놈 파악은 했어?"

"그놈이 귀신 판별할 능력이 있어서 조심하느라고 따라가지 못했지만 그놈 행동반경을 아니까 곧 찾습니다."

"그놈이 날 파악하는 건 시간문제다. 너야 바람 같은 놈이니까 찾기 어렵겠지만 말이다."

"지난번처럼 함정을 파 놓지요."

"그래서 부른 거다."

정색한 고춘만이 한성구를 보았다.

"이젠 귀신들도 두뇌 싸움이야."

"아니죠. 전자전(戰)입니다. 컴퓨터, 유튜브, 핸드폰의 기능을 적절하게 활용하지 못하면 우린 인간에게도 뒤지게 됩니다."

"젠장."

어깨를 추켜올린 고춘만이 그렇게 투덜거린 것은 긍정한다는 표시다.

'밝은 세상 교회'

골목 안 2층 건물의 2층 유리창에 그렇게 붙어 있다. 위쪽 유리창 한 장이 깨져서 투명 테이프로 붙였지만 오래되었기 때문에 표시가 났다. 옹색한 것이 한눈에 드러났다. 곁에서 봐도 안이 30평도 안 되는 것 같다. 이층으로 들어가는 입구도 좁았고 작은 나무간판이 붙어있다. '밝은 세상 교회'

그런데 계단 바로 옆 1층이 순댓국 식당이다. 식당을 나와서 우연히 고개를 돌렸더니 교회의 간판이 보였던 것이다. 세상도 모두 인연으로 얽혀 있다. 우연인 것 같아도 다 이어져 있다. 식당에서 나오자마자 교회 간판이 눈에 띈 것이 바로 그렇다.

"누구세요?"

교회 안으로 들어선 김동호를 맞은 사내는 40대 후반쯤으로 큰 키에 머리가 벗겨졌다. 마른 체격이어서 크게 보이는 것 같다. 교당 청소를 하던 사내가 허리를 세우더니 김동호를 보았다. 다가간 김동호가 사내를 보았지만 끌어들이지는 않았다.

"지나다가 들렀는데요. 이 교회에 계시는 분인가요?"

"내가 목사인데요."

사내가 탐색하는 시선으로 김동호를 보았다.

"무슨 일이십니까?"

"여기 교인이 몇이나 됩니까?"

"얼마 안 돼요."

쓴웃음을 지은 목사가 말을 이었다.

"한 열 명 될라나? 그런데 갑자기 찾아와서 그걸 왜 묻습니까?"

"아래층에서 순댓국 먹고 나와서 우연히 이곳을 보았거든요."

"예수님 믿으십니까?"

"아뇨, 하지만……."

"믿어 보시려고?"

"예, 겸사겸사."

"무슨 말입니까?"

그때 김동호가 똑바로 사내를 응시하면서 말했다. 사내를 끌어들인 것이다.

"먼저 목사님 생각을 들읍시다."

"예, 난 이 교회 문을 닫을 겁니다."

사내가 술술 말했다.

"아까 교인이 열 명쯤 있다는 건 거짓말이고 한 사람도 없습니다. 지지난 주까지는 주일 예배에 세 명이 나왔는데 지난주에는 한 사람도 안 나왔구만요. 근처에 이곳에 오래전부터 기반을 굳힌 대형 교회가 둘이나 있어서 나 같은 뜨내기 목사는 웃음거리가 됩니다."

"그렇군요."

"이 교회는 보증금 1천만 원에 월세 80씩을 내기로 했는데 월세가 4달이나 밀렸습니다. 거기에다 입주자가 나타나지 않아서 계속 보증금을 까먹게 생겼어요."

사내의 얼굴에 일그러진 웃음이 떠올랐다.

"그렇다고 교인 한 명 안 오는 교회를 지키고 있을 수도 없어서 고향으로 내려가 농사나 지으려고 합니다."

"전에는 뭘 하셨는데요?"

"난 전과자입니다. 미아리파 조폭으로 있다가 폭행, 공갈, 협박 등으로 3번 교도소에 갔고 10년쯤 살았지요. 그러고 나서 6년 만에 목사가 된 겁니다. 목사 생활을 한 지 7개월 되었네요."

"그렇게까지 되었는데 너무 쉽게 포기하는 것 아닙니까?"

"옆쪽 대형 교회에서 내 뒷조사를 해서 교인들한테 알려줬습니다. 경쟁이 심하다 보니까 어쩔 수가 없지요. 누가 나한테 오겠습니까?"

사내가 다시 웃었다.

"사실이니까요."

"대형 교회에 다니면 뭐가 다릅니까?"

"자금력도 많아지고 그걸로 서로 도울 일이 많아지지요. 이로운 점이 많습니다."

"많은 것이 좋은 것이군요."

"그렇죠."

"목사의 설교나 교인들을 인도하는 능력, 그런 건 어때요?"

"그것도 뛰어나면 좋지만 아무리 재주가 뛰어나도……"

그때 김동호가 말했다.

"내가 이 교회를 인수하지요. 보증금 1천만 원을 내가 내 드리면 됩니까?"

"아이구, 그렇다면야."

펄쩍 뛰듯이 반긴 사내가 김동호를 보았다.

"그런데 선생께서는 여기를 빌려 뭘 하시려고 하는데요?"

"나도 그대로 교회를 운영할 겁니다."

"여기 '밝은 세상 교회' 간판 그대로 달고 있어도 되지요?"

"아, 그럼요. 교인도 없는 교회 간판이야 100개라도 필요 없습니다."

사내가 서두르듯 말했다.

"계약 하십시다. 여기 기물도 다 드릴 테니까요."

"어, 잘 오셨어."

고춘만이 웃음 띤 얼굴로 강삼환을 맞았다. 천지교 교주실 안이다. 강삼환을 데려온 조 사장이 웃음 띤 얼굴로 생색을 냈다.

"어휴, 이 친구가 바빠서요. 교주님께 오는 것이 늦었습니다."

"반갑소, 강 사장님."

고춘만이 강삼환의 손을 잡더니 순간 눈썹을 찌푸렸다.

"위가 좀 안 좋으시구먼그래."

"예, 5년 전에 위 수술을 해서요."

강삼환이 쓴웃음을 지었다.

"그래서 기름진 음식은 잘 못 먹습니다."

"요즘 집안에 우환이 있다가 잘 풀렸군."

납치되었던 딸 이야기에서 강삼환이 숨을 들이켰다가 어깨를 폈다. 그것도 회사 사람들한테 물어보면 다 아는 이야기다.

고춘만이 지그시 강삼환을 보았다.

"강 사장 소원이 뭐요?"

"뭐, 별거 없습니다."

긴장한 강삼환이 멋쩍게 웃었다.

"건강하고 사업이나 잘되는 거죠."

"몸은 그만하면 건강하시고……."

고춘만이 소파에 등을 붙이고 앉더니 말을 이었다.

"사업은 내가 잘되도록 해드리지."

"감사합니다."

건성으로 인사를 한 강삼환이 고춘만을 보았다. 그 순간 강삼환의 눈빛이 흐려졌다. 고춘만을 응시한 채 몸이 굳어져버린 것이다. 그렇게 5초쯤 지나고 나서 고춘만이 입을 열었다.

"이제는 나를 믿겠는가?"

"예, 교주님."

어깨를 늘어뜨린 강삼환이 말을 이었다.

"하는 일마다 교주님의 기적이 붙을 테니까 안 될 리가 있습니까?"

"그렇지, 나를 믿으면 그렇게 돼."

"저는 지금부터 교주님을 모시는 종입니다. 말씀만 하십시오."

"자네 회사의 직원 10명을 나한테 보내게, 다음 주부터 말이네."

"그러지요."

"매주 10명씩 보낼 수 있겠지?"

"가능합니다."

"그 보답으로 이것을 주지."

고춘만이 옆에 놓인 검정색 가방을 강삼환 앞에 놓았다. 꽤 묵직한 가방이다.

"뭡니까?"

강삼환이 묻자 옆에 앉아 있던 조 사장이 대답했다.

"코카인이야. 3킬로인데 소매로 팔면 50억이 넘을 거야."

입만 딱 벌린 강삼환을 향해 조 사장이 말을 이었다.

"판매처는 있어, 강 사장. 하우스 사장들이 얼마든지 사갈 거네. 내가 하우스 사장들을 소개시켜주지. 강 사장도 몇 명 알고 있잖아?"

"아니, 그렇지만……."

"걱정할 것 없어. 나도 교주님께 받아서 팔았으니까."

그러고는 조 사장이 이를 드러내고 웃었다.

"물론 판매한 가격의 절반은 교주님께 바쳐야지, 그래야 교회가 운영이 되니까."

그때 고춘만이 덧붙였다.

"그리고 수사기관 걱정할 것 없어, 내가 다 알아서 해줄 테니까."

세상에 이런 노다지가 있겠는가?

오수정이 사무실로 들어서자 강연희가 서둘러 다가왔다.

"과장님, 회의실로 가요."

"응, 그래."

눈치를 챈 오수정이 앞장서 회의실로 들어서자 강연희가 앞쪽 자리에 앉으면서 말했다.

"아까 나가신 후에 한 대리가 물었어요. 요즘 수산물 단가가 높아졌다구요."

"언제?"

"아까 오전에 오셨다가 나가셨을 때."

"내가 언제 왔다고 그래?"

"잠깐 들렀다가 가셨잖아요."

"언제?"

"아까, 9시 반쯤. 사장님 나가시고 나서요."

"미쳤냐? 난 그때 집에서 나왔을 때다."

"나, 미쳐."

이번에는 강연희가 이맛살을 찌푸리고 오수정을 보았다.

"어제 술 많이 마셨어요?"

"아침에 전화로 그랬잖아."

"아직 술이 덜 깼어요?"

"이게 정말."

그때 강연희가 파일 속에 낀 봉투를 꺼내 오수정 앞에 밀어 놓았다.

"여기 성호수산 리베이트 200요."

"어. 그래."

얼른 봉투를 쥔 오수정이 재킷 주머니에 넣더니 어깨를 폈다.

"이따 떼어줄게. 여기서 돈 나누다가 한재영이가 보면 골치 아프니까."

"알았어요. 어쨌든 한 대리가 좀 걸려요."

"신경 쓰지 마. 걘 융통성이 없는 애라 그래."

오수정이 좋아진 기분으로 자리에서 일어섰다. 오전에 왔다갔지 않느냐는 강연희의 헛소리는 잊어먹은 것 같다. 강연희 또한 오수정이 어젯밤 술이 덜 깬 것으로 생각한 모양이다.

오후 5시 반, 부동산에 가서 교회 인수인계를 마친 김동호가 밝은 세상 교회로 올라왔을 때, 놀라 눈을 크게 떴다. 앞쪽 설교대 앞에 꿇어앉아 있는 여자를 보았기 때문이다. 앞에 걸린 나무 십자가를 향해 머리를 숙인 채 두 손을 모으고 꿇어앉아 있던 여자가 인기척을 듣고는 몸을 일으키면서 김동호를 보았다. 단발머리, 낡은 스웨터가 늘어져서 엉덩이를 덮었고 바지에 운동화 차림이다.

"누구세요?"

둘이 동시에 물었기 때문에 잠깐 교당 안에 어색한 정적이 흘렀다. 다시 김동호가 물었다.

"교인이신가요?"

"네, 그런데 누구세요?"

여자의 두 눈이 어둠 속에서 반짝였다. 교당 안이 어둑한 데다 불을 켜지 않았기 때문이다.

김동호가 헛기침부터 했다.

"예, 내가 이 교회를 인수했습니다."

"정 목사님은요?"

"저한테 인계하시고 조금 전에 떠나셨는데요."

한 걸음 다가선 김동호가 조금 전 부동산에서 받은 건물 임대 계약서와 가구 양도서, 영수증을 가슴 주머니에서 꺼냈다.

"여기 서류가 다 있습니다."

여자가 서류에서 시선을 떼더니 김동호를 보았다.

"교회를 인수하셨다면 목사세요?"

"그런 셈이지요."

"목사 자격증은 없지만 전도사쯤은 됩니다. 그런데."

김동호가 여자를 유심히 보았다. 몸매는 날씬한데 화장기가 없는 얼굴은 파리했다. 맑은 눈, 검은 눈동자. 김동호의 시선을 받은 여자가 이맛살을 조금

247

찌푸렸다. 김동호가 말을 이었다.

"정 목사님 말씀으로는 교인이 한 명도 없다던데, 지난주 예배에도 한 사람도 안 나왔다고 하시던데요."

"……."

"한 사람 있었던 겁니까?"

"어디로 가신다고 했어요?"

여자가 대답 대신 울었기 때문에 김동호가 한 걸음 물러섰다. 그런 상대가 있다, 말을 동시에 같이 뱉거나 어긋나는 톱니처럼 말이 서로 엇나가는 사람. 이쪽이 말을 하려고 할 때마다 저쪽 말이 비집고 들어오거나 끊어지는 사람. 그래서 아예 입을 닫고 있으면 저쪽도 그런다. 이 여자가 바로 그런 경우다. 김동호가 물러서서 입을 다물고 있었더니 여자가 말했다.

"제가 아파요."

"……."

"그래서 한 달쯤 못 나왔어요."

"……."

"산으로 정양하러 갔더니 목사님이 집에 찾아오셨던 모양이에요."

"……."

"전 핸드폰도 없어요. 핸드폰 요금 낼 돈도 없어서."

"……."

"그래도 목사님보다는 낫죠. 전 옆 동네에 이모가 살아서 먹을 걸 대 주시지만 목사님은 자주 굶으시는 거 같더라구요.

"……."

"안됐어요."

길게 숨을 뱉은 여자가 김동호를 향해 고개를 숙였다.

"잘되시기를 바랍니다."

"정 목사님?"

수화구에서 울리는 목소리가 생소해서 정영복이 머리를 기울였다.

"누구십니까?"

"교회를 인수한 김동호올시다."

"아, 김 목사님."

정영복의 얼굴에 웃음이 떠올랐다.

"웬일이십니까? 뭐, 제가 도울 일이라도……."

이미 계산은 다 끝났다. 김동호가 보증금 1천만 원을 다 내준 데다 밀린 월세까지 치러줬기 때문이다. 정영복에게는 김동호가 천사 같았다. 밀린 월세까지 내줄 줄은 상상도 못 했기 때문이다. 그때 김동호가 물었다.

"지금 어디세요?"

"서울역인데요. 고향에 가려고……."

"표 끊으셨어요?"

"아뇨, 아직."

"누구하고 약속 있으십니까?"

"아뇨."

정영복이 이제는 쓴웃음을 지었다.

"기다리는 사람은 없고 약속한 사람도 없습니다. 그냥……."

"그냥 내려가시는 것이군요."

"예, 목사님."

"정 목사님, 그럼 저하고 같이 일하시지 않으실랍니까?"

"예? 저하구요?"

"예, 우선 정 목사님이 안정이 되시도록 오피스텔을 하나 얻어 드리지요."

지금까지 정영복은 교회 안쪽의 한 평도 안 되는 골방 겸 창고에서 새우 잠을 잤던 것이다. 거기에다 취사도구까지 들여 놓았으니 피난민보다 더 험한 생활이다. 화장실은 아래층 식당의 화장실을 이용했기 때문에 계단을 오르내려야 했다. 입 안의 침을 삼킨 정영복이 물었다.

"아니, 김 목사님. 저한테 왜 이렇게······."

"저를 도와줄 사람이 있어야겠습니다."

김동호가 말을 이었다.

"다른 사업도 하고 있기 때문에요."

"아."

"그리고 오피스텔 외에 생활비로 한 달에 3백 정도 드리면 되겠습니까?"

"삼, 삼백만 원입니까?"

정영복의 목소리가 떨렸다.

"아, 아니, 저를······."

"교회 부목사를 맡아 주시지요. 어떻습니까? 밝은 세상 교회를 일으켜 보시지 않을랍니까? 저하고 같이 말입니다."

정영복은 갑자기 목이 메었고 눈앞이 흐려졌다. 서울역 대합실 한복판이다. 지나던 사람들이 흘깃거렸지만 정영복은 전혀 의식하지 못했다. 문득 떠오른 생각이 있다.

'신이 도우셨다.'

그날 밤 9시가 되었을 때 차에서 내린 강삼환이 엘리베이터로 다가갔다. 아파트 안 지하 주차장이다.

"강 사장."

갑자기 뒤에서 부르는 소리에 화들짝 놀란 강삼환이 몸을 돌렸다.

"아니, 교주님."

고춘만이 다가오고 있었던 것이다. 당황한 강삼환이 말까지 더듬었다.

"여긴 웬일이십니까? 더, 더구나 이 시간에……."

더더구나 혼자다. 그때 고춘만이 빙그레 웃었다.

"갑자기 강 사장이 떠올라서."

주위를 둘러본 고춘만이 주차된 강삼환의 차를 눈으로 가리켰다.

"우리, 차 안에서 이야기를 할까?"

"아니, 제 집으로 가시지요."

강삼환이 권했지만 고춘만이 머리를 저었다.

"늦은 시간에 실례야. 차 안에서 잠깐 이야기나 하자고."

"그러시지요."

강삼환이 앞장을 서면서 말을 이었다.

"코카인 1킬로는 중간상한테 넘겼습니다. 18억을 받았는데 내일 중으로 9억을 드리지요."

"서둘지 않아도 돼."

차에 들어가 나란히 앉았을 때 강삼환이 말을 이었다.

"그리고 모레까지 제 회사 관리직 직원에서 10명을 추려 교회로 보내겠습니다."

고춘만은 머리만 끄덕였고 강삼환이 말을 이었다.

"그다음부터는 계열사나 거래처 직원들을 모으겠습니다."

다시 머리를 끄덕인 고춘만이 지그시 강삼환을 보았다.

"강 사장, 내 말 머릿속에 잘 박아둬."

"네, 교주님."

"앞으로 누구한테든 설령 내 앞에서도 김동호 이야기는 꺼내면 안 돼, 내가 물어도 말야. 알겠나?"

"예, 교주님."

"내가 그 말 하려고 온 거야."

"예, 교주님."

"그리고 내가 오늘 여기 온 것은 잊도록 해."

고춘만의 시선을 받은 강삼환이 흐려진 눈으로 고개를 끄덕였다.

"예, 교주님."

6장
전사(戰士) 양성

이에는 이로!

그것이 김동호의 계획이다. 악마 고춘만이 교당을 만들어 추종 세력을 끌어 모으고 질병을 퍼뜨리고 있다. 마약도 치명적인 질병이다. 악마의 수단은 교묘해서 저승에서 온 귀신들은 그저 예약된 인간들이나 데려가지만 악마들은 이승에서 사고를 일으켜 무더기로 끌고 가는 것이다.

이제 신(神)이 능력을 주신 이유를 알 것 같다. 그 이유도 내 자신이 찾았다. 악마와의 대결이다. 선이 있으면 악이 있는 법, 악과 싸우리라.

다음 날 아침.

김동호는 밝은 세상 교회에서 정영복을 만났다. '가난하고 병든' 여자와 셋이 모인 것이다. 이것이 교회의 세 식구다. 목사 정영복은 고향에 내려가려다가 서울역에서 돌아왔지만 아직 '반신반의'하는 상태, 어젯밤 교회로 돌아와 창고 같은 방에서 하룻밤을 다시 보냈지만 뜬 눈으로 밤을 새웠다.

혹시 새 인수자가 돈을 도로 달라고 수작을 부리는 것이 아닐까 등등 오만 가지 생각이 떠올랐기 때문이다. 김동호의 제의가 도무지 믿기지 않는 것이다.

"저기……."

김동호가 정영복을 보았을 때 와락 몸을 굳힌 것이 그 증거다.

옆에 앉은 '가난하고 병든' 여자 이름은 서수민. 23세, 고등학교를 졸업하고 이것저것 알바를 뛰면서 살다가 작년에 기침이 자꾸 나오고 자주 몸이 피곤해서 병원에 갔다가 폐암 말기 판정을 받았다.

그리고 나서 지금 넉 달째가 되었는데 병원에 다닐 돈도 없고, 가족도 없는 터라 생(生)을 거의 포기한 상태. 지난주까지 산에 갔다 온 것도 실은 죽으려고 갔다가 그냥 돌아온 것이다. 김동호가 정영복의 앞에 낡고 해진 헝겊 가방을 내려놓았다.

"자, 이거."

"뭡니까?"

정영복이 잠을 못 자서 충혈된 눈으로 가방을 보았다.

"열어 보세요."

정영복이 가방 지퍼를 열자 5만 원권 지폐 뭉치가 나왔다.

숨을 들이켠 정영복에게 김동호가 말했다.

"5천만 원이오. 현금이 나을 것 같아서 현금으로 가져왔습니다."

김동호가 말을 이었다.

"그 돈으로 근처에 있는 오피스텔 하나 전세로 얻을 수 있지요?"

"남습니다."

정영복이 허겁지겁 말했다.

"3천만 원이면 15평짜리 새 오피스텔로 들어갈 수가 있어요."

"그럼 그 돈으로 가구나 생필품까지 사고 두 달쯤 월급으로 쓰시면 되겠네요."

"충분하고도 남습니다."

정영복이 떨리는 목소리로 말하더니 번들거리는 눈으로 김동호를 보았다.

"저한테 이렇게 해주시는 이유가 궁금합니다."

"신(神)이 시키신 거요."

김동호가 바로 말하고는 머리를 돌려 서수민을 보았다.

"폐암 말기라고?"

"네, 넉 달 전에 넉 달밖에 못 산다고 했으니까 이제 갈 때가 됐어요."

서수민의 얼굴에 웃음이 떠올랐다.

"다 하나님의 뜻이죠."

"내가 허락 안 했어."

서수민의 말을 자른 김동호가 물었다.

"증세는?"

"기운이 없어요."

서수민이 붉은 기운이 덮인 눈으로 김동호를 보았다.

"자다가 피를 쏟아요. 폐가 다 망가진 거죠."

"또?"

"어지러워요. 겨우 걸어 다녀요."

"또?"

"이젠 물만 조금씩 마셔요. 내일 아침에 일어날 수 없을지도 몰라요."

"그럼."

김동호가 다가가 서수민의 앞에 섰다. 그러고는 두 손을 어깨 위에 올려놓고 말했다.

"내가 새 기운을 넣어줄 테니까 가만있어."

놀란 서수민이 눈을 크게 떴다가 곧 움직이지 않았다. 김동호가 어깨를 누

255

른 채 말을 이었다.

"이제 뜨거운 기운이 어깨에서부터 전신으로 번져 나갈 거야. 자, 느껴지지?"

그 순간 서수민이 입을 딱 벌렸다. 그때 김동호가 말을 이었다.

"이 뜨거운 기운이 몸을 돌면서 망가진 폐를 복구시킬 거야. 자, 그러는 동안 눈 감아."

온몸이 뜨거워진 서수민이 눈을 딱 감았다. 다시 김동호가 말했다.

"지금 새 기운이 몸 안을 돌고 있어. 지금 망가진 폐가 무서운 속도로 새로 만들어지고 있는 중이야. 어때? 숨 쉬기가 편해졌지?"

눈을 감은 채 서수민이 머리만 끄덕였다. 김동호가 말을 잇는다.

"거의 다 복구되고 있어. 이제 내가 손을 떼면 몸에 기운이 날 거야. 배가 고파질 것이고. 그럼 나가서 1층 순댓국집에 가서 한 그릇 먹고 다시 올라와."

이윽고 서수민의 어깨에서 손을 뗀 김동호가 한 걸음 물러섰다.

"아아!"

신음을 뱉으면서 서수민이 눈을 떴는데 얼굴이 상기되어 있다. 그런데 아직 실감하지 못한 것 같다. 김동호가 주머니에서 5만 원권 1장을 내밀었다.

"순댓국 먹고 와."

오전 11시 반, 고춘만의 별장으로 진입하는 일방통행로로 들어선 김동호가 산모퉁이를 돌기도 전에 소리쳤다.

"컹!"

짧은 메아리가 울렸다. 산모퉁이를 돌면 고춘만의 별장이 보이는 것이다. 김동호가 산모퉁이의 바위 위에 앉았을 때 헉헉대는 숨소리가 들리더니 도베르만 두 마리가 맹렬하게 달려와 앞에 멈춰 섰다. 용맹한 기세다.

긴 혀가 10센티도 더 나왔고 숨소리도 거칠다. 두 눈이 번들거렸는데 선 키가 1미터도 넘는다. 송아지만 한 도베르만 두 마리다. 그때 김동호가 독어(dog語)로 물었다.

"집은 비었나?"

"예, 신의 아들님."

독 하나가 대답했다.

"교주는 시녀 둘하고 나갔습니다."

"집에 경보장치 켜놓고 갔지?"

"예, 제가 안내해 드릴 수도 있습니다만."

"됐고."

김동호가 정색하고 둘을 번갈아 보았다.

"교주가 마약 가져온 거 있나? 코카인 말이야."

"그 흰 가루 말씀입니까? 지독한 냄새가 나더군요."

암독(dog)이 대답했다.

"집에 가방에 든 한 뭉치가 있습니다. 가방 하나는 지난번에 어떤 놈이 가져 갔구요."

강삼환이다. 머리를 끄덕인 김동호가 물었다.

"그거, 어디에 넣어 두었나?"

"금고에 있겠지요."

이번에는 수독(dog)이 대답했다.

"지하실에 금고가 있습니다."

독한테 금고를 열라고 할 수는 없다. 불가능한 일이다. 머리를 끄덕인 김동호는 마약 일부가 아직도 고춘만에게 있다는 것을 확인했다.

"그리고 여기에 교주하고 같은 수준의 괴물이 찾아온 적은 없나?"

"인간 말씀입니까?"

수독이 묻자 김동호가 쓴웃음을 지었다.

"그래, 인간. 인간의 탈을 쓴 괴물이야."

"여기는 찾아온 적이 없는데요. 괴물이 온 적은 없습니다."

한성구는 이곳에 오지 않은 모양이다. 머리를 끄덕인 김동호가 메고 온 가방에서 쇠고기를 꺼내 독 부부에게 내밀었다. 비닐에 싼 쇠고기는 정육점에서 두 근씩 따로 포장해온 것이다.

"너희들한테 주려고 사왔다. 오늘 한우 등심이 엄청 비싸. 금값이야."

"처음 먹어봅니다."

감동한 수독이 눈물이 고인 눈으로 김동호를 보았다. 쇠고기를 입에 물었다가 내려놓은 암독이 울먹였다.

"감사합니다, 신의 아들님."

회사로 돌아왔을 때는 오후 3시 반이다. 오수정과 강연희는 출장을 나갔고 사무실에는 한재영과 직원 셋이 남아 있었다.

"오셨어요?"

굳어진 얼굴로 김동호를 맞은 한재영이 사장실로 따라 들어섰다. 한재영은 영업부 대리가 되었지만 오수정과 겉돌고 있다. 오수정이 영업부 책임자여서 지시하는 입장이지만 같이 외출한 적이 없다. 김동호 앞에 선 한재영이 말했다.

"사장님, 문제가 있어요."

"뭔데?"

건성으로 대답한 김동호가 한재영을 보았다. '동호상사'는 급성장을 하고 있다. 직원 20명이었던 한동유통의 실적을 뛰어넘어 현재는 매출액 1백억 가까운 유통회사가 되어 있다. 그렇지만 직원은 아직 10명도 안 된다. 모두 김동호 혼자서 끌어온 오더기 때문이다. 한재영이 말을 이었다.

"제가 영업을 뛰면서 관리를 체크하는데 입금이 제 날짜에 안 돼요."

"왜? 약속을 어긴단 말야?"

"그래서 회사에다 연락을 해봤더니 입금시켰다는 경우가 있어요."

"……."

"영업부서에서 돈 받아쓰다가 나중에 입금시키는 거죠. 1억만 10일 돌려도 몇백만 원이 생기니까요."

그것은 전(前) 영업부 대리 백기천이 쓰던 방식이다. 억대는 아니어도 몇천만 원씩 돌리고 나서 나중에 입금시켰다. 급전이 필요한 업자들을 많이 알고 있었기 때문이다. 그것을 오수정이 따라서 하는 것이다. 입맛을 다신 김동호가 정색하고 한재영을 보았다.

"오수정이 과장이 되고 월급도 전보다 2배 이상 받고 있는데 왜 그러지?"

"돈 욕심은 하느님이 말려도 안 돼요."

"하느님?"

"네."

김동호의 시선을 받은 한재영의 두 볼이 붉어졌다.

"제가 지어낸 말이에요."

"정말 끊기 힘들단 말이지?"

"네, 거래처 하나하나를 체크하기도 힘들고 지금 제가 확인한 결과만 해도 6개 업체에서 대금을 받았는데 입금시키지 않고 있어요."

"……."

"합계가 15억쯤 되는데 오래된 건 25일이 지난 것도 있어요."

"그 돈을 일수업체나 단기 자금 회사에 넣으면 한 달 이자만 해도 3천은 나오거든요."

"……."

"갑자기 20일쯤 전부터 거래처 입금이 들쑥날쑥 하길래 체크해 봤더니 그렇게 되었어요."

김동호는 소리 죽여 숨을 뱉었다. 모두 자신의 잘못이다. 다른 일에 신경을 쓰느라고 오수정에게 모두 일임했기 때문이다. 그렇지만 오수정도 신임을 배신했다. 성호수산에서 리베이트를 받은 것도 그렇다. 그런 일이 그것뿐이 아닌지도 모른다. 그때 한재영이 상기된 얼굴로 김동호를 보았다.

"그리구요."

"또 있어?"

"이건 말씀드리지 않으려고 했는데……."

"말해봐."

"오 과장이 사장님하고 저기……."

"뭐?"

"저기…… 연애하는 사이인가요?"

"연애?"

"네, 죄송해요."

한재영의 얼굴이 더 빨개졌다. 그러나 한재영이 머리를 숙인 채 말을 잇는다.

"맨날 사장님하고 잔다고 소문이 났어요."

"무슨 말이야?"

"잔다구요."

"내가?"

그때 한재영이 머리를 들고 김동호를 보았다.

"그런데요."

"말해."

"그 소문을 오 과장이 직접 내고 다녀요. 저한테도 지나가는 말처럼 사장님하고 밤에 같이 있었다고 했어요. 여러 번요."

"……."

"저는 그것이 이상해서 사장님께 말씀드리는 거예요. 보통 여자들은 그러지 않거든요."

김동호가 숨만 쉬었을 때 한재영이 말을 이었다.

"거래처에도 그런 말이 퍼진 것 같아요. 어제는 거래처 경리과장이 저한테 그러냐고 물었어요. 오 과장한테 직접 들었다구요."

"……."

"그러니까 대금도 오 과장이 받아가도록 놔두는 것 같아요."

김동호가 다시 한숨을 쉬었다.

"오늘 퇴근하고 나하고 술 한잔할까?"

김동호가 불쑥 물었더니 한재영이 고개를 떨군 채 되물었다.

"정말 오 과장 언니하고 그런 사이 아니세요?"

"아냐."

김동호가 길게 숨을 뱉고 나서 말을 이었다.

"그 이야기 좀 해야겠다. 이거 심각한 문제구나."

"네, 그럼 저기 약속 시간, 장소를 톡으로 찍어주시면 나갈게요."

한재영이 말을 이었다.

"두 분이 친하신 건 알았지만 그렇게 소문을 내고 다니면서 그런 일을 하는 것이 좀 의심스러웠어요."

사장실에서 혼자가 되었을 때 김동호가 다시 인간세상의 법칙에 대해서 깨닫는다. '인간은 욕심의 동물'이라는 사실이다. 욕심을 억제하는 인간과 억제하지 못하는 인간 두 종류로 나뉜 것이 인간세상이다.

그런데 그 욕심을 억제하지 못하는 인간이 성공한 세상이 되면 안 되겠다. 그것이 김동호가 내린 결론이다.

회사에서 사거리 하나 떨어진 곳의 일식당 방 안에서 김동호와 한재영이 생선회를 안주로 술을 마신다. 한재영이 처음에는 굳어져서 말도 제대로 못하다가 소주를 세 잔 마시더니 혀가 풀린 것 같다. 상기된 얼굴로 말을 잇는다.

"정말 오 과장하고 아무 사이 아니시죠?"

"아니라니까 그러네."

김동호가 쓴웃음을 짓고 말을 잇는다.

"내가 너한테 거짓말할 이유가 있어? 있다면 있다고 그러지."

"믿을게요."

"아까도 그래놓고는."

"오 과장이 하도 떠들고 다니니까 그래요."

"오 과장 가만두면 안 되겠다."

"그래요."

이제는 정색한 한재영이 말을 이었다.

"어떻게 그렇게 갑자기 푹 썩지요?"

"그렇군. 썩었다."

"이런 기회를 노렸던 것 같아요."

한 모금 술을 삼킨 김동호가 한재영을 보았다.

"우선 오 과장이 횡령해서 빼돌린 대금을 회수해야 돼."

"저도 생각해 봤는데 경찰에 고발하는 수밖에 없어요."

"그런가?"

"좋은 말로 하면 도망가 버리면 끝나요. 옛날 우리 사장처럼요."

"그렇구나."

"경찰에 신고하면 오 과장은 재판받고 교도소 가야 돼요."

"참, 미치겠네."

그 순간 김동호가 마음을 굳혔다.

"좋아. 내가 해결할게."

한 모금에 술을 삼킨 김동호가 길게 숨을 뱉었다.

오후 10시, 밝은 세상 교회로 들어선 김동호를 서수민이 맞았다.

"교주님."

떨리는 목소리로 부른 서수민이 다가와 서더니 주르르 눈물을 쏟았다.

"교주님?"

다가선 김동호가 서수민에게 물었다.

"어때, 몸은?"

"다 나았어요."

눈물로 범벅이 된 얼굴을 든 서수민이 김동호를 보았다.

"밥도 다 먹고 계단을 열 번 올라갔다가 내려왔어요. 다른 때는 계단 한 칸 딛고 오르는 데도 눈앞이 빙글 돌았는데……."

"다 나은 거야."

머리를 끄덕인 김동호가 교회를 둘러보면서 물었다.

"정 목사는?"

"교인들한테 교주님 오셨다는 말씀 전해드리려고 나갔어요. 저도 내일부터 전도 나갈 겁니다."

"천천히 해도 돼."

"아니에요, 교주님 은혜 갚아야죠."

"참."

김동호가 들고 온 가방을 서수민에게 내밀었다. 작은 비닐 가방이다.

"뭔데요?"

서수민이 받으면서 묻자 김동호가 웃었다.

"서수민 씨도 교회 직원이야. 그래서 미리 석 달분 월급 주는 것이니까 필요한 데 써."

가방 안에는 1천만 원이 들었다. 서수민의 반응을 보지 않고 몸을 돌린 김동호가 생각난 듯 말했다.

"서수민 씨는 먼저 핸드폰부터 사야겠다. 그래야 나하고 연락이 되지."

서수민은 목이 메었는지 대답하지 않았다.

세상은 평화롭게 시간이 지나는 것 같지만 내면은 다르다. 악마와 천사와의 싸움이다. 천사(天使)란 말이 너무 고루한 것 같으니 신(神)과의 싸움이라고 하자.

밤길을 걸으면서 김동호는 문득 외롭다는 느낌을 받는다. 인간은 기회만 있으면 악(惡)의 유혹에 빠져든다. 오수정이 그렇고 강삼환도 마찬가지다. 그 전의 사장 안택수, 차장 최관식, 과장 조성일, 대리 백기천도 다 그렇다.

인간은 본래의 바탕이 악인이었는가? 그렇다고 가만 놔둘 수는 없다.

다음 날 오전, 회사 현관으로 들어서던 오수정을 두 사내가 가로막았다.

"오수정 씨?"

사내 하나가 묻자 오수정이 몸을 굳혔다. 불길한 예감이 들었기 때문이다.

"네, 그런데요?"

회사 건물로 들어서는 사람들 때문에 옆으로 조금 비켜섰을 때 사내가 주머니에서 신분증을 꺼내 오수정 눈앞에 내밀었다. 경찰 신분증이다.

"고소 사건이라 조사를 해야겠습니다. 같이 경찰서로 가시죠."

그러고는 사내가 다른 주머니에서 서류를 꺼내 다시 내밀었다.

"여기 영장 받아 왔습니다. 보시죠."

"무슨 일이에요?"

이미 얼굴이 파랗게 질린 오수정이 묻자 경찰이 떠들썩한 목소리로 웃었다.

"본인이 모르면 어떻게 합니까? 회사 공금을 수십억이나 횡령했잖아요."

지나던 옆쪽 사무실 직원들이 주춤거리며 이쪽을 보는 바람에 오수정은 몸을 돌렸다.

"자, 갑시다."

오수정을 좌우에서 끼듯이 붙은 사내들이 발을 떼었다.

오전 10시가 되었을 때 동호상사 사무실로 사내들이 들이닥쳤다. 모두 10명, 거기에다 건장한 체격의 20대 사내들이어서 사무실에 있던 직원들이 순식간에 쫄았다.

"누구세요?"

그중에서 선임인 한재영이 겨우 물었을 때 사내 하나가 대답했다.

"예, 사장님이 오라고 하셔서요."

그때 다른 사내가 말을 잇는다.

"사장님이 우릴 기다리고 계실 겁니다."

바깥의 소음을 들었는지 사장실 문이 열리더니 김동호가 나왔다.

"어, 왔어?"

김동호가 웃음 띤 얼굴로 말했을 때 사내들이 일제히 허리를 기역자로 꺾어 절을 했다. 그러면서 합창 연습을 한 것처럼 소리쳤다.

"안녕하십니까, 사장님!"

신용보증자금에서 차출한 직원이다. 그곳의 일손이 남기 때문에 뽑아온 것이다. 모두 10명. 기율이 딱 잡혔고 공금횡령이나 사기는 '조직'의 법에 의해 내부에서 걸러지기 때문에 오수정 같은 일은 일어나기 힘들다.

잠시 후에 전 직원이 모인 자리에서 김동호가 옆쪽에 일렬로 군인처럼 서 있는 사내들을 소개했다.

"앞으로 같이 일할 직원들이야. 모두 열심히 하겠다는 각오를 가진 직원들이야."

김동호의 손짓을 받은 사내 하나가 한 걸음 앞으로 나왔다.

"이 사람이 앞으로 영업과장을 맡을 거야, 조남진 과장. 금융회사 과장 출신이니까 잘할 거야."

그러자 사내가 허리를 굽혀 절을 했다.

"열심히 하겠습니다. 잘 부탁합니다."

"그리고……."

김동호가 멀뚱하게 서 있는 한재영을 가리켰다.

"한재영 씨가 오늘부터 관리과장이야. 잘하도록."

놀란 한재영이 얼굴을 붉혔을 때 기존 직원들이 투덕투덕 박수를 쳤고, 신입들이 따라서 박수를 쳤다. 한재영이 엉겁결에 머리를 숙여 인사를 했다. 그때 김동호가 말했다.

"지금은 어수선하겠지만 우리 회사는 매출이 '1백억'이 넘는 우량 기업이

266

야. 손발을 맞추기만 하면 얼마든지 성장할 거야."

그러고는 한재영과 조남진에게 말했다.

"직원들은 쉬게 하고 둘은 내 방으로 와."

직원들의 인사와 사무실 집기 구입 등 할 일이 태산이다. 갑자기 직원 10명이 늘어나게 되었으니 한재영조차 당황하고 있다. 영업부 강연희는 아직 오수정이 어떻게 되었는지 모르는 상황이라 더 황당할 것이었다.

"난 동호상사를 당신들 둘한테 일임할 테니까 잘해 봐."

김동호가 한재영, 조남진을 번갈아 보면서 말을 이었다.

"내가 오더는 따와 줄 테니까 관리를 맡으란 말이야."

"예, 사장님."

조남진이 정색하고 말을 이었다.

"열심히 하겠습니다."

"그럼 인사 배치를 하지."

김동호가 한재영 앞으로 신용보증자금에서 온 사원들의 이력서를 밀어 놓았다.

"이 친구들을 모두 영업부로 배치시키고 기존 사원들 중 관리부로 데려갈 직원은 한 과장이 골라가도록."

기존 사원은 오수정을 포함해서 7명이다. 한재영이 물었다.

"오 과장은 어떻게 되지요?"

"경찰에 불려갔어."

숨을 들이켠 한재영에게 김동호가 말을 이었다.

"횡령한 대금은 곧 회수될 거야."

"그럼요. 곧 뱉어낼 것입니다."

조남진이 대답하자 한재영이 놀란 얼굴로 그쪽을 보았다. 그리고 조남진은 물론이고 김동호도 시치미를 떼었다. 오수정을 데려간 경찰은 신용보증기금의 직원들이다. 그래서 조남진도 알고 있는 것이다.

오후 3시 반, 서재로 들어선 강삼환이 옷장 안을 열고는 부스럭거리다가 문을 닫았다. 그러고는 이맛살을 찌푸리고 머리를 갸웃거리면서 서재를 나왔다.

"야, 나 좀 보자."

강삼환이 소리치자 응접실로 김민정이 들어섰다. 주방에서 일하다가 와서 손에서 물이 떨어지고 있다.

"왜 그래요, 얼굴을 찌푸리고?"

"옷장 안에서 가방 못 봤어?"

"무슨 가방인데?"

"무슨 가방이라니? 그냥 가방 말이야!"

강삼환의 목소리가 높아졌다.

"봤어? 어디다 치웠어?"

"도대체 왜 그렇게 소리를 질러요?"

김민정도 이제는 화가 나서 맞받아 소리쳤다.

"무슨 가방인데 그래? 내가 그걸 어떻게 알아?"

"못 봤어?"

"글쎄, 어디 있는 가방?"

"옷장에!"

"내가 옷장에 가방이 있었는지 베개가 있었는지 어떻게 안다고 화부터 내!"

"아니, 이년이!"

"왜 욕해!"

그때 버럭 화가 솟구친 강삼환이 탁자 위에 놓인 꽃병을 집어 던졌다. 그런데 맞히지 않으려고 그냥 던진 것이 김민정의 가슴에 맞았다. 꽃병이 떨어지면서 물이 쏟아졌고 탁자 끝에 부딪혀 깨졌다.

"아이고, 저 쌍놈!"

김민정이 바락 소리쳤고, 강삼환이 눈을 부릅떴지만 겨우 참았다. 이런 전쟁은 오래가기 때문이다. 그런데 지금 전쟁을 할 여유가 없다. 그 가방은…….

집 안에 CCTV가 있다. 3대가 설치되었는데 서재 문 앞과 응접실을 체크하면 서재 출입자는 다 나온다. CCTV 화면을 체크하다 강삼환이 숨을 들이켰다. 자신이 가방을 들고 나가는 것이다.

"아니, 이것이……."

자신이 검정색 가죽 가방을 들고 서재를 나와 응접실 밖으로 나가고 있다.

"아니, 내가……."

아연한 강삼환이 CCTV에 찍힌 시간을 보았다. 오후 1시 55분이다. 이 시간에는 안방에서 낮잠을 자고 있지 않았던가? 항상 이 시간대에 낮잠을 자 온 것이다.

"이게 도대체……."

CCTV를 다시 돌려보아도 자신이다. 응접실 밖으로 나간 후부터 행적을 찾을 수가 없다.

"큰일 났는데."

강삼환의 목소리가 떨렸다. 가방에는 코카인이 들어 있었던 것이다, 무려 2킬로나. 오늘 중간 도매상과 하우스 업자들을 만나 나눠 주려던 참이었다.

"여보세요?"

김동호가 확인하듯 되묻자 여자가 대답했다.

"김동호 씨군요."

"네, 제가……. 그런데 그 전화가……."

"네, 서영이 전화 맞아요."

여자가 차분하게 말했다.

"전 서영이 엄마인데요."

"아아!"

"서영이가 오늘 아침에 갑자기 일어나지 않았네요."

김동호는 숨을 들이켰다. 눈앞이 노랗게 변하는 느낌이 들었다가 곧 숨을 뱉으면서 진정했다.

귀신이 데려갔다. 그러나 놀랍기는 했어도 화가 나지는 않았다. 운명이다. 꼭 가기는 해야 한다.

"여보세요."

이쪽에서 말이 없었던 것이 불안한지 서영이 어머니가 불렀다.

"네, 어머니."

"침대에서 자다가 갔어요. 마치 자는 것처럼 가 있더라구요."

점점 어머니의 목소리가 가라앉아 갔다.

"어머니, 장하십니다."

마침내 김동호가 그렇게 말했다.

"잘 보내주시네요, 어머니."

"무슨 일 있으세요?"

교당으로 들어선 김동호를 보자 서수민이 다가와 물었다. 오후 6시 반, 회사에 들르지 않고 교당으로 온 것이다. 교당 안에는 정영복도 있어서 셋이 둘러앉았다. 서수민이 대답을 기다리는 표정이어서 김동호가 말했다.

"아는 사람이 죽었어."

솔직하게 말 하는 것이 낫다. 그러나 귀신 이야기는 할 필요가 없고.

"어머나!"

놀란 서수민이 남의 일 같지가 않은 표정으로 김동호를 보았다. 며칠 전까지의 제 처지가 머릿속에 박혀 있었기 때문이다. 정영복도 관심을 보여서 김동호가 말을 이었다.

"갑자기 자다가 세상을 떠났다는데, 그래서 더 안타깝네."

"심장마빈가요?"

정영복이 묻자 김동호가 머리를 끄덕였다.

"그래요."

"가족이 놀랍고 슬프겠어요."

정영복이 위로했다.

"교주님도 놀라셨겠습니다. 친구신가요?"

"그래요."

"어떡해요."

서수민의 표정을 본 김동호가 문득 '귀신'을 떠올렸다. 서수민을 처음 만났을 때 귀신은 떠있지 않았다. 귀신은 죽는 날에 찾아오는 것이다. 서수민은 그냥 놔두었다면 하루, 이틀쯤 후에는 귀신이 찾아오지 않았을까? 옆에서 보지 않으면 어쩔 수가 없는 것이다. 마음을 가다듬은 김동호가 둘을 보았다.

"내가 두 분께 할 이야기가 있어요."

앞쪽에 앉은 둘이 긴장했고 김동호가 말을 이었다.

"교당 교인을 모아서 '밝은 세상'의 세를 늘려야겠어요. 그래서 악마를 몰아내고 새 세상을 만들 겁니다."

정영복과 서수민의 두 눈에 생기가 띠어졌고 얼굴도 상기되었다. 김동호가 정색하고 둘을 보았다.

"그러기 위해서는 밝은 세상의 기둥인 두 분의 신심(神心)이 굳고 흔들리지 않아야 합니다. 그래야 교인들이 모이고 따를 테니까요."

"그렇습니다."

정영복이 상기된 얼굴로 대답했다.

"나는 이미 서수민 씨한테 베푸신 기적을 보고 교주님을 신(神)으로 모실 각오가 되어 있습니다."

"저는 말할 것도 없죠."

서수민이 물기로 가득 찬 눈으로 김동호를 바라보며 말했다.

"다시 태어난 생명인데 교주님을 위해 목숨을 바쳐 포교하겠어요."

"여긴 가난하고 병든 자의 천국입니다. 여기서 베풀 테니까 다 모이라고 하세요."

김동호가 엄숙한 표정으로 선언했다.

"아무것도 필요 없어요. 신을 믿겠다는 마음만 갖고 오면 다 이룬다고 하세요."

밤 12시 반이다. 강동병원 영안실 안에서 김동호가 꽃 속에 묻힌 하서영의 사진을 본다. 영정 사진이다. 사진 속의 하서영은 환하게 웃는 모습이다. 그것을 본 김동호의 가슴에 격한 통증이 왔다. 가슴을 수십 개의 송곳으로 찌르는 것 같은 느낌이다.

하서영이 자는 동안에 귀신이 데려간 것은 그나마 다행이다. 언젠가는 이런 날이 올 줄 알았지만 귀신을 보지 못한 것에 능력의 한계를 실감했다. 신

㈜은 인간의 목숨을 유한하게 만든 것이다. 그것을 신의 아들로 자처하는 김동호가 깨뜨릴 수는 없다. 그때 옆에서 인기척이 났기 때문에 김동호가 머리를 돌렸다. 중년의 여인, 하서영 어머니다.

"서영이 친구지요?"

하서영 어머니가 가라앉은 표정으로 울었다.

얼굴이 닮아서 바로 알아보았다. 하서영 친구들 틈에 끼어 앉아 있었지만 아는 사람이 없는 터라 누구하고 이야기도 하지 않았다. 그런데 하서영 어머니가 다가온 것이다. 옆자리에 앉은 어머니가 김동호에게 물었다.

"김동호 씨 맞지요?"

"예, 어떻게 아세요?"

"언젠가 핸폰으로 찍은 사진 보여줬어요."

"아."

"서영이가 며칠 전에 그랬어요."

어머니의 두 눈이 반짝였다. 물기가 차올랐기 때문이다.

"'엄마, 나한테 무슨 일 있을 때 그 사람이 올 거야. 그때 내가 사랑했다고 말해줘.' 그러더군요."

그때 어머니의 눈에서 주르르 눈물이 흘러내렸다. 그런데 얼굴은 웃는다.

"'난 '얘가 미쳤냐?' 하고 웃었지요. 그런데 그 말이 현실이 되었네요."

손끝으로 눈물을 닦은 어머니가 물었다.

"우리 서영이 사랑했어요?"

"예, 어머니."

김동호가 바로 대답했다. 어느덧 김동호의 눈에도 눈물이 고여 있다.

"사랑했습니다."

이것은 답례성 인사가 아니다. 어머니를 위로 시켜드리려는 것도 아니다.

메말랐던 사막에서 푸른 잎사귀가 솟아나는 느낌이 든다. 김동호는 입을 꾹 다물었다. 말은 필요 없다. 이 느낌이 어머니한테 전해질 것이다.

"뭐라고? 잃어버렸어?"

버럭 소리친 고춘만이 기가 막힌다는 표정을 짓고 강삼환을 보았다.

"이봐, 강 사장. 지금 제정신으로 하는 말이야?"

"예, 교주님."

어깨를 늘어뜨렸지만 강삼환이 똑바로 고춘만을 보았다. 오전 9시 반, 강삼환이 일찍 저택으로 찾아온 것이다. 응접실에 앉은 고춘만의 옆으로 시녀 강희경이 다가와 인삼차를 놓고 물러섰다. 강삼환이 말을 이었다.

"금고에서 제가 꺼내간 건 맞습니다. 그런데 그 가방을 어디에다 두었는지 도무지 기억이 안 납니다."

강삼환이 CCTV에서 본 내용을 말해주자 고춘만이 이맛살을 모으고 물었다.

"혹시 주변에 이상한 사람은 없나? 이를테면 신통력이 있다는 사람이라든가. 옳지, 점술가도 좋아."

"전 그런 사람 모릅니다."

"잘 생각해 봐. 옳지, 나 같은 사람도 없었나? 나하고 비슷한 분위기의 인간 말이야."

"없었습니다."

"이상하군."

고춘만이 똑바로 강삼환의 눈을 들여다보았다.

"그날 금고에서 가방을 가져갔단 말이지?"

"예, CCTV를 보니까, 제가……."

274

"기억이 나?"

"CCTV를 보니까 그런 것 같습니다, 교주님."

그때 뒤에서 듣기만 하던 시녀 강희경이 말했다.

"교주님, 전달자가 변신을 했을지도 모릅니다."

"그런데 이 사람의 머릿속에 그런 인간은 없어. 금방 들었지 않느냐?"

"머릿속을 지웠을지도 모르지요."

"네가 주변을 조사해 봐라."

"네, 교주님."

고춘만이 쓴웃음을 지었다.

"코카인 2킬로가 사라진 건 분명히 도전이다. 전쟁의 시작이야."

밝은 세상의 교당에 모인 교인은 8명. 모두 정영복의 신도였다가 떨어져나간 사람들이었다. 그러나 정영복과 서수민의 설득을 받고 '한번' 다시 와 본 사람들로 '새 목사'가 어떤 사람인가 하는 호기심 때문에 온 것이다. 그러니 오늘 시원치 않으면 내일부터는 '영영' 안 올 사람들이다.

오후 7시 정각, 교당 안에는 11명이 모여 있다. 설교단에 선 김동호가 8명의 교인을 둘러보았다. 중년 여자 셋, 중년 남자 둘, 20대 여자 하나, 30대 남자 하나, 그리고 60대쯤의 남자 하나다.

맨 뒷좌석에 서수민이 초조한 얼굴로 앉아있고 정영복은 연단 끝 쪽에 의자를 갖다놓고 두 손을 모아 쥔 채 앉아있다. 김동호는 이들 8명, 정영복과 서수민을 합쳐 10명을 밝은 세상의 전사(戰士)로 만들겠다는 결심을 했다.

"내가 너희들을 '밝은 세상'의 전사(戰士)로 만들 것이니 악마와 싸워야 될 것이다."

김동호가 열기 띤 목소리로 말을 이었다.

"너희들을 먼저 전사로 만들기 전에 소원을 이루어 주겠다. 그러고 나서 능력을 심어주마."

두 손을 든 김동호가 천장을 올려다보았다.

"신(神)이시어! 악마를 물리칠 힘을 주옵소서!"

김동호의 목소리가 교당을 울렸다. 교당에 모인 10명은 침묵했지만 아직 감동을 받지는 않았다. 분위기에 압도당하기는 했다. 그때 김동호가 8명을 둘러보았다.

"자, 하나씩 신상을 말해 주겠는가? 내가 그대들을 전사(戰士)로 만들기 전에 짐을 덜어 주리라."

김동호의 시선이 노인에게로 옮겨졌다.

"나는 최진명이오."

노인이 탁한 목소리로 이름을 밝혔다. 일어선 노인은 175쯤의 키에 말랐다. 낡고 몸에 맞지 않는 양복을 입었지만 단정했다. 눈빛도 강했다. 주름투성이의 얼굴이 세파에 시달린 흔적이 역력했다.

"나이는 68세, 사업을 하다가 10년 전에 들어먹고 지금은 근처의 지하 단칸방에서 월세를 삽니다."

모두 알고 있는지 궁금한 표정도 아니었고 노인의 말이 이어진다.

"폐지를 주워 팔아서 사는데 가족과 상종을 안 한 지 10년이 되었습니다."

최진명의 얼굴에 쓴웃음이 떠올랐다.

"내 인생에 후회는 없습니다, 다 자업자득이니까요. 내가 교회에 나온 것은 시간을 때우려는 방법이었을 뿐입니다. 그러다가 그만두었지만 말이오."

"소원이 있다면?"

김동호가 묻자 최진명이 머리를 저었다.

"없습니다. 다만……."

"다만?"

"사기꾼들이 없는 세상이 되면 좋겠습니다."

"좋습니다."

김동호가 머리를 끄덕였다.

"내가 사기꾼을 퇴치할 능력을 드리지요."

눈만 크게 뜬 최진명을 향해 김동호가 말을 이었다.

"내 앞으로 오시오."

최진명이 주춤거리다가 연단에 선 김동호 앞으로 다가와 섰다. 눈동자가 흔들리고 있다. 모두의 시선이 모여졌고 교당은 숨소리도 들리지 않는다. 그때 김동호가 한 손을 뻗어 최진명의 어깨에 얹었다. 그러고는 최진명의 눈을 똑바로 보았다.

"누구든지 최진명 씨에게 거짓말을 하게 되면 그 즉시로 온몸이 빨갛게 될 것이오."

김동호가 한마디 한마디씩 힘주어 말하고는 손을 떼었다. 그러자 어깨를 늘어뜨린 최진명이 길게 숨을 뱉었다. 주름진 얼굴에 땀이 배어 나와 번질거리고 있다. 그때 김동호가 교인들을 둘러보았다.

"누가 최진명 씨와 이야기를 해보지 않겠는가?"

모두의 시선을 받은 김동호가 웃음 띤 얼굴로 말했다.

"최진명 씨의 능력을 시험해 보는 것이다. 누가 최진명 씨한테 거짓말을 해보도록."

그러고는 김동호가 최진명에게 말했다.

"그대의 능력을 그대의 눈으로 보라."

시험 상대로 나선 사내는 30대의 오백진이다. 오백진은 우울한 표정의 사내로 체격도 컸지만 어깨가 늘어졌다. 역시 허름한 양복 차림, 셔츠는 때에 절어서 냄새가 났다. 최진명 앞에 선 오백진이 두 손을 늘어뜨리고는 김동호에게 확인하듯 묻는다.

"거짓말만 하면 되죠?"

김동호가 머리만 끄덕이자 오백진이 쓴웃음을 짓고는 최진명에게 말했다.

"아무거나 물으쇼."

그때 최진명이 물었다.

"혼자 사는가?"

모두 오백진이 혼자 산다고 알고 있다. 같이 교회를 다니면서 신상 이야기를 나눴기 때문이다. 그때 오백진이 말했다.

"아니, 혼자 안 삽니다."

모두 긴장했다. 여자 하나는 숨 들이켜는 소리를 내었다. 오백진이 거짓말을 했으니 몸이 붉어져야만 한다. 교주의 말을 믿는다면 말이다. 그때 오백진이 제 손을 보더니 얼굴이 굳어졌다.

"이런, 어떻게 된 거야?"

오백진이 투덜거렸고 아줌마 하나가 말했다.

"교주님 신통력이 없는 것 같네."

불안해진 서수민이 김동호를 보았다. 그러고는 숨을 죽였다. 김동호는 웃음만 띠고 있었기 때문이다. 그때 김동호가 오백진에게 물었다.

"누구하고 사는가?"

김동호의 시선을 받은 오백진이 선선히 대답했다.

"예, 여덟 살짜리 아들하고 삽니다."

"그럼 혼자 안 사는 게 맞군."

"그런 셈이지요."

그러자 교인들이 수군거렸고 최진명이 다시 물었다.

"다시 묻지. 자네, 돈 많은가?"

"예, 많습니다."

오백진이 대답한 다음 순간이다. 교인들이 일제히 입을 딱 벌렸다. 오백진의 얼굴이 홍시처럼 붉어졌기 때문이다. 순식간에 새빨갛게 되었다 두 손을 본 오백진이 눈을 치켜떴다. 두 손등도 그렇다.

"아이구, 이런."

놀란 오백진이 외쳤을 때 김동호가 최진명에게 말했다.

"이것으로 그대 능력이 생겼다. 그대 앞에서 거짓말하는 인간은 바로 적발될 것이다."

"네 소원이 뭐냐?"

이제는 거침없이 김동호가 오백진에게 물었다. 그때 오백진이 똑바로 김동호를 보았다.

"매사에 자신감이 없습니다. 어렸을 때부터 그렇게 자랐기 때문에……"

체격은 컸지만 눈동자가 흔들렸고 목소리가 떨린다. 오백진이 기를 쓰듯이 말을 잇는다.

"이혼을 당한 것도 그것 때문이지요. 남자답지 못하고 매사에 피하기만 했기 때문에……"

"알았어."

말을 자른 김동호가 손짓으로 오백진을 불렀다. 사람들의 시선을 받으며 연단 앞으로 오백진이 다가와 섰다. 그때 김동호가 오백진의 머리 위에 손바닥을 올려놓고 말했다.

"너는 UFC 미들급 챔피언의 실력을 갖췄다. 네 몸이 저절로 그렇게 반응할 것이고 네 마음도 그에 따른다."

그 순간 오백진이 몸을 떨었다. 위쪽에 앉은 사람들이 다 볼 수 있도록 심하게 떨다가 김동호가 손을 떼자 어깨를 늘어뜨렸다. 얼굴에 물벼락을 맞은 것처럼 땀으로 젖었다.

"돌아가라."

김동호가 말하자 오백진이 몸을 돌렸다. 그 순간 교당의 남녀들 모두 숨을 들이켰다. 오백진의 얼굴에 웃음이 떠올라 있는 것이다. 그리고 사람들의 시선을 다 받는다. 이런 일도 처음이다. 오백진이 시선을 받은 적이 없었기 때문이다.

"오늘은 이만."

김동호가 교인들을 둘러보며 말했다. 이제 전사(戰士) 2명이 만들어졌다.

오후 9시, 교당에는 다시 셋이 남았다. 김동호, 정영복, 서수민이다. 둘도 이제 김동호를 신(神)처럼 모시는 분위기가 갖춰졌지만 아직 능력을 받지 못했다. 최진명이 사기꾼을 식별할 수 있는 능력, 오백진이 자신감과 엄청난 격투기 능력을 이식받았지만 둘은 아직 특별한 능력이 없다. 김동호가 입을 열었다.

"당신들 둘은 '밝은 세상'에서 나를 보좌해 주는 양손이나 같아. 그래서 중요한 능력을 심어주려고 해."

"교주님."

정영복이 상기된 얼굴로 김동호를 보았다.

"교주님을 더 힘껏 받들기 위해서 목숨을 바치겠습니다."

서수민은 상기된 얼굴로 쳐다만 보았는데 눈에 가득 눈물이 고여 있다. 이미 김동호한테서 생명을 선물 받은 서수민이다. 김동호가 입을 열었다.

"내가 둘에게 상대방을 끌어들이는 능력을 주겠어. 상대의 눈을 보면 내 마음이 전해질 거야. 내가 바라는 대로 상대가 움직일 거야."

280

둘이 숨을 삼켰을 때 김동호가 말을 이었다.

"물론 '밝은 세상'을 위해서 능력을 써야 돼."

"예, 교주님."

정영복이 두 손을 모으고 눈을 감았다.

"신이시어."

"난 신의 아들이야."

그때 김동호가 둘의 머리 위에 양손을 얹었다. 둘이 눈을 감은 순간 김동호의 손바닥을 통해 머릿속으로 뜨거운 열기가 뿜어졌다. 열기에 놀란 둘이 입을 딱 벌렸지만 눈을 뜨지는 않는다. 그만큼 김동호를 믿는다는 증거다.

하서영이 죽은 후부터 김동호는 귀신을 보더라도 그냥 지나치는 버릇이 생겼다. 하서영도 그렇게 만났기 때문이다. 어차피 유한한 인생, 억지로 잡아본다고 해도 상처만 커질 뿐이다.

그런데 오늘, 전철에 탄 김동호는 앞쪽 자리에 앉아 있는 여자 머리 위에 떠 있는 귀신을 보았다. 귀신 형상은 본체인 여자와 똑같다. 본래 형체가 없는 귀신이 생명체를 데려가려고 내려왔을 때 그 생명체의 형상이 되는 것이다. 귀신이 김동호의 시선을 받더니 이맛살을 찌푸렸다.

"뭘 봐?"

귀신의 말소리는 김동호만 듣는다. 본체는 핸드폰을 쳐다보고만 있다. 김동호도 이맛살을 찌푸렸다. 김동호 위에 뜬 김동호의 혼령이 귀신과 대화를 하는 것이다. 김동호 본체는 여자를 쳐다보는 중이다. 아름답다. 20대 중반쯤 되었을까? 조금 수심에 잠긴 것 같은 표정, 섬세한 윤곽. 핸드폰을 하고 있는 손이 가늘고 길다. 그때 김동호가 물었다.

"언제 데려가나?"

"세 시간쯤 남았어."

귀신이 바로 대답했다. 하긴 비밀이랄 것도 없다, 귀신은 김동호를 데려갈 귀신하고 귀신끼리 대화하는 걸로 알 테니까. 김동호가 시선을 내려 본체를 보았다. 귀신은 투명체처럼 흐려서 윤곽이 불분명했기 때문이다.

아름답다. 문득 하서영의 모습이 떠올랐지만 흐리다. 얼굴이 기억나지 않는다. 하서영의 목소리, 체취, 그리고 촉감까지 기억나는데 얼굴은 왜 흐린가? 가슴을 송곳으로 찌르는 것 같은 통증이 왔다. 이 여자는 하서영과 다른 분위기, 전혀 다른 용모인데도 아름답다. 긴 머리는 파마해서 물결치는 것처럼 어깨 위로 늘어졌다. 화장기가 없는 피부였지만 윤기가 난다. 곧은 콧날, 얇지만 굳게 닫힌 입술, 핸드폰을 보느라고 열중한 표정.

김동호는 저도 모르게 숨을 뱉는다. 나는 왜 귀신이 데려가려는 여자한테 끌리는가? 물론 그 이유는 있다. 귀신과 먼저 대화를 나눌 수가 있기 때문에 쉽게 접근이 되는 것이다.

"너 어디 소속이야?"

김동호가 묻자 귀신이 고분고분 대답했다. 심심했는데 동료를 만나서 그런가 보다.

"나 서울 3지구야."

"요즘은 그렇게 구분되나?"

"거긴 어딘데?"

"난 감사반이야."

김동호가 또 거짓말을 시작했다.

"귀신 감사반인데 다 감사할 수는 없고 돌아다니다가 만난 귀신을 보고 데려가기 적당한가 감사하는 거야."

"처음 듣는데."

"네가 상관할 건 없고."

"애는 데려갈 때 되었지?"

"뭐 하는 애야?"

"연극 배우."

"연극 배우?"

김동호가 다시 실물을 보았다. 그때 핸드폰에서 시선을 든 여자가 김동호의 시선을 받았다. 검정 보석 같은 눈이 반짝였다. 그때야 여자의 얼굴이 다 드러났고 김동호는 숨을 들이켰다. 그때 위에서 귀신이 말했다.

"실연당했어."

"뭐라고?"

실물의 시선을 받은 채 김동호의 머리 위에서 대화가 오간다. 놀란 김동호가 묻자 귀신이 쓴웃음을 지었다.

"생긴 건 멀쩡한데 남자가 배신을 때린 것이지. 아주 통속적인 스토리인데 이런 애들도 그런 일을 당한다고."

"뭔데?"

그때 여자가 시선을 내렸기 때문에 김동호가 마음 놓고 대화를 한다. 귀신이 말을 이었다.

"대학 때부터 4년 사귀던 놈이 있었는데 글쎄, 애가 연극하면서 받는 몇 푼 안 되는 돈까지 다 바쳐서 놈의 고시 공부를 도운 거야."

"사법 고시?"

"그래. 그리고 그놈이 작년에 합격해서 지금 연수원에 들어가 있어."

"그 후로는 말 안 해도 알겠다. 그래서 어떻게 죽는데?"

"이제 오피스텔로 가서 목을 맬 거야. 어젯밤 유서까지 다 써놓고 지금은 빌려간 옷 반납하고 오는 중이야."

귀신이 말을 이었다.

"애가 깔끔한데 안됐어."

그때 김동호가 말했다.

"늦추라고. 넌 그냥 남아 있어."

"미쳤나?"

귀신이 눈을 흘겼다.

"이봐, 3시간 후에는 내가 죽는단 말이다."

"병신."

쓴웃음을 지은 김동호가 말을 이었다.

"세 시간 후에는 네가 자연스럽게 애 몸체에 젖어서 일체가 된단 말이다."

"음."

눈을 가늘게 뜬 귀신이 김동호를 째려보았다.

"네가 애한테 관심이 있구나."

"예쁘잖아?"

"아닌 게 아니라 좀 아깝기도 해."

"너 이런 몸으로 산 적이 없지?"

"내가 어떻게 아냐? 다 잊어버리고 공간에 떠 있다가 불려 왔는데."

"그러니까 기다려."

"그럼 애한테 어떻게 해봐."

"애 이름이 뭐냐?"

"양지현."

"애 내력을 쭉 이야기해 봐."

그때 귀신이 양지현의 내력을 말해주기 시작했다. 비밀을 다 털어놓는다.

"잠깐만."

뒤에서 부르는 소리에 양지현이 머리를 돌렸다. 사내가 다가왔다. 그 순간 양지현의 심장 박동이 빨라졌다. 전철 안에서 눈이 마주쳤다. 사내다. 이 상황에서도 남자와 눈이 마주쳤을 때 감동이 일어날 수 있는가 하고 의문이 일어나는 바로 그 사내.

인간은 짐승인가 보다. 나부터가 그렇지 않은가? 수컷을 보면 곧 죽을 작정을 했는데도 심장 박동이 빨라지다니, 유건철의 배신도 이해가 간다. 그때 다가선 사내가 지그시 양지현을 보았다.

"양지현 씨 아니에요? 극단 '소라'의 배우 맞죠?"

"어머!"

낮게 신음한 양지현의 입 끝에 웃음이 떠올랐다. 그러나 생기를 잃은 웃음이다. 극단까지 말하는 것을 보면 팬인가 보다.

"맞아요. 그런데……."

"제가 〈아다모의 연인〉 연극을 보았습니다."

"어머."

"그전에 조연으로 나오셨던 〈파리소왕〉도 봤고요."

"어머."

"그전에는 〈사랑방 주정뱅이〉에 출연하셨지요? 거기서 조연하셨지만 연기가 일품이었습니다."

"어머나."

마침내 감동한 양지현이 사내에게 빨려들었다. 맞다. 사랑방 주정뱅이에서는 혼신의 힘으로 연기했다. 돈이 없어서 밥도 못 먹었지만 연기할 때는 몸이 날아갈 것 같았다. 그때 사내가 말했다.

"난 김동호라고 합니다."

근처 커피숍에서 마주 앉은 김동호가 지그시 양지현을 보았다. 머리 위에 뜬 귀신이 잠자코 이쪽을 보았다. '어디 한번 꼬셔봐라.' 하는 표정인데 슬슬 본체에 젖어가는 것 같다. 김동호가 입을 열었다.

"난 조그만 유통 회사를 운영하고 있어요."

김동호가 양지현에게 명함을 내밀었다. '동호상사'의 대표이사 사장이라고 찍힌 명함이다.

"연극 감상이 취미인데 요즘은 통 시간이 안 나네요."

"그러세요?"

양지현이 김동호를 지그시 보았다.

"어떤 연극을 좋아하시는데요?"

"비극이 좋습니다. 〈햄릿〉이나 〈맥베스〉 같은 종류."

바로 양지현이 좋아하는 연극이다.

"석 달 전에 공연했던 〈맥베스〉의 정소연 씨 있죠?"

"네, 정소연 씨."

숨을 들이켠 양지현이 반짝이는 눈으로 김동호를 보았다. 정소연은 〈맥베스〉의 여주인공이다. 그러나 관객과 비평가의 엄청난 찬사를 받았지만 양지현은 그 반대였다. 정소연은 자아도취에 빠져 연극을 망쳤다고 혼자 생각하고 있었다. 그때 김동호가 말했다.

"정소연 씨는 엄청난 갈채를 받았지만 저는 좀 다릅니다."

"어, 어떻게 다르신데요?"

"그분은 자아도취에 빠지신 것 같습니다. 그래서 연극을 망쳤어요. 조금 겸손해지실 필요가 있습니다."

그때 충격을 받은 양지현이 숨을 멈췄고 김동호가 놀란 표정으로 사과했다.

"죄송합니다. 이건 제 혼자 생각이어서."

거짓말이다. 양지현 위의 귀신이 다 알려준 것이다. 귀신은 곧 양지현이다. 양지현 본인이어서 속마음까지 털어놓아 주었다. 그때 양지현이 말했다.

"정말 감동했어요."

제 생각하고 어쩌면 그렇게 같으냐고 말하는 대신 그렇게 표현했다.

"에휴."

귀신이 한숨을 쉬었다.

"얘가 넘어갔구나."

"그놈 성품은 어때? 얘를 배신한 놈 말야."

김동호가 묻자 귀신이 술술 대답했다.

"머리가 좋고 예민한 놈이지. 눈치가 빠르고 손해는 안 보는 스타일."

"그러니까 배신했겠지."

"호리호리한 체격, 섬세한 용모."

"나하고는 대조적이군."

"가만 보면 감사관 네가 전혀 다른 캐릭터다."

"알았어."

그 시점에서 귀신과의 대화를 끝낸 김동호가 양지현에게 물었다.

"어때요? 한잔하실까요?"

"그래요."

선선히 대답한 양지현의 얼굴에 쓴웃음이 떠올랐다.

"마시고 싶어요."

그때 귀신이 말했다.

"자살할 마음이 절반쯤 없어졌는데, 시간이 지나면 어떻게 되지?"

"넌 본체에 흡수되는 거야."

자리에서 일어서며 김동호가 '귀신 말'로 말했다. 본체 양지현은 못 듣는 말이다.

"더 이상 머리 위에 떠 있지는 않지만, 가끔 나하고 '귀신 말'을 나눌 수는 있어."

"그러다가 녹아 없어지겠군."

"양지현 본체가 되어서 인생을 사는 거지."

죽은 하서영의 재판이 될 것이다. 그러나 인간은 꼭 죽는다.

"찾았습니다."

한성구가 웃음 띤 얼굴로 말했다.

오후 10시 반, 한성구는 고춘만의 용인 별장으로 찾아온 것이다.

응접실의 소파에 앉은 한성구가 말을 이었다.

"그놈이 강삼환 주변을 싹 세뇌시켰더구만요. 그놈 기억을 지워 버린 겁니다."

앞에 앉은 고춘만은 시선만 주었고, 한성구가 말을 이었다.

"하지만 한계가 있지요. 세뇌시키기 전에 직원 하나가 거래처 직원한테 이야기를 했던 겁니다."

"자, 빨리 말해."

고춘만이 짜증을 냈다.

"누구야?"

"제가 이름은 말씀드렸죠?"

"김동호라고 했어."

"동호상사 사장 놈입니다. 삼환물류의 거래선이지요. 큰 거래선 중 하나인데, 직원들의 기억 속에서 지워진 겁니다."

"그럼 당장 잡아야지. 뭘 하고 있어?"

"제가 동호상사까지 가보고 왔습니다. 그놈은 자리에 없더군요."

"죽여."

"내일 죽일 겁니다."

"내가 도와줄까?"

"사형께서 그러실 필요까지는 없구요."

그때 옆쪽에 나란히 앉아 있던 유옥진과 강희경이 마주 보더니 강희경이 나섰다.

"교주님, 제가 사숙을 모시고 가지요."

"필요 없어."

바로 한성구가 말했을 때 고춘만이 머리를 끄덕였다.

"그러는 게 낫겠다. 도움도 될 것이고, 또 나한테 결과 보고도 해야 될 테니까."

고춘만이 말을 이었다.

"희경이의 독기를 받으면 그놈도 견디지 못할 거다. 같이 가도록 해라."

시녀 강희경과 유옥진은 반인반귀(半人半鬼)다. 몸은 인간의 형체를 갖고 있지만 악귀다. 고춘만과 한성구는 불사의 몸으로 세상에 출현한 악(惡)의 숙주다. 그들의 유일한 적은 신(神)으로도 불리는 전달자다. 전달자와의 싸움에서 패한 악마가 사라지면 새 악마가 나타난다. 전달자도 마찬가지다. 그것이 세상의 법칙이다.

한성구가 별장을 떠났을 때 고춘만이 강희경에게 말했다.

"이번 전달자는 이미 우리를 파악하고 있을 것이다. 그러니 미리 대비를 하고 있을 거야."

강희경이 정색하고 물었다.

"이곳도 알고 있다고 봐야겠지요?"

"강삼환이 집에서 마약을 가져갈 정도니 이곳도 알고 있을 가능성이 많아."

"그럼 우리가 한발 늦은 것 아닐까요?"

"놈의 능력부터 알아보도록 해."

고춘만이 목소리를 낮췄다.

"너는 앞장서지 말고 사숙 뒤만 따라가도록 해라."

'밝은 세상' 교당은 좁아서 50명이면 꽉 찬다. 김동호가 교당에 들어섰을 때는 밤 11시 반이다. 양지현을 집까지 데려다주고 나서 교회로 온 것이다.

"교주님."

교당에 혼자 앉아 있던 서수민이 반색을 하고 김동호를 맞는다.

"아니, 이 시간에 웬일이야?"

김동호가 묻자 서수민이 수줍게 웃었다.

"방금 교인 모임을 끝내고 정리하는 중이었어요."

"어, 그래? 교인을 모았어?"

"예, 이틀 동안 42명을 모았어요."

서수민의 두 눈이 반짝였고 얼굴은 상기되었다. 천장의 전등 빛을 받아 서수민의 얼굴이 선명하게 드러났다. 달라졌다. 서수민이 이렇게 아름다운 여자인 줄은 몰랐다.

내가 왜 이럴까? 얼굴은 피어나는 꽃 같고, 옷차림도 말쑥하다. 김동호의 시선을 받은 서수민이 시선을 내렸다.

"42명이나 모았단 말야?"

"예, 교주님."

시선을 든 서수민이 말을 이었다.

"교주님이 주신 능력으로 얼마든지 끌어들일 수가 있었어요."

"잘했어."

"목사님은 1백 명도 넘게 교인을 만드셨어요."

"교당이 작구나."

"네, 좁아요."

서수민이 이를 드러내고 웃었다. 맑고 부드러운 웃음이다.

파주 전원주택으로 이사를 하고 나서 주위의 환경이 완전히 달라졌다. 김동호가 능력을 보이면서 아파트에서의 생활도 밝아졌지만 파주 전원주택에는 외삼촌까지 모여 살게 된 것이다. 어머니는 일 나가는 대신 집 안을 가꾸면서 뒤뜰에 채소밭을 만드느라 분주했다. 외삼촌도 거들어서 집안에 웃음이 끊이지 않는다.

지난주에 김동호는 최신형 SUV 차량을 한 대 샀다. 자가용이 필요했기 때문이다. 물론 외삼촌 박윤성이 집안일로 사용하고 있다.

"오빠, 배추씨, 고추씨 사는 거 잊지 마."

박경숙이 차를 타려는 박윤성에게 소리쳤다.

"내가 적어준 거 빼놓지 말고."

"어, 알았다."

오전 9시 반이다. 어젯밤 늦게 왔던 김동호는 출근했고, 김윤희도 그보다 일찍 학교에 갔다. 따스한 햇살이 내리쬐는 4월 중순의 오전이다. 차에 오른 박윤성이 창문을 열고 주위를 둘러보았다.

이곳은 전원주택 단지였지만 산중턱에 조성되어서 주택들이 띄엄띄엄 세

위졌다. 그래서 풍광도 해치지 않고 더 고급스러워 보인다. 옆집과의 거리는 50미터쯤 되었고, 위쪽 집과의 거리도 비슷했다. 집 앞에는 1차선 일방통행로가 잘 포장되어 있었는데, 멀리서 보면 그림처럼 산뜻하다. 만족한 숨을 들이켰다가 뱉은 박윤성이 차에 시동을 걸었다.

"가깝게 다가가면 안 돼."

한성구가 강희경에게 말했다.

"저놈은 우리를 대번에 알아볼 수 있단 말이다. 그러니까 기(氣)를 죽여."

"우리도 마찬가지 아닌가요?"

강희경이 묻자 한성구는 머리를 기울였다.

"그건 알 수 없어. 지난번에 마주쳤을 때는 서로 경계하지 않은 상태였으니까."

동호상사 건물 건너편의 편의점 안에 나란히 선 둘은 김동호를 기다리는 중이다.

오전 10시 10분, 김동호는 아직 사무실에 나타나지 않았다. 그때 한성구가 말했다.

"놈이 오기 전에 안에서 기다리는 것이 낫겠다. 넌 여기서 대기하고 있어."

"네, 사숙."

"시간 끌 것 없이 난 당장 그놈을 없앨 테니까, 여기서 감시나 하라구."

한성구가 주위를 둘러보면서 말을 이었다.

"지난번 전달자 놈은 제 집 주변에 안전장치를 해놓았던데, 이놈은 그냥 둔 것 같네."

김동호가 근처의 버스 정류장 앞에 서서 회사 쪽을 바라보았다. 회사하고는 150미터쯤 떨어진 위치였고, 주위에는 사람이 많다. 오전 10시 15분, 항상 이곳에서 근처를 점검하고 회사로 들어가는 것이다. 한성구를 만난 후부터 언젠가는 부딪히리라고 예상은 했다. 더구나 강삼환한테서 마약을 빼내 와 한강에 버린 후부터 악마 일당이 가만있지 않을 것이었다.

그때 김동호의 표정이 굳어졌다. 회사 앞쪽에서 붉은 기운이 어른거리고 있었기 때문이다. 악마다. 악마가 기(氣)를 억제하면 붉은 기운도 사라지지만 보통 때는 드러난다. 물론, 이 기운은 인간의 눈에는 보이지 않는다. 고춘만 일당이 자신을 찾아낸 것이다.

강삼환 주변 인물들의 기억 속에서 자신을 지웠지만 '동호상사'는 지우지 못한다. 더구나 주변 인물들만 세상에 사는 것이 아니다. 그들이 이미 또 다른 주변인에게 '김동호'를 퍼뜨렸을 것이었다. 인연은 세 다리만 거치면 한국인은 다 연결되고 여섯 번을 거치면 세상 사람 누구하고도 선이 닿는다고 했다.

김동호는 발을 떼었다. 그때 안쪽 편의점에서 붉은 기운이 없어졌다. 기를 눌러 억제한 것 같다.

편의점을 나온 한성구는 곧장 길을 건너 동호상사 현관으로 들어섰다. 현관 안쪽 로비에 앉아 있던 경비가 한성구를 보았다. 동호상사는 매출액이 늘어나고 직원이 '신용보증자금'에서 10명이나 충원된 후에 건물 2층 전체를 다 사용하고 있다. 사용 면적이 150평이다.

그때 경비가 한성구에게 물었다.

"어디 찾아오셨는지요?"

"동호상사."

한성구가 경비의 눈을 똑바로 보았다. 그 순간 경비의 입에서 저절로 말이 나왔다.

"사장님은 아직 출근 안 하셨습니다."

초점이 흐려진 눈으로 한성구를 보면서 경비가 말을 잇는다.

"보통 10시 반쯤 나오십니다."

머리를 끄덕인 한성구가 몸을 돌렸을 때, 경비가 말을 이었다.

"예, 찾았다는 말씀은 안 하지요."

편의점으로 들어선 김동호가 우두커니 서 있는 여자를 보았다. 젊다. 그리고 세련되었는데 눈빛이 맑다. 번들거리는 눈동자에 생기가 펄펄 넘치고 있다.

김동호와 시선이 마주친 순간 여자의 눈동자가 흔들렸다. 마녀다. 김동호는 여자를 본 순간에 알아차렸다. 기를 잔뜩 죽이고 있었지만 냉기가 전해져 온다. 마치 얼음이 든 냄비 뚜껑이 꽉 닫혀 있는 것 같다. 김동호의 얼굴에 희미하게 웃음이 떠올랐다. 여자의 얼굴이 기억났기 때문이다. 고춘만의 별장에서 본 시녀다. 옷차림이 달라졌지만 두 시녀 중 하나다.

강희경이 김동호의 시선을 받고는 숨을 들이켰다. 갑자기 머리가 혼란스러웠기 때문에 어금니를 물어야만 했다. 인간이다. 전달자는 열기를 띠고 있어서 금방 표시가 나는 것이다. 보통 때는 귀신이 위에 떠 있어서 멀리서도 보인다. 그런데 이 남자는 어떤 표시도 없는데도 느낌이 이상하다. 무당인가? 귀신 놀음하는 무당들이 가끔 이상한 기운을 품기도 한다.

그때 사내가 다가와 옆에 섰다. 창밖을 내다보는 위치다. 바로 '동호상사' 건물 건너편이다. 그때 사내가 물었다.

"너 고춘만 시녀지?"

그 순간 여자가 눈을 크게 뜨는 것 같더니 옆으로 몸을 돌렸다. 편의점 문

쪽으로 여자가 다가가는 동안 주위에는 정지된 사물밖에 없다. 그래서 김동호는 깜빡 속을 뻔했다. 여자는 초능력을 사용하고 있는 것이다.

옆쪽의 편의점 문이 열린 채 안으로 들어서던 사내 하나가 굳어져 있는 것을 보고서야 알아차렸다. 김동호도 몸을 날렸다. 운동신경을 극대화시킨 초능력이다. 편의점 밖으로 나간 여자를 금방 따라잡은 김동호가 팔을 움켜쥐었다.

"악!"

짧게 비명을 지른 여자가 입을 딱 벌렸다. 김동호의 악력이 엄청났기 때문이다. 김동호가 여자의 팔을 끌면서 앞장을 섰다.

"순순히 따라오지 않으면 팔을 부러뜨려 버릴 테다."

거리의 사물은 모두 정지된 상태다. 차도를 달리던 차량도 모두 멈춰 서 있다. 그 짧은 순간에 둘의 몸이 움직이는 셈이다.

김동호는 몸의 능력을 최대로 높였다. 그러자 주위의 사물이 사진처럼 변했다. 아니, 모두 세워진 조형물처럼 느껴졌다. 움직이지 않는 것이다. 김동호와 강희경만 움직이는 생명체다. 강희경을 끌고 김동호는 회사 옆쪽 건물로 들어섰다. 이곳은 공사하다가 중지한 빌딩이다. 10층짜리 시멘트 건물의 뼈대만 세워졌고 주위에는 차단막이 둘러쳐져 있을 뿐이다.

차단막을 젖히고 들어선 김동호가 강희경을 건물 안쪽으로 끌고 가 쌓아놓은 목재 더미 위에 앉혔다. 그러고는 주위에 흩어진 로프를 집어 꽁꽁 묶었다. 손과 다리까지 둘둘 감아서 누에고치처럼 만들어 놓고 머리만 내놓았다. 몸이 빨리 움직였기 때문에 보통 시간으로는 눈 깜빡하는 순간에 끝난 일이다. 그때 누에고치가 되어 목재 더미 옆에 비스듬하게 앉혀진 강희경이 입을 열었다.

"날 어떻게 하려는 거야?"

강희경이 눈을 치켜떴지만 눈동자가 흔들렸다. 김동호가 강희경의 눈을 똑바로 보았다. 막혔다. 눈동자 밑에 철판이 깔려 있는 것 같다. 쓴웃음을 지은 김동호가 대답했다.

"어쩔 수 없지, 여기서 끝내는 수밖에."

"내가 누군지 알면서도 죽이려는 거야?"

"당연히. 다른 방법이 없어."

"나한테 원하는 건 뭔데?"

"네가 날 찾아온 목적이나 말해라, 뻔하지만."

"그걸 말하면 살려서 보낼 거야?"

"살려는 주겠지만 다시 고춘만한테는 못 보내지."

"그럼?"

"너를 개조해서 내 시녀로 쓰려고."

"내가 거부한다면?"

"아마 거부할 수 없을 거야."

다가선 김동호가 얼굴을 일그러뜨리면서 웃었다.

"똑바로 내 눈을 들여다봐라, 네가 내 생각을 읽을 수 있도록 해줄 테니까."

숨을 들이켠 강희경이 김동호의 눈을 보았다. 들어간다. 김동호의 눈을 본 순간 강희경은 자신의 몸이 빨려 들어가는 것을 느꼈다. 깊은 바다 속 같다.

3층 계단 위에서 기다리던 한성구는 손목시계를 보았다. 오전 10시 45분이다. 경비는 김동호가 10시 반쯤이면 출근한다고 했지만 딱 정해진 시간은 아니다. 계단 모퉁이에 붙어 선 한성구는 김동호를 보는 즉시 생명을 끊을 작정이었다. 그 후부터는 한성구는 말할 것도 없고 고춘만도 간여할 수 없는 영역이다. 영혼이 어떻게 떠도는지는 창조자의 몫인 것이다. 창조자는 곧 조물주다. 우주를 만들고 신과 악마까지 창조해서 균형을 맞추는 자를 말한다.

한성구가 손에 쥔 권총을 내려다보았다. 소음기를 끼운 베레타 92F는 총신이 길어져서 위협적이다. 탄창에는 14발, 약실에 끼워진 탄알까지 15발이 장탄되어 있다. 생명체를 죽이는 데는 인간의 무기를 쓰는 것이 정상이다. 생명체 김동호를 살해하면 신(神)의 전달자가 사라지게 되는 것이다. 그 후에 다른 전달자가 생명체를 옮겨 오는 건 나중 문제다.

그때 아래쪽에서 발자국 소리가 울렸다. '동호상사'로 다가가는 발자국 소리다. 이곳에서는 '동호상사'로 들어가는 사람들의 뒷모습만 보인다. 긴장한 한성구가 상반신을 펴고 손에 쥔 베레타를 치켜들었다. 김동호인 것만 확인하면 바로 뒤에서 쏘아 죽일 것이었다. 이것저것 가릴 상황이 아니다. 죽이고 시체를 옥상까지 끌고 올라가 처치하면 된다. 강희경과 둘이 처리하면 빠를 것이다.

그 순간이다. 뒤쪽에서 인기척이 들렸기 때문에 한성구가 숨을 들이켰다. 깜짝 놀랐기 때문이다. 이쪽 비상계단은 사람들이 이용하지 않는 곳이다. 고개를 돌린 한성구는 머리가 미처 다 돌아가기도 전에 머리끝에 격렬한 충격을 받고 그 자리에 주저앉았다. 의식이 끊긴 한성구의 머릿속에 김동호의 영상이 잠깐 비쳤다가 지워졌다. 뒤쪽에 나타난 영상이 김동호였던 것이다.

5층 옥상에 선 김동호와 강희경이 발밑에 널브러져 있는 한성구를 내려다보고 있다. 둘이 한성구를 옥상까지 끌고 온 것이다. 둘의 능력은 배가된 상태여서 한성구의 몸쯤은 강희경 혼자서도 들고 올 수 있다. 강희경이 고개를 들고 김동호에게 물었다.

"사부, 악마의 전달자도 죽으면 인간과 똑같네요."

"인간에게 악마의 혼(魂)이 들어가 있었기 때문이다."

김동호가 머리가 부서진 한성구를 내려다보았다.

"지금은 인간 한성구가 죽었을 뿐이야. 악마의 혼은 이미 공간으로 사라졌다."

"사부, 저는 이제 어떻게 해요?"

발밑에 시체를 놓고 강희경이 제 걱정부터 했다. 지금은 김동호의 수족이 되어 있는 강희경이다. 김동호의 눈 속으로 빨려 들어가 방어벽이 부서진 강희경은 이제 신의 아들 김동호의 수족이 되었다. 김동호가 입을 열었다.

"밝은 세상 교당으로 가자."

김운기 목사는 강남의 대형 교회인 삼정 교회의 창립자이며 70세인 지금까지 40년 가깝게 교회의 담임 목사로 매주 일요일의 '대설교'를 한 번도 빠진 적이 없다. 삼정 교회는 교인 숫자가 12만 명으로 목사가 155명이며 부목사는 350명, 강남 압구정동에 9층짜리 대형 교회 건물을 소유하고 있었는데, 한꺼번에 5만 명이 예배를 볼 수가 있다.

일요일 오전 11시 반, 김운기 목사가 간부실로 들어서자 기다리고 있던 간부 목사들이 일어섰다. 예수 그리스도의 12제자를 본떠서 12명의 간부 목사들이 교회의 핵심이다. 김운기의 12제자다.

"모두 앉아."

김운기가 중앙의 의자에 앉으면서 말했다. 원탁에는 제각기 이름이 적혀 있고 원탁과 의자는 거친 통나무로 만들어졌다. 교회 시설은 훌륭했지만 간부실은 소박했고, 김운기의 '대목사실'은 더 소박했다. 김운기가 둘러앉은 간부들에게 말했다.

"한때 종말론자들이 세상이 망한다고 온갖 유언비어를 퍼뜨렸지만 이제 좀 잠잠해졌는데……"

김운기가 주름진 얼굴을 들고 12제자를 둘러보았다.

"종말이 오고 있다."

"네?"

처음 듣는 말인 데다 엄청난 선언이다. 먼저 첫 번째 제자 유상국 목사가 김운기를 보았다.

"대목사님, 무슨 말씀이십니까? 종말이 오다니요?"

유상국은 67세, 12제자 중 가장 연장자다. 그때 김운기가 대답했다.

"지금 인류에게 대재앙이 닥쳐오고 있어. 하늘이 터져서 악마가 쏟아져 내려올 거야."

12제자들이 제각기 숨을 들이켜면서 서로의 얼굴을 보았다. 김운기는 대목사로 지금까지 여러 번 '신의 말씀'을 옮겼지만 '기적'을 일으킨다거나 '예언'을 한 적이 없는 것이다. 그래서 12제자는 물론 신도들의 절대적인 '믿음'을 받는다. 사술을 부리지 않고 오직 진실한 믿음으로 교인들을 이끌어 왔기 때문이다. 이제는 유상국도 입을 다물었고, 김운기가 말을 이었다.

"이제 곧 쏟아진 악마가 어느 한 지역을 초토화시키고 전장(戰場)으로 만들 것이다. 그 전장에서 신과 악마의 군병(軍兵)들이 처절한 전쟁을 치르게 된다."

김운기가 눈을 부릅뜨고 앞쪽을 보았다. 광채가 번득이는 눈이다.

"오, 신이시여! 저희가 어떻게 도와 드려야 합니까?"

그때 제2 제자 최기성이 물었다.

"대목사님, 신이 내려오십니까?"

"이미 와 계시다."

김운기가 바로 대답했다.

"신의 말씀이 곧 계실 것이다."

'밝은 세상'으로 가는 택시 안에서 김동호가 강희경에게 말했다.

"이제 전쟁이 일어날 때가 되었어."

"전쟁요?"

강희경이 김동호를 보았다.

"무슨 전쟁? 누가 쳐들어와요?"

"악마가."

"악마?"

놀란 강희경이 목소리를 낮췄다. 택시 운전사는 나이 든 노인이었는데 앞쪽만 본다. 김동호가 머리를 끄덕였다.

"세상이 너무 더러워졌어."

"그래서 악마가 온다는 건가요?"

"지금 귀신들이 쏟아져 내려오고 있어."

김동호가 손으로 창밖을 가리켰다.

"봐, 귀신들이 많지?"

"저는 안 보여요, 사부님."

"그렇구나. 넌 그 능력이 없지."

머리를 끄덕인 김동호가 밖을 가리키며 말을 이었다.

"얼마 전보다 귀신이 3배 이상 늘어났어."

"데려갈 귀신인가요?"

"그래. 이건 전쟁이 일어난다는 표시다."

"귀신은 악마인가요?"

"생명을 가져가는 귀신은 선한 신도 아니고 악마도 아냐. 조물주가 내려보내시는 거야."

"조물주가 신도, 악마도 만드신 것인가요?"

"그런 셈이지."

"사부님은 조물주를 만나셨습니까?"

"난 신의 아들이야. 조물주는 본 적도 없다."

"조물주가 이 모든 것을 조종하고 있단 말입니까."

"아니야."

머리를 저은 김동호가 창밖을 응시한 채 말을 이었다.

"선(善)과 악(惡)의 전쟁은 고인물이 넘쳐서 흘러가는 이치와 같다. 고인물은 곧 썩어 버린 세상이고, 그 썩은 세상이 썩은 채로 흘러갈지 맑은 물로 바뀔지는 전쟁이 끝나 봐야 안다."

강희경이 천천히 머리를 끄덕이더니 다시 물었다.

"사부님은 어찌 아십니까?"

"내 능력과 함께 머릿속에 각인된 이치야."

그러더니 눈을 부릅뜨고 혼잣말처럼 말했다.

"신을 믿는 교인 중 신심이 깊은 자는 다가오는 지옥과 전쟁을 예상하고 있을 것이다."

'밝은 세상'의 교당 안에는 100명도 넘는 교인이 차 있어서 절반은 서서 김동호를 맞았다.

오후 3시 반, 오늘은 '임시 집회'인데도 직장에서 나왔거나 집안일을 하다가 온 사람들이 대부분이다. 연단으로 다가간 김동호의 뒤를 강희경이 따르고 있다. 모든 시선이 둘에게 모였고, '밝은 세상'의 간부들도 움직임을 멈추고 있다.

곧 설교단에 선 김동호가 옆에 선 강희경을 소개했다.

"우리 교당의 집사요."

김동호가 강희경을 가리키며 말을 이었다.

"강 집사가 앞으로 여러분들을 보호하고 이 교당을 지킬 것입니다."

강희경은 천지교 교주 고춘만의 시녀를 지냈으니 같은 역할을 맡은 셈이다. 그 경험을 '밝은 세상'에서 유용하게 사용할 수 있을 것이다.

"죽었어."

고춘만이 굳어진 얼굴로 시녀 유옥진을 보았다. 오후 8시 반, 용인 교외의 별장 안. 둘은 응접실에서 마주 보고 앉아 있다.

"내가 방심했다."

"교주님, 그럼 사제님도 죽었단 말입니까?"

유옥진이 묻자 고춘만이 고개를 들었다. 눈동자가 흐려져 있다.

"당연하지. 그놈이 죽었으니 희경이도 살해되었을 것이다."

"희경이는 몸이 빠르고 청각, 시각, 후각이 인간 능력의 50배 이상입니다. 더구나 기를 느낄 수 있는 데다……"

"그놈한테는 어린애 장난 같을 거다."

머리를 저은 고춘만이 어깨를 늘어뜨렸다.

"사제가 그렇게 쉽게 당하리라고 예상하지 못했다."

"사부님, 이곳도 위험하지 않겠습니까?"

"내가 알게 된 이상 당하지는 않아."

"어떻게 말씀입니까?"

"사제가 죽었다면 곧 대역이 온다."

고춘만이 주위를 둘러보는 시늉을 했다.

"이 세상이 곧 전장이 될 테니까."

"사부님, 기다리던 때가 되었단 말씀입니까?"

"계시를 받았어."

"언제입니까?"

"곧."

고춘만의 얼굴에 웃음이 떠올랐다.

"바깥세상에 귀신이 3배 이상 많아졌어."

"그럼 그 귀신들이 모두 우리 형제입니까?"

"아니야, 하지만 절반 이상은 된다."

고춘만이 말을 이었다.

"우리는 그 전쟁의 선봉이야."

그때 밖에서 인기척이 났기 때문에 둘은 깜짝 놀랐다. 고춘만도 얼굴빛이 변했다.

"누구요?"

개도 짖지 않았기 때문에 벌떡 일어선 유옥진이 소리치듯 물었을 때다. 응접실 문이 열리면서 사내 하나가 들어섰는데 처음 보는 얼굴이다. 젊고 잘생긴 데다 키도 크고 육중한 체격, 말쑥한 양복 차림이어서 탤런트 같다. 더구나 웃음을 띠우고 있다.

7장
신과 사탄의 전쟁

사내가 불쑥 말했는데 목소리가 상자 안에서 울리는 것 같다. 고춘만이 엉거주춤 일어서면서 사내를 노려보았다.

"너는 누구냐?"

"이번 전쟁 때문에 내려온 존재다."

불쑥 대답한 사내가 고춘만의 앞쪽 자리에 앉으면서 말을 잇는다.

"이쪽 용인 지역부터 시작해서 전장이 점점 넓어질 거야."

"지휘 체계는 어떻게 돼?"

고춘만이 다시 묻는다.

"그리고 병력은?"

"지휘관은 나야."

사내가 웃음 띤 얼굴로 손가락을 굽혀 제 얼굴을 가리켰다가 다시 고춘만을 겨누었다.

"부지휘관은 너다. 병력은 현재 내려온 귀신에 현지의 용병 1천 명을 선발해서 시작한다."

"당신의 정체는?"

이제는 고춘만이 조심스럽게 물었다.

"나는 사탄의 아들."

고춘만의 시선을 받은 사내가 빙그레 웃었다.

"너희들을 이끌도록 점지된 존재다. 나하고 비슷한 존재가 이미 너희들 근처에 와 있을 거야."

"비슷한 존재라니요?"

고춘만의 말투가 또 달라졌다. 그러자 이제는 사내가 정색했다.

"신의 아들이란 존재."

"누굽니까?"

"전달자 하나가 당했지?"

"앗!"

놀란 외침을 뱉은 고춘만이 사내를 보았다.

"그놈, 김동호란 놈입니다. 그놈한테 당했는데, 어떻게 아십니까?"

"전달자 한성구를 알고 있었다."

"내 시녀 하나하고 김동호한테 갔다가 당한 것 같습니다."

"네 신도 중 전쟁에 보낼 만한 인간이 몇이나 되느냐?"

"능력을 갖추지는 않았지만 목숨을 내놓고 싸울 신도는 1천 명쯤 될 것입니다."

"목숨을 내놓는 것도 전과(戰果)지."

가볍게 말한 사내가 그때서야 자신의 이름을 밝혔다.

"나는 신규철이다. 인간 세상에서는 변호사의 몸에 들어와 있다."

'전쟁의 예감'이 느껴진다. 귀신이 많아졌기 때문만은 아니다. 서울 남쪽 하늘에 붉은 기운이 덮이고 있는 것이 보인다. 마치 붉은 안개 같은 기운이

다. 물론 일반인에게는 보이지 않는다.

지금은 귀신들을 보아도 그냥 지나치지만 귀신 셋 중 둘은 '다른' 귀신이다. 보통 저승사자로도 불리는 귀신은 본체와 같은 모습으로 흐린 영상처럼 머리 위에 떠 있는데 이 '다른' 귀신들은 붉다.

'붉은 얼굴'로 두 눈이 충혈되었다. 사람들이 말하는 '귀신 쓴' 얼굴이다. 그래서 사람들은 예부터 '귀신 든' 사람과 그냥 죽는 사람을 구분했던 것이다. 김동호는 무의식중에 이 전쟁의 주역은 자신이 될 것이라는 것을 느끼고 있다. 악마와 대결할 사람은 자신인 것이다. 악마는 이미 구름처럼 서울 남쪽 지역으로 모이고 있다. 서둘러야 한다.

"악마와의 전쟁이 곧 시작될 거야."

김동호가 말하자 모두 숨을 죽였다. '밝은 세상'의 교당 안, 둘러앉은 간부들의 얼굴이 굳어졌다. 목사 정영복, 서수민, 최진명, 오백진 그리고 끝 쪽에는 강희경이 앉아 있다. 강희경을 제외하고는 네 명 모두 김동호한테서 능력을 나눠 받은 몸이다. 정영복, 서수민, 최진명, 오백진은 그동안 교인들을 끌어 모아 어느덧 교인이 3백 명 가깝게 되었다. 엄청난 확장이다. 그러나 아직 교인들의 김동호에 대한 믿음은 단단하지 않다. 넷을 보고 모인 사람들이 대부분이다. 김동호가 말을 이었다.

"악마의 혼을 뒤집어쓴 무리가 지구를 폐허로 만들 작정이고, 우리는 그것을 막아야 돼. 신과 악마의 전쟁이야."

"우리는 천사(天使)입니까?"

김동호의 추종자가 된 최진명이 물었다. 68세, 지금은 '밝은 세상'의 전도사다. 그때 김동호가 쓴웃음을 지었다.

"천사는 무조건 선(善)이 아니야. 앞으로 우리는 신인(神人)이라고 부른다.

306

신인과 사탄과의 전쟁이다."

"예, 교주님."

최진명 앞에서 거짓말을 하는 인간은 얼굴이 붉은빛으로 변한다. 그것을 최진명은 며칠 동안에 스스로 능력을 개발시켜 나쁜 마음을 가진 인간은 자신의 눈빛을 받는 순간에 붉어지도록 만들었다. 신심이 깊으면 스스로 능력을 향상시킬 수 있다는 것을 증명한 것이다.

"우리는 어떻게 해야 합니까?"

정영복이 묻자 김동호가 다섯을 둘러보았다.

"사탄을 죽여야 한다. 내가 너희들에게 사탄을 볼 수 있는 능력을 주마."

강희경을 제외한 넷이 일제히 숨을 들이켰다.

"어떻게 볼 수 있습니까?"

성품이 급한 최진명이 묻자 김동호가 손을 뻗어 머리 위쪽을 가리켰다.

"사탄은 머리 위쪽에 떠 있을 것이다. 붉은 얼굴이니 저승사자하고는 구별이 될 거야."

그리고는 손을 뻗어 먼저 정영복과 최진명의 머리 위에 손바닥을 얹어 놓았다. 능력이 뿜어져 나가는 것이다. 이것은 기가 뜨거운 열기와 함께 전해지는 것으로, 김동호 스스로가 개발해 낸 방법이다. 열기 속에 능력이 포함되어 있다. 이것은 무장(武裝)이다. 사탄이 기본 무장을 갖추고 있는 것처럼 신인들도 대비를 해야만 한다.

"애들이 내 12제자요."

고춘만이 앞에 나란히 앉은 남녀 12명을 눈으로 가리키며 말했다.

"내가 가르친 놈들이라 제 몫을 해낼 겁니다."

"그래?"

신규철이 12명을 훑어보면서 웃었다.

"너희들의 능력에 따라 존귀한 존재가 될 수 있을 테니 최선을 다하도록 해라."

"예엣."

12명이 일제히 대답했다. 남녀가 각각 절반으로 젊은이도 있고 노인도 있다. 모두 눈에서 광채가 났고 머리 위에 붉은 귀신이 떠 있었는데 악마의 상징이다. 보통의 인간에서 사탄의 제자가 된 증거다. 김동호가 4명의 신인을 만든 것과 유사한 조직이다.

고춘만의 안양 교당 교주실 안이다. 지금 신규철과 고춘만은 '출정식'을 하고 있는 것이다. 신규철이 말을 이었다.

"전달자 일당이 요즘 분위기를 눈치 채지 못했을 리가 없다. 전쟁은 이미 시작되었다."

모두 숨을 죽였고 신규철의 목소리가 방을 울렸다.

"세상에 종말이 왔다. 인간들에게 종말이 왔다는 것을 믿게 해줘야 한다. 인간들이 삶에 희망을 잃고 스스로 불구덩이 속으로 뛰어들도록 만들어야 한다."

그러기 위해서는 '병균'을 퍼뜨려야 한다. 의심하고, 미워하도록 만들어야 한다. 그래서 서로 죽이도록 해야만 한다. 온갖 병균을 퍼뜨리고 그것을 막는 자들도 없애야 된다. 그것이 바로 사탄이 원하는 새 세상인 것이다. 신규철의 두 눈이 이글거렸다.

"아니, 양지현 씨."

집에 돌아가는 차 안에서 김동호가 양지현의 전화를 받았다. 양지현이 누구인가? 자살하기 직전에 귀신을 설득하여 양지현 본체가 김동호에게 호감을 느끼도록 만들어 놓은 상황이다.

배신당한 상처를 전혀 다른 분위기의 남자로 흐리게 만들었지만 아직 다 치유되지는 않았을 것이다. 그동안 세상 상황이 급박하게 돌아가는 바람에 양지현을 잊고 있었다. 그때 양지현이 말했다.

"지금 바쁘세요?"

"아니, 별로."

오후 8시 반, 오늘은 모처럼 집에 일찍 들어가는 중이었다. 그때 양지현이 말했다.

"술 한잔하실래요?"

"좋죠."

소리 죽여 숨을 뱉은 김동호가 양지현의 얼굴을 떠올렸다. 안 만난 지 나흘째였지만 긴 시간이 지난 것 같다. 김동호가 말을 이었다.

"장소, 시간 말해줘요, 바로 갈 테니까."

아무래도 다음 버스 정류장에서 내려야 할 것 같다.

"괜찮으세요?"

마주 보고 앉았을 때 양지현이 또 물었다. 오후 9시 반, 인사동의 한정식당은 남여 손님으로 들끓었다. 양지현의 단골 식당인지 주인아줌마, 종업원까지 알은체를 한다. 한정식에 소주를 시킨 양지현의 얼굴이 밝다.

"아, 물론이죠. 나도 보고 싶었습니다."

김동호가 양지현의 머리 위에 귀신이 없어진 것을 본 순간부터 감동한 상태다. 귀신이 없어졌다는 것은 양지현의 본체 속에 흡수되었다는 것을 의미한다. 물론 아직은 아니지만 속도가 너무 빠르다. 지난번에 결국 두 번째 귀신이 데려간 하서영은 20일 가깝게 귀신이 머리 위에 떠 있었다. 그때 양지현이 물었다.

"내일 시간 있어요, 오후 8시쯤?"

"왜요?"

"어디 갈 데가 있어서요."

"무슨 일 있어요?"

"아니, 친구 생일 파티인데……."

"초대받았어요?"

"네, 남자친구하고 같이."

"아, 그럼 가지요."

그때 양지현의 머리 위로 귀신이 솟아올랐다. 답답했던 것 같다. 귀신이 묻지도 않았는데 말했다.

"친구들한테 널 보여주고 싶은 거야. 난 이제 그놈 잊었다는 것을 친구들한테 알려주고 싶은 거지."

"그럼 가야겠군."

"그리고 실제로 얘가 너한테 끌리고 있어. 그놈하고는 전혀 다른 스타일이거든, 네가."

"반발심 같은데. 금방 끌렸다가 금방 식는 거 아냐?"

"네가 그런 것까지 신경 쓸 이유는 없지."

"양지현 귀신이 할 소리냐? 양지현의 입장이 되어서 생각해 보란 말이야."

"어쨌든 나도 급하다."

귀신이 김동호에게 눈을 흘겼다.

"이런 식으로 나간다면 난 며칠 후에는 완전히 흡수될 것 같다."

"잘된 일이기는 한데……."

"오늘 외박하는 게 낫겠다."

"뭐라고?"

"같이 자란 말야. 얘도 그럴 마음이 절반은 있어."

"귀신이 하는 말이……."

"내가 양지현이라니까."

혀를 찬 귀신이 말을 이었다.

"넌 거칠고 힘세고 사내다워. 그 병신 같은 놈보다 10배는 더……."

"닥쳐!"

"이것 봐, 양지현은 그놈하고 수없이 같이 잔 사이야. 순진하게 놀지 마."

그때 김동호가 눈을 치켜떴고 귀신이 들어갔다.

"왜요?"

시선을 든 본체의 양지현이 눈을 치켜뜬 김동호를 보더니 놀라 물었다. 김동호가 자신의 머리 위를 쏘아보고 있었기 때문이다.

"아니, 뭘 좀 생각하느라고……."

당황한 김동호가 얼버무리고는 술잔을 들었다. 그러고는 불쑥 물었다.

"지현 씨, 오늘 밤 우리 집에 들어가지 말까요?"

연극하는 양지현에게는 듣던 중 가장 최악의 프러포즈였겠지만 김동호는 귀신으로부터 '그놈하고 수없이 같이 잔 사이'라는 것을 들은 직후다. 말이 막 나와 버렸다.

그때 양지현이 시선을 준 채 대답했다.

"네."

밤. 양지현은 깊게 잠이 들었다. 벽시계가 오전 3시 반을 가리키고 있다. 김동호가 양지현의 어깨를 감싸 안고는 귀신과 대화를 한다. 이제는 둘의 대화가 편안하다.

"만족했어."

귀신이 웃음 띤 얼굴로 말을 이었다.

"이런 만족감을 처음 느낀 거야."

"사랑스럽다."

김동호가 눈을 감고 잠이 든 양지현의 이마에 살짝 입술을 붙였다가 떼었다. 땀이 식은 양지현의 이마는 서늘하다. 귀신이 말을 이었다.

"이젠 너한테 몸과 마음이 다 쏠릴 거야."

"두 번째 귀신이 오지 말아야 하는데."

김동호가 양지현의 이마에 붙은 머리칼을 쓸어 올리면서 한숨을 쉬었다.

"지난번에도 정이 들 만할 때 두 번째 귀신이 데려갔거든."

"그건 네 힘으로도 안 되는 건가?"

"난 생사(生死)에는 간여할 수 없어. 그건 창조자의 몫이야."

"그렇군. 그럼 우린 창조자의 하청업체 소속인가?"

"늦출 수는 있겠는데 그 기간까지는 힘이 안 닿는구나."

"어쩔 수 없는 일이지."

"내가 요즘 전쟁을 시작했어."

"전쟁?"

놀란 듯 되물었던 귀신이 곧 머리를 끄덕였다.

"어쩐지 붉은 귀신이 많이 돌아다니더라."

"너도 보았지?"

"그래. 하지만 우린 상관할 수 없어."

"알고 있어. 그러니까……."

김동호가 양지현의 벗은 몸을 다시 당겨 안으면서 말을 이었다.

"사탄들이 양지현을 이용할지도 몰라, 그것들은 수단과 방법을 가리지 않

312

는 놈들이니까."

긴장한 귀신에게 김동호가 목소리를 낮췄다.

"당분간 내가 연락할 때까지 네가 억제시켜."

용인 지역에서 집단 식중독 사건이 발생한 것은 다음 날 오전 9시 반. 용인 시내의 2개 음식점에서 밥을 먹고 나서 바로 구토, 어지럼증, 복통으로 쓰러 져 구급차에 실려 갔다. 1시간쯤 지나서 이번에는 30여 명이 각 병원에 실려 갔는데 이들은 커피숍, 당구장, PC방에 있던 사람들이다. 증세는 얼굴이 붉게 달아오르고 입에서 피를 토하면서 의식을 잃은 것이다. 그것이 2시간 사이에 일어난 일이었다.

오전 11시 반, 그때까지만 해도 정부에서는 보고만 받았지 별다른 대책을 취하지 않았다. 용인시 당국에서 담당 과장과 보건소장 등에게 지시해서 해 당 영업장의 조사, 시료 채취, 환자의 병세를 파악하는 정도였다. 그런데 11시 반이 되자 이번에는 시내 학교, 회사, 수백 개의 영업장에서 1천 명이 넘는 환 자가 발생했다. 병원마다 환자들로 가득했고, 사망자가 16명이나 생겼다.

그때서야 정부기관이 움직였는데 가관이었다. 담당 관리들이 용인에 가려 고 하지 않기 때문이다. 보건부 장관도 용인에 가다가 도중에 차를 돌렸다. 그것을 안 대통령이 대로해서 그 즉시 장관을 파면하고 직무유기 혐의로 구 속시키라고 명령했다. 사상 처음으로 장관이 직무유기로 구속되는 사태가 벌 어진 것이다.

그때 다시 용인시에서 4천 명이 넘는 환자가 발생했다. 그때서야 정부는 이것이 공기에 의해 전염되는 사상 최악의 질병이라는 결론을 내렸다. 그렇 다, 사상 최악이다. 유사 이래 이만큼 단시간에 이렇게 병이 급속도로 전파된 사례가 없었던 것이다.

오후 1시 반.

"현재 용인 지역 출입은 통제되었습니다. 용인시 주변에 경찰이 배치되었고 곧 군(軍)이 출동할 예정이라고 합니다."

용인 외곽의 도로에서 SSK방송의 아나운서가 불안한 표정으로 말했다. TV 화면에 비치는 도로에는 차단봉이 가로로 쳐졌고, 경찰이 엄중히 통제하고 있다. 그런데 경찰들은 모두 방독면을 쓰고 있는 것이다. 아나운서의 불안한 표정이 방독면을 쓰지 않고 있기 때문인 것 같다.

"현재 용인시의 사망자 수는 1천 명이 넘고, 3만 명이 넘는 환자가 발생한 상태입니다. 정부는 헬기로 용인 지역에 방독면을 공중 투하하고 있는데, 모든 주민은 자택에서 나오지 말 것을 권고하고 있습니다."

TV를 보는 시민들은 아연했다. 특히 용인 지구의 시민들은 대경실색했다. 아나운서가 정부의 경고문을 낭독했다.

"용인 지구 시민 여러분, 대한민국 대통령 이름으로 금일 13시 정각에 용인 지구에 계엄령을 선포합니다. 따라서 용인 지구에 거주하시거나 잠깐 들르신 분이라고 하더라도 계엄령이 해제될 때까지 지구 밖으로 나오실 수 없습니다. 여러분과 국민들의 생명을 위한 조치이니 절대 엄수해 주시기 바랍니다."

아나운서가 낭독을 그치더니 TV에 사진이 펼쳐졌다. 용인시를 포함한 용인 지구의 사진이다. 붉은 선이 그어진 지역 밖으로는 나갈 수 없다는 표시다.

오후 2시 반, 계엄군이 용인 외곽에 철조망을 치고 포진했다. 그동안 헬기가 용인시에 의료품, 생필품을 떨어뜨렸는데, 차츰 질서가 잡혔다.

2시간쯤 전부터 용인 지구는 세계 톱뉴스로 보도되어 전 세계의 이목이 집중되었고 세계 언론사들이 대거 몰려오는 중이다.

오후 2시 40분, 첫 환자가 발생한 지 5시간이 지났을 때 피해 상황이 발표되었다.

괴질로 수용된 환자는 57,324명, 사망자 4,725명, 의심되어 격리된 사람은 142,511명 정부는 지구 내에 428개의 격리장을 세우고 곧 아파트, 주택, 사무실 등 전(全) 건물을 수색하여 주민들을 집단 수용할 예정이라고 했다.

현재 남아 있는 725,759명까지 수용한다는 말인데, 그 숫자는 추정치라고 했다. 더 있을지도 모른다는 것이다. 거기에다 현재 격리된 사람이 142,511명, 수용된 사람이 57,324명이다. 죽은 4,725명을 빼고 1백만 명 가까운 주민이 갇혀 있다.

"용인 지구에 통화가 안 돼!"

TV를 보던 사내 하나가 소리쳤다. 모두 사내를 쳐다보았지만 입을 다물고 있다. 용인 지구와 통신이 두절된 것은 1시간쯤 전이었다. 사내는 늦게 알았을 뿐이다. 용인 지구에서 탈출해 나오다가 계엄군의 사격을 받고 사살된 국민만 현재까지 42명이나 되었다.

공중에서 촬영한 용인 시내, 계엄 지구 안의 장면은 마치 외계인의 지역 같다. 우주복 같은 감염 방지복을 입은 사람들이 서너 명씩 몰려다녔고 가끔 차가 텅 빈 길을 오갔다. 사람들은 집 안, 건물 안에 있는 모양인지 거리는 텅 비었다. 한낮의 햇빛이 환하게 비치고 있었기 때문에 더 기괴하게 느껴지는 장면이다.

이곳은 서울 장안동 길가의 키피숍, TV로 그 장면을 보던 사내 하나가 혼잣말을 했다.

"세상이 망하려고 그러는갑다."

"저기가 전장이야."

TV를 보면서 김동호가 말했다.

이곳은 '밝은 세상' 교당 안, 교당 벽에 설치된 TV에 용인 시내가 비치고 있는 것이다. 시내는 텅 비었다. 오후 3시 10분. 빈 거리를 구급차 1대가 맹렬히 달려가고 있다. 거리에 내팽개쳐진 차량들을 불도저로 길가에 밀어 놓았기 때문에 겹쳐서 쌓였고, 뒤집힌 모습들이 폐차장 같다.

"우리는 저곳에 가야 된다."

교당 안에는 20명의 전사들이 모였다.

정영복, 서수민, 최진명, 오백진, 강희경과 이번에 모집한 교인 중 15명을 추려서 전사(戰士)로 선택한 것이다.

20쌍의 시선을 받은 김동호가 말을 이었다.

"사탄과 그 휘하의 귀신들이 지금 저곳에서 마음껏 살육을 벌이고 있는 거야."

김동호가 손으로 TV 화면을 가리켰다.

"저건 괴질이 아냐. 사탄의 살육이야. 현대 의학과는 상관이 없어. 우리가 사탄과 귀신들을 없애야만 끝난다."

"어떻게 들어갑니까?"

정영복이 묻자 김동호가 전사들을 둘러보았다.

"내가 너희들에게 능력과 지식을 넣어주마."

모두 긴장했고 김동호의 말이 이어졌다.

"첫째, 몸의 기능이 50배 향상되는 기능이야. 보통 인간이 한 걸음 걸을 때 너희들은 50 걸음을 걷는다. 너희들이 마음먹은 순간에 몸이 빠르고 강하게 움직인다."

김동호가 손을 뻗어 옆에 있는 정영복의 머리 위에 손바닥을 얹었다가 떼었다.

"네 몸은 향상되었다."

김동호가 말하고는 뒤쪽 교당의 문을 가리켰다.

"교당 문을 열고 돌아와라."

문까지는 15보쯤의 거리다. 그때 정영복이 일어섰다가 문을 열고 돌아왔는데, 그것이 김동호의 눈에만 보였다. 다른 사람들은 정영복이 일어나는 것도 보지 못했고, 곧 눈앞에 엉거주춤 서 있을 때 알아차렸다.

"아!"

정영복이 놀란 외침을 받았다. 자신이 움직였을 때 모든 사람들이 석상처럼 굳어져 있는 꼴을 보았던 것이다.

"신(神)이시어!"

감동한 정영복이 두 손을 모으고 김동호를 보았다. 정영복은 귀신을 보는 능력 외에 또 한 가지 능력을 얻었다. 그때 김동호가 말을 이었다.

"두 번째는 귀신을 죽이는 방법이다. 귀신은 죽는 순간에 다른 생명체로 옮겨가서 산다. 그러나 옆에 생명체가 없을 때는 3초 이상 허공에 떠 있지 못하고 죽는다. 그런데 귀신만을 죽이는 방법이 있어."

모두 숨을 죽였다. 지금까지 귀신이 붙은 생명체를 죽여야 귀신이 떨어지는 것으로 알고 있었던 것이다. 그때 김동호가 말했다.

"귀신 붙은 생명체가 자면 대부분의 귀신도 잔다. 그때 모든 귀신은 생명체 머리 위에 붙어 있다. 너희들의 눈에는 귀신이 보일 테니 그때 머리를 부숴 죽여라."

"지금 용인 시민들 대부분이 방독면을 쓰고 있습니다. 귀신하고는 상관이 없습니까?"

최진명이 묻자 김동호가 쓴웃음을 지었다.

"방독면은 필요 없어. 지금 시민들이 죽어 나가는 건 귀신 때문이야. 귀신

이 피를 토하게 만들고 어지럽게 만드는 거야.'

"무기는 뭘로 씁니까?"

오백진이 물었기 때문에 김동호가 정색했다.

"귀신 머리통을 부수는 것이니 총, 칼, 망치 등 어떤 것도 좋지만 총이 편리하겠지, 그리고 전사 놈들은 인간이니까."

"그럼 계엄군한테서 빌려야겠군요."

"능력껏 준비해라."

"제가 군 출신입니다."

전사 하나가 손을 들었을 때 남자 셋이 따라서 손을 들었다. 모두 군 출신이라는 것이다. 머리를 끄덕인 김동호가 말을 이었다.

"이제 너희들을 5개 조로 나누겠다. 정영복, 서수민, 최진명, 오백진, 강희경 5명이 각각 3병의 전사(戰士)를 이끌고 전장에 투입되는 것이다. 넷이 한 팀이 되어서 귀신을 보는 대로 다 죽여라."

"귀신이 몇이나 됩니까?"

정영복이 다시 묻자 김동호가 대답했다.

"내가 보기에 사탄의 아들이 지휘하고 고춘만의 천지교 신자 중 세뇌당한 놈들이 귀신을 도와주고 있다. 그놈들이 지금 닥치는 대로 죽이고 있는 중이야. 그놈들은 전사로 인간이다. 얼굴이 붉은 놈들이야."

김동호가 다시 TV를 보고 나서 말을 잇는다.

"귀신으로 넘어온 놈들은 약 3백여 명 정도다."

"고춘만의 전사(戰士)들이 귀신 못지않게 악랄할 거예요."

"이날을 위해서 고춘만이 전사들을 양성해 왔으니까요. 아마 1천 명 가깝게 될걸요?"

그렇다면 이쪽은 엄청난 열세다. 신(神)의 전사(戰士)는 고작 20명 아닌가.

저쪽은 귀신 300여 명에 사탄의 전사(戰士)가 1천 명이다.

이곳은 용인 시청 안 대강당. 괴질 감염자 수용소다.

아직 구분도 안 된 대강당에 3천 명 가까운 시민이 수용되어 있는데, 모두 방독면을 쓰고 있어서 외계인 집합소 같다. 그 사이를 우주인 같은 장비를 걸치고 산소통을 등에 멘 의사, 간호사들이 총을 휴대한 군인들의 경호를 받으면서 돌아다닌다. 방독면을 쓰고는 말을 할 수가 없기 때문에 가끔 방독면을 벗고 악을 쓰듯 외치는 목소리가 울리고, 스피커에서는 쉴 새 없이 부르는 소리, 주의 사항이 울리고 있다.

"여기 또 죽었어!"

누군가 외치는 소리에 우르르 외계인들이 달려갔다. 그때 군중들 사이에 끼어 서 있던 사내 하나가 손을 들어 보이더니 구석 쪽 기둥 옆으로 다가갔다. 그러자 사내 셋이 이쪽저쪽에서 빠져나오더니 그 사내 옆으로 다가가 선다. 대강당 안은 사람들이 가득 차 있었지만 아직 분류도 되지 않은 상태로 대기 중이다. 그래서 행동이 자유롭다.

그때 사내가 둘러선 사내들에게 말했다.

"하나씩 죽이는 데는 시간도 너무 걸리고 지친다. 한꺼번에 죽이자."

사내는 사탄의 아들 신규철이다. 신규철이 앞에 선 고춘만에게 말했다.

"여기 출입구가 3개야. 3개를 막고 휘발유통을 쌓아놓고 불을 지르자."

"아, 묘안이오."

고춘만이 방독면 마스크를 조금 들면서 말했다. 넷은 모두 방독면을 쓰고 있어서 입 부분을 들고 말한다. 신규철이 말을 이었다.

"내가 귀신들에게 말하겠다."

귀신과 인간인 사탄의 전사와의 합동작전이다. 지금까지 귀신이 붙기 쉽도록 사람들을 모으는 일은 고춘만의 전사들이 맡았다. 귀신들은 생명체에 붙은 후에 오장을 뒤집거나 뇌를 건드려 급사시키는 역할을 맡았지만 하나씩 처리하는 데 시간이 걸린다는 것이다.

신규철이 방독면을 쓴 사내 위에 붙은 귀신을 손짓으로 불렀다. 귀신이 왔을 때 신규철이 말했다.

"우리가 체육관에 불을 질러 버릴 테니까 너희들은 여기 없어도 돼."

귀신들도 이번 전쟁에서는 신규철의 지시를 받는다.

"이게 도대체 무슨 병이란 말인가?"

신임 보사부 장관 이한성이 탄식했다. 이한성은 의학박사 출신이다. 그래서 온갖 질병에 익숙해 있었지만 이번 용인 지구의 역병에 대해서는 현재까지 전혀 실마리도 풀지 못하고 있다.

시체를 해부한 자료를 세계 17개국에 보내 조사를 의뢰했지만 그 결과도 마찬가지다. 시체 28구를 해부했으니 결과가 나올 법도 하고 미국, 독일, 일본, 러시아, 중국의 의료진에게까지 모든 자료를 보냈지만 결과는 나오지 않았다. 17개국이 동일한 의견을 낸 것은 있다.

"인류 역사상 처음인 '종합감염사'라는 것이다."

그리고 또 있다.

"사망자 모두 온몸의 장기와 기관, 뇌세포까지 손상을 입고 있다는 것이다."

그때 옆에 서 있던 분석 책임자인 서울의대 교수 박의만이 잇새로 말했다.

"연구진들한테서 이 역병이 천병(天病)이라는 소문이 돌고 있습니다, 장관님."

"뭐요, 천병?"

이맛살을 찌푸린 이한성이 박의만을 노려보았다. 박의만은 이한성의 의대 후배다.

"이보셔, 지금 이 상황에서 분석 책임자 입에서 그런 말이 나올 수 있소? 천병?"

지금 대통령도 목을 매고 결과를 기다리고 있는 상황이라 이한성은 점심도 못 먹었다. 이곳은 이번 사상 최대 역병 사건의 지휘 본부가 설치된 과천의 합동 대책 본부 청사 안이다. 대통령이 위층에서 전화통을 붙잡고 있는 상황에 '천병'이라니, 그게 분석 책임자가 할 소린가? 그때 박의만이 어깨를 늘어뜨리며 말했다.

"조금 전 미국 하버드의 죠셉 교수도 저한테 그런 말을 했습니다. 수천 가지 사례를 봐도 맞는 것이 없는 것이 천병(天病) 같다구요."

그것은 천벌(天罰)이나 같은 말인 것이다. 그렇다면 용인 지구 주민들이 천벌을 받았단 말인가? 이한성이 어깨를 부풀리며 말했다.

"무슨 귀신이 씨나락 까먹는 소리를 하고 있어?"

"불이야!"

방독면을 벗어던진 사내 하나가 악을 썼다. 그 순간 이곳저곳에서 외침이 일어났고 불길이 보였다. 대강당 오른쪽 문에서 불길이 일어나더니 곧 왼쪽 문에서도 연기가 솟았다.

"불이야! 뒷문으로!"

누군가 악을 썼고 군중들이 모두 뒷문으로 몰렸다. 아수라장이다. 대부분 방독면을 벗어 던졌고 넘어지는 사람이 많다. 밀렸기 때문이다.

"여러분! 질서를······."

스피커에서 목소리가 울렸다가 금방 꺼졌다. 전기가 나간 것 같다.

"불이야!"

외침이 더 커졌고 뒷문으로 몰린 사람들은 서로 엉켜서 빠져나가지 못한다. 양쪽 문에서는 이미 불길이 솟아서 천장까지 닿고 있다. 자욱한 연기 때문에 대강당의 반은 보이지 않는다. 아우성이 대강당을 가득 메웠다. 그 순간이다.

"펑! 펑!"

폭발음이 일어나면서 뒷문이 불길로 뒤덮였다. 마치 화산이 폭발하는 것처럼 불길이 밑에서부터 솟아오른 것이다. 불덩이다.

"으악!"

"으아악!"

비명 소리가 대강당을 메웠고 뒷문 앞에 몰려든 수천 명 위로 불이 쏟아졌다. 불벼락이다. 화산의 용암이 터져 쏟아지는 것 같다. 이제 대강당 안은 지옥이 되었다. 불길과 연기로 덮여 사람들은 보이지 않고 아우성, 비명만 들린다.

"으악!"

대통령의 입에서 비명이 터졌기 때문에 옆에 둘러서 있던 각료, 비서관, 보좌관, 계엄사령관까지 얼굴이 사색(死色)이 되었다. 왕조시대라면 왕을 이렇게 비명을 지르도록 만든 인간들은 고하(高下)를 막론하고 삼족이 처형당했을 것이었다.

"저, 저것 좀 어떻게 해 봐!"

이제는 대통령이 악을 썼다. 보라, TV 화면에 지옥도가 펼쳐져 있다.

대강당 안에 장치된 CCTV 화면으로 불길이 덮친 참상이 그대로 방영되고 있는 것이다.

"아이고! 이걸 어쩌나!"

소리쳤던 대통령이 번쩍 머리를 들고 계엄사령관을 보았다.

"저 TV 부숴! 아니, 꺼!"

계엄사령관이 TV를 당장 쏴 부술 것처럼 노려보았다가 정신을 차리고는 전화기로 달려갔다. 대통령은 국민들에게 이 참상을 보일 필요는 없다고 생각한 것이다. 그 생각을 가장 먼저 한 것이 경황 중에도 대통령이었다.

용인 지구 저지선의 한 곳인 산기슭에 모여 섰을 때 핸드폰을 귀에서 뗀 오백진이 말했다.

"용인 시청 대강당에 화재가 나서 1천여 명이 불에 타 숨졌습니다. 아직 중환자가 많아서 수백 명의 사망자가 더 늘어날 것이라고 합니다."

모두 놀라 웅성거렸을 때 김동호가 눈을 부릅뜨고 말했다.

"악마의 소행이다."

"악마가 불까지 지릅니까?"

"사탄의 전사라는 제자 놈들이지. 인간이 저질렀다."

"고춘만의 부하들이지요."

강희경의 두 눈이 어둠 속에서 번들거렸다.

오후 7시 반, 산기슭에는 이미 어둠이 덮여 있다. 앞쪽 1백 미터쯤 떨어진 검문소에 군인들이 늘어서 있었는데 이쪽에 등을 보이고 있다. 안에서 탈출하는 사람들을 막으려는 것이다. 강희경이 말을 이었다.

"귀신은 불을 지를 수 없어요. 그놈들이에요."

"그놈들부터 죽인다."

김동호가 잇새로 말했다.

"죽기 전에 지옥 구경을 시켜주도록 해."

"잘했어."

신규철이 웃음 띤 얼굴로 칭찬했다. 이곳은 시청에서 1킬로쯤 떨어진 5층 건물의 3층 사무실 안. 입주자들이 모두 대피하거나 수용되었기 때문에 건물은 텅 비었다. 사무실에 둘러앉은 간부들은 12제자였고, 신규철과 고춘만 그리고 고춘만의 시녀인 유옥진이 상석에 앉았다. 그들은 모두 방독면을 벗은 모습으로 소파에 앉거나 둘러섰다. 사내 하나는 자판기에서 빼낸 인스턴트 커피를 마시고 있다.

"3천 명 중에서 절반은 죽었을 거야. 이건 엄청난 전과다."

신규철이 말을 이었다.

"귀신들이 하나씩 옮겨 다니는 것보다 우리가 더 효율적이다."

"사탄의 아들이시어."

고춘만이 정중하게 불렀다.

"신의 아들이란 그 전달자 놈이 이곳으로 오지 않겠습니까?"

"당연하지."

신규철이 소파에 등을 붙이면서 말을 잇는다.

"이미 들어왔을지도 모른다."

"그놈도 부하를 거느리고 있겠지요?"

"당연하지."

모두 고춘만의 부하들인 나머지가 움직임을 멈추고 둘의 대화를 듣는다. 현재 용인 지구에 몰려온 귀신은 300여 명. 그리고 고춘만의 부하는 12제자가 인솔하는 약 1000여 명의 부하들이다. 그들은 모두 주민들 사이에 끼어 있었는데 수용소에 갇힌 자도 있고, 감염자로 분류된 자도 있다. 그러고는 열심히 혼란을 조성하고 있는 것이다.

신규철이 번들거리는 눈으로 둘러앉은 사내들을 보았다.

"명심해라. 우리가 이곳을 지옥으로 만들면 그놈들은 끌려 들어올 수밖에 없다. 함정인 줄 알면서도 오는 거다."

".……"

"큰 지옥일수록 큰 전쟁이 일어난다. 그리고 신의 전달자가 전력을 다해 막으려고 하겠지."

신규철의 얼굴에 웃음이 떠올랐다.

"그놈들은 두 가지 일을 해야 될 것이다. 인간들을 귀신한테서 구해내고 우리들의 공격까지 막아내야 된단 말이다."

"각하, 이것은 외계인의 공격 같습니다."

교육부총리 안학섭이 말하자 대통령이 입을 떡 벌렸다. 오후 9시, 과천의 계엄사령부 건물 안이다. 이제 용인의 괴질은 계엄사령부의 통제하에 관리되고 있었는데 질병 연구도 계엄사령부의 통제를 받는다.

대통령은 오후 1시부터 이곳에서 현장을 지휘하는 중이다. 대통령 집무실 안, 옆에 서 있던 계엄사령관도 같이 입을 벌리고 있다. 방 안에 모인 7, 8명의 각료, 비서실장, 비서관들도 어안이 벙벙한 표정이다.

"뭐요? 외계인?"

한참 만에야 대통령이 되묻자 안학섭이 헛기침부터 했다. 64세, 옥스포드 경제학 박사 출신. 대학 교수를 20여 년 하다가 3선 국회의원을 한 후에 교육부총리가 되었으니 사회 경험을 다 한 사람이다. 그런 인간이 갑자기 외계인 이야기를 꺼내다니. 그때 안학섭이 대답했다.

"예, 그런 관점에서 보시는 것이 이해가 빠르실 것 같습니다. 왜냐하면 이 사건은……"

"이봐요, 부총리."

대통령이 말을 막았다.

임홍원 대통령은 68세, 변호사, 4선 국회의원, 당대표를 거쳐 대통령이 되었고, 서민적이며 부드러운 성품이다. 그런데 지금은 화가 난 것 같다.

"지금 장난하는 거요?"

"예? 아닙니다."

당황한 안학섭이 시선을 내렸지만 말은 이었다.

"괴질 증세가 어떤 질병 증세도 없이 3천여 명이 사망한 데다 대강당에 불이 난 것도 외계인의 소행처럼……."

"그거 누구 생각이오?"

"예, 나사(NASA)에 있는 제 지인이 연락을 해왔지만, 제 생각도……."

"어디, 그 근거를 하나만 대 보시오."

"예, 말씀드렸다시피 현재까지 지구상에서 한 번도 이런 증상이 없었는 데다 CCTV로 봐도 화재가 보이지 않는 물체의 조종을 받은 것 같다는……."

"유튜브를 보았군."

"각하, 유튜브도 때로는……."

"부총리, 나가시오."

대통령이 손으로 문을 가리켰다.

"당신이 여기 있으면 오히려 방해가 될 것 같아. 나가서 당신 일이나 하시오."

"예, 각하."

얼굴을 붉힌 안학섭이 집무실을 나갔을 때 대통령이 길게 숨을 뱉었다. 오후 9시 10분이다. 오전 9시 반에 괴질이 발생해서 만 12시간이 지났다. 지금까지 괴질 사망이 5,677명, 화재 참사로 1,524명이 사망했으니 역사에 남을 대사건이다.

유럽에서는 이제 '한국의 페스트'라고 타이틀을 붙여 보도하고 있다. 중세에 유럽에 페스트가 휩쓸고 간 바람에 인구의 절반이 사망했다던가?

"봤습니다."

방독면을 쓰고 나갔던 최진명이 돌아와 보고했다. 방독면을 벗어 던진 최진명의 얼굴이 흥분으로 상기되어 있다.

"얼굴이 붉은 놈들은 아예 방독면도 쓰지 않고 사무실이나 오피스텔, 주택가에 있었습니다. 귀신들은 여전히 주민들 위에 붙어 있었는데 붉은 얼굴이 더 많았습니다."

붉은 얼굴은 인간으로 귀신이 들린 놈들이고 고춘만의 제자인 것이다. 그때 김동호가 말했다.

"그놈들한테 우리도 표시가 난다. 머리 위쪽에 밝은 기운이 떠 있는 것처럼 보일 테니까. 가능하면 그놈들 앞에 나서지 말든지 어쩔 수 없는 경우에는 숨을 쉬지 말도록."

그러고는 덧붙였다.

"그러나 고춘만이나 사탄의 눈을 피하기는 힘들 거야."

이곳은 용인 시내의 빈 사무실 안, 20명의 전사를 모아놓은 김동호가 작전회의 중이다. 밤 9시 45분이다. 그때 강희경이 말했다.

"내가 유옥진을 만나면 끌고 올 수가 있어요. 우리는 서로 죽일 관계가 아닙니다."

"유옥진도 너를 그렇게 생각할 것 아닌가?"

김동호가 묻자 강희경이 고개를 저었다.

"제 능력이 유옥진보다 낮습니다. 그리고 유옥진은 고춘만한테서 벗어나고 싶다고 했거든요."

"네가 만났을 때 끌고 오도록 해라. 하지만 이곳에서 어떻게 찾는단 말이냐?"

"신호가 있어요."

강희경이 바로 말했다.

"유옥진이 있는 곳에서는 생선 비린내가 나요. 보통 인간들은 그 냄새를 맡지 못하지만 신기(神氣)가 있는 우리들은 금방 맡을 수가 있죠."

"물고기가 환생한 거요?"

나이가 들어서 약간 뻔뻔해진 최진명이 묻자 강희경이 눈을 흘겼다.

"농담해요? 물고기가 환생하다니요? 그럼 전생에 고등어였단 말이에요?"

"참치나 돌고래였을지도……."

"영감님은 전생에 쥐였어요?"

둘러선 전사(戰士)들이 잠깐 긴장감을 풀고 웃음기를 띠었을 때 김동호가 말했다.

"그럼 비린내가 나면 나한테 연락을 해, 내가 잡을 테니까."

손목시계를 본 김동호가 말을 이었다.

"10시 정각에 각 조(組)별로 분산한다."

노벨상 수상자이며 물리학박사인 노무라 이찌로는 도쿄대학 물리학과 교수다. 그 노무라가 대책 본부에 전화를 했을 때는 오후 10시 정각이다. 대책 본부 질병 분석 책임자인 박의만이 전화를 받았다. 박의만과 노무라는 안면이 있는 사이다.

"웬일입니까, 노무라 박사?"

박의만은 물에 빠져 허우적대는 상황이라 지푸라기라도 잡고 싶은 상태다. 노무라가 노벨 물리학상을 받은 물리학자인 터라 대뜸 물었다. 아직도 괴질의 원인은 밝혀지지 않은 상태다.

"박 박사, 이번 괴질은 괴질이 아닌 것 같습니다."

노무라가 정확한 영어로 말했다.

"이건 '종말병'이오, 박 박사."

"뭐요? 종말병? 그런 병도 있습니까?"

박의만의 목소리가 컸기 때문에 상황실의 모든 시선이 그쪽으로 모였다. 그때 노무라가 차근차근 말을 이었다.

"아시오? 중세 유럽의 페스트는 흑사병으로 알려졌지만 실상은 의문의 병이었습니다. 증세도 다양했고, 전염되지 않은 지역에서도 대량의 사망자가 발생했어요."

"그래서요? 그것이 이것하고 무슨 관계가 있단 말입니까?"

"종말병이오. 그때 중세에 세상이 망한다는 소문이 돌고 있었습니다, 아십니까?"

"모르는데요?"

"종말이 다가오면서 귀신들이 인간세상으로 내려온 것입니다. 그래서 인간을 무더기로 살해했지요. 귀신들의 대학살이었습니다."

"이것 보십시오, 노무라 박사."

"그 사건과 지금 한국에서 일어난 집단 사망이 유사합니다."

"잠깐만, 노무라 박사."

"당시에 페스트라는 병으로 죽었다는 것도 증거가 확실하지 않아요. 처음 보는 병이었지요. 그리고 지금 한국의 병도 마찬가지 아닙니까? 종말병입니다."

"노무라 박사, 전화 끊읍시다."

"잠깐만!"

노무라가 다급하게 박의만을 부르더니 말을 이었다.

"시민들을 대규모로 수용하지 마세요. 귀신들이 작업하기 좋습니다. 이번에 대강당의 화재처럼 말입니다."

"그럼, 대강당도 귀신들이……."

"그렇습니다. 나도 CCTV를 보았는데 귀신들의 작업이 분명해요."

그때 박의만이 전화기를 내려놓고는 한숨을 쉬었다.

"이제는 노벨상 수상자도 미쳐가는군."

혼잣소리처럼 박의만이 말했을 때 옆에 선 보좌관이 머리를 기울였다. 보좌관도 노무라의 말을 들은 것이다.

"노무라 박사의 말도 일리가 있습니다, 실장님."

수용소에는 방독면을 쓰지 않은 사람이 태반이다. 감염자 격리실에만 방독면 착용이 필수였기 때문이다. 이곳 산기슭에 위치한 제3수용소에 수용된 인원은 23,756명. 사방에 6미터 높이의 철조망이 3중으로 쳐져 있는 데다 감시탑 요소요소에 CCTV가 설치되어서 탈출이 불가능하다.

그러나 영내에서의 이동은 자유로운 편이어서 가족 단위로 텐트에 모여 있는 그룹이 많다. 수용자는 모두 가슴에 인식표를 붙였는데 입소할 때 받은 것이다. 인식표에 전자칩이 부착되어서 감시병이 체크기를 붙이거나 컴퓨터로 인식표를 조회하면 바로 인적 사항이 뜬다.

오후 7시 반, 어둠이 덮인 제3수용소 안에는 사람 왕래가 줄어들었다. 수천 개의 텐트가 수십 개로 구분되어 세워졌기 때문에 하나의 도시 같다. 가로등에 비친 남녀의 모습을 내려다보던 김천수 병장이 긴 숨을 뱉었다. 이곳은 제14번 감시초소다. 뒤쪽 철조망에 붙어서 높이 10미터의 탑으로 초소가 만들어졌기 때문에 수용소가 내려다보이는 것이다.

"저기 어딘가에 내 이모 가족이 있을 텐데."

"내 친구 부모도 저기 있을 거야."

옆쪽 의자에 앉아 모니터를 보고 있던 박기준 병장이 말을 받았다. 14번 초소에는 7명이 근무하고 있었는데 8시간 3교대다. 3명은 모니터 체크 요원, 4명은 사고가 일어났을 때 출동 요원이고 하사관이 지휘한다.

그때 무전기가 울렸기 때문에 박원일 중사가 헤드셋을 썼다.

"예, 14초소장 박원일 중사입니다."

"나, 수용소장인데."

"예, 소장님."

박원일이 상반신을 세웠다. 수용소장은 소령급으로 32개 초소를 총지휘한다. 그때 소장이 말을 이었다.

"거기 환자 발생하지 않았나?"

"예?"

"그쪽 구역에서 쓰러진 사람 없냔 말이야."

"예, 아직……."

박원일이 앞쪽 모니터 요원들을 흘겨보았다. 사고가 있으면 모니터 요원들이 발견했을 것이다. 그때 소장이 말을 이었다.

"제6번, 8번, 11번 초소에서 각각 사망 사고가 12건이나 일어났다. 대부분 심근경색, 심장마비인데……."

혀 차는 소리를 낸 소장의 목소리가 높아졌다.

"갑자기 30분 동안에 일어났어. 거기도 무슨 이상 현상이 있나 체크해 봐."

그러고는 통신이 끊겼다.

제3수용소 안, 김동호가 옆에 선 서수민에게 말했다. 서수민 뒤에 팀원 셋이 서 있다.

"저기 두 명이 있다. 보여?"

"네, 교주님."

"감시 카메라 앞에서 변신하지 마. 가능하면 텐트 안에 들어갔다가 변신하고 나오라고 해."

"네, 교주님."

고분고분 대답한 서수민이 힐끗 옆쪽을 보았다. 사내 셋이 다가오고 있었는데 얼굴이 붉다. 고춘만의 제자들이다. 그때 서수민의 팀원 중 하나인 조정일이 '변신'했다. 변신은 빠르게 움직인다는 뜻이다. 그러나 김동호의 눈에는 보인다.

조정일이 어둠 속에서 세 사내에게 다가간다. 텐트 옆쪽으로 돌아 사내들의 뒤로 다가가는 것이다. 조정일이 가슴에서 길이가 20센티쯤 되는 쇠꼬챙이를 꺼내 쥐었다. 얼음 깨는 송곳이다. 김동호의 눈에 조정일의 행동이 빠르게 보였으니 일반인들은 보지도 못한다. 사내들 뒤로 다가간 조정일이 왼쪽 끝 사내의 머리통에 송곳을 깊게 찍었다. 사내가 입을 쩍 벌린 순간 송곳을 뺀 조정일이 이번에는 가운데 선 사내의 머리를 찌른다. 그사이 서수민의 또 다른 팀원인 이태영이 오른쪽 사내에게 다가가 머리에 깊게 송곳을 박았다. 셋이 순식간에 땅바닥에 쓰러졌고 김동호와 서수민 팀은 그 자리를 벗어났다.

제3수용소에서 처음 사탄을 제거한 것이다.

"엇!"

14초소의 김천수는 사내 셋이 거의 같은 순간에 땅바닥에 쓰러지는 것을 보았다. 마치 배터리가 소진된 로봇처럼 각기 앞뒤로 허물어지듯이 쓰러진 것이다.

"아니, 저 사람들 왜 저래?"

김천수가 소리쳤을 때 초소장 박원일이 모니터를 응시하면서 지시했다.

"가봐!"

뒤쪽의 행동대가 서둘러 방독면과 무장을 갖추면서 초소를 뛰쳐나갔다.

"갑자기 왜 저런 거야? 녹화 필름을 봐!"

박원일이 옆으로 다가앉으면서 다시 지시했다.

"저기 둘."

13초소 구역으로 옮겨온 김동호가 다시 앞쪽을 눈으로 가리키며 지시했다.

"너희 넷은 뭉쳐 다니도록. 둘은 행동하고 둘은 감시다."

다시 요령을 알려준 김동호가 몸을 돌렸다. 귀신 퇴치 작업이다. 벌레 잡는 것도 아니기 때문에 실제로 옆에서 봐주는 것이다. 서수민 팀의 무기는 얼음 깨는 송곳이었지만 다른 팀은 제각기 다르다. 급하게 구하느라 칼과 망치를 쥔 팀도 있지만 오백진 팀은 군부대에 들어가 총기류를 대량 훔쳐 왔다. 권총과 소음기까지 보유한 오백진 팀은 지금 제2수용소에 들어가 있는 것이다.

용인 계엄 지구의 수용소는 모두 12개이다. 급조된 수용소여서 철조망만 2중, 3중으로 쳐 놓았기 때문에 변신한 신의 전사들은 어렵지 않게 침입할 수 있었다. 그들의 목적은 수용소에서 인간들을 살해하는 사탄의 전사들을 섬멸하는 것이다.

옆쪽의 제5수용소로 가려고 철조망 쪽으로 다가가던 김동호가 어둠 속에서 붉은 기운을 보았다. 도대체 각 수용소마다 사탄의 제자가 몇이나 와 있는가? 앞쪽 붉은 기운도 둘이다. 두 사내가 다가오고 있다. 얼굴이 홍시처럼 붉다. 어둠 속이어서 더 흉측하게 보인다. 그러나 일반인들은 둘의 얼굴이 붉은 것을 보지 못한다.

김동호는 변신했다. 몸을 빠르게 움직인 것이 아니라 붉은 얼굴로 변신한 것이다. 다가오는 두 사내와 같은 부류가 되었다. 다가온 둘이 김동호를 보더니 하나가 물었다. 김동호의 붉은 얼굴을 본 것이다.

"넌 몇 조야?"

"5조."

생각나는 대로 대답했더니 사내가 이맛살을 찌푸렸다.

"여긴 9조 구역인데 왜 여기까지 왔어?"

"심부름이야."

"뭔데?"

"네가 뭔데 그것까지 알려고 해?"

김동호가 눈을 치켜떴더니 다른 사내가 웃었다. 그때 김동호의 시선을 받은 사내가 입을 열었다.

"여기 3수용소에는 우리 전사가 60명 들어왔어. 5명씩 1개 조니까 12개 조인 셈이지."

김동호가 다른 사내를 쳐다보았더니 그쪽이 말을 잇는다.

"그러니까 수용소가 12개 아냐? 각 수용소에 50명에서 60명씩 나눠서 배치된 거지."

김동호가 시선을 옮겼고 다른 사내가 말했다.

"우린 벌써 둘 해치웠어. 심근경색시킨 거야."

모두 김동호가 묻는 말에 대답을 한 것이다. 이번에는 김동호가 육성으로 다시 물었다.

"암호가 있냐?"

"암호는 무슨."

머리까지 저은 사내가 말을 이었다.

"그냥 죽이는 거지 뭐."

"귀신들이 몇 명 왔는지는 알아?"

"몰라. 귀신들하고는 따로 작전을 하니까."

대답한 사내가 주위를 둘러보는 시늉을 했다. 김동호는 손목시계를 보았다. 오후 7시 50분이다. 지금부터 살육의 시간이다. 이곳은 살육장이다.

손목시계를 본 신규철이 고개를 들어 감시초소를 살폈다. 오후 7시 51분, 감시초소의 유리창이 검정색 썬팅이 되어 있어서 안은 보이지 않는다. 이곳은 제1수용소. 수용 인원이 5만 명이 넘는 제일 큰 수용소다. 그때 옆에 서 있던 최근식이 말했다.

"제3수용소에서는 작업이 시작되었습니다. 현재까지 22명 데려갔습니다."

"천천히 하라고 해."

"예, 지시했습니다."

"귀신들은 따로 일하고 있지?"

"예, 귀신들은 제5수용소에 가 있습니다."

머리를 끄덕인 신규철이 감시초소를 흘겨보며 말했다.

"내가 감시초소를 부숴야겠다. 전사 놈들의 행동이 CCTV에 잡힐 것 같다."

"변신을 해도 잡힐까요?"

"변신하기 전에 모습이 드러나니까 더 이상하지."

"CCTV를 지우면 안 됩니까?"

"그건 더 귀찮고."

텐트 벽에 붙어 서 있기 때문에 둘의 모습은 감시초소에서는 사각지대다. 신규철이 결심한 듯 발을 떼었다.

제2수용소에 들어간 강희경이 막사 옆쪽 벽에 붙어 서 있다가 지나가는 붉은 귀신을 보았다. 세 마리. 붉은 얼굴로 두 눈을 희번덕거리며 걷는 것이 끔찍했지만 일반인들은 모르고 있다.

강희경이 발을 떼자 뒤를 조원들이 따른다. 넷 다 가슴에 짧은 쇠망치를 품고 있었는데 이것이 귀신 퇴치 무기다. 귀신은 머리통 급소만 치면 죽는 것이다. 송곳으로 찔러도 좋고 망치로 쳐도 좋다. 머리꼭지부터 뒤통수까지 손바닥만 한 면적을 부수면 귀신과 인간은 함께 죽는다. 모두 김동호한테서 배운 것이다.

'붉은 귀신' 셋의 뒤를 '신의 전사' 넷이 따른다. 2수용소에 잠입한 지 1시간쯤이 지났는데 강희경 팀은 눈부신 전과를 올리고 있다. 지금까지 붉은 귀신 7명을 처형한 것이다. 붉은 귀신이 민간인을 몇 명 죽였는지는 아직 알 수가 없다. 그러나 제2수용소 안에서는 서로 죽고 죽이는 살육전이 일어나는 중이다.

붉은 귀신 셋이 의료실로 사용되는 대형 천막 옆으로 꺾었을 때다. 강희경이 짧게 말했다.

"변신."

그 순간 넷이 총알처럼 사라졌다.

"아니, 이건?"

눈을 치켜뜬 고춘만이 사람들 사이에 끼어 서서 땅바닥에 쓰러진 두 사내를 보았다. 제자들이다. 이른바 붉은 귀신 둘이 널브러져 있었는데 둘 다 머리 뒷부분이 뭉개져 있다. 둔기로 맞은 것 같다. 죽었다. 붉은 귀신은 죽으면 얼굴색이 보통 사람으로 돌아온다.

"그놈들입니까?"

고춘만 옆에 선 제자가 낮게 물었다. 그놈들이란 신의 아들 추종 세력이냐는 말이다. 고춘만이 머리를 끄덕였다.

"그놈들이 이곳에 있어."

고춘만이 주위를 둘러보며 말했다.

"찾아라. 그놈들도 표시가 난다."

머리 위쪽이 밝은 놈들을 찾으면 된다. 이쪽은 얼굴이 붉게 드러나지만 그놈들도 마찬가지다. 둘러선 사람 중에 붉은 귀신이 대여섯이나 되었기 때문에 고춘만은 한숨을 쉬었다. 제2수용소에도 60명을 투입시킨 것이다.

"몇 명이나 될까요?"

제자가 다시 묻더니 제 말에 대답했다.

"우리는 이곳 2수용소에서 현재까지 12명을 보냈습니다. 그런데 이놈들은 우리 쪽 둘을 보냈군요."

"당한 애들이 더 있을지도 모른다. 우리가 먼저 찾아내야 돼."

"물론입니다, 교주님."

그렇지만 아직 이쪽에서는 적이 보이지 않는다.

우리가 선수를 빼앗겼는가?

"살인 사건이 또 일어난 거야?"

제2수용소장 오택근이 버럭 소리쳤다. 11초소에서 보고가 온 것이다. 지금까지 3건의 살인이 일어났고 10명이 살해되었다. 조금 전 2명이 죽었다고 9초소에서 보고를 받은 지 15분도 되지 않았다.

그때 11초소장의 목소리가 수화기를 울렸다.

"예, 뒷머리를 강타당해서 뇌수가 쏟아져 나왔습니다."

"또 뒷머리를?"

"예? '또'라니요?"

"9초소에서도, 8초소에서도 죽은 놈들이 모두 뒷머리가 깨졌단 말야!"

"예? 그렇습니까?"

"이게 도대체 심근경색으로 죽은 사람은 24명이고……."

"CCTV를 돌려봐도 갑자기 쓰러지는 장면만 나옵니다. 이상합니다."

"모두 방독면을 안 썼지?"

"맞습니다."

"괴질로 죽는 사람보다 살인으로 죽는 숫자가 많겠다."

수용소는 아직 괴질 환자가 크게 증가하지 않아서 맞는 말이다. 오택근이 서둘러 통신을 끊더니 사령부로 통하는 직통 전화를 들었다.

이곳은 12개 수용소를 총괄 지휘하는 계엄사령부 당직 사령실 안, 전화기를 내려놓은 당직 사령 박준영 대령이 옆방에 있는 계엄사령관 백철 대장한테 달려간 것은 1분도 안 되었다.

"사령관님, 2수용소에서 또 살인 사건입니다."

박준영이 가쁜 숨을 고르면서 보고했다.

"현재까지 2수용소에서 10명, 3수용소에서 8명, 제1수용소에서 4명인데, 모두 뒷머리가 깨졌습니다!"

"또 머리야?"

백철이 박준영을 노려보았다.

오후 8시 반, 백철은 계엄사령부에서 밤을 새우고 있는 중이다. 옆에 서 있던 참모장 유근수 소장이 조심스럽게 입을 열었다.

"사령관님, 대통령께 보고하는 것이……."

"대책도 없이 보고하란 말인가?"

백철이 내쏘듯 묻자 유근수가 어깨를 늘어뜨렸다. 그렇다, 보고 가능 시기는 아닌 것이다. 그때 백철이 말을 이었다.

"뒷머리가 깨져 사망한 이유부터 알아야 돼."

"예, 사령관님."

유근수가 대답했을 때 참모 하나가 말했다.

"지금까지 CCTV에 하나도 걸리지 않았지만 증거가 남았을 것입니다. 전 CCTV를 분석해야 됩니다."

그때 사령관실로 참모 하나가 뛰어들어 왔다.

"사령관님, 제5수용소에서 집단 사망이 발생했습니다! 200여 명이 한꺼번에 사망했습니다!"

"이걸 어떻게……."

말을 잇지 못한 대통령이 핏발 선 눈으로 계엄사령관 백철을 보았다. 백철은 육군참모총장으로 계엄사령관을 맡았지만 그야말로 속수무책이다. 차라리 1개 소대 병력으로 1개 사단을 공격하자는 것이 더 쉬울 것이었다.

"도대체 200명이 어떻게 사망했단 말이야?"

떨리는 목소리로 대통령이 묻자 백철이 늘어뜨렸던 어깨를 겨우 추켜올렸다.

"5수용소장 말을 들으면 10분 사이에 갑자기 발작을 일으킨 것처럼 사지를 비틀다가 입에서 피를 토하는 사람도 있고……, 저기……."

"그만!"

손을 들어 말을 막은 대통령이 옆에 서 있는 분석 책임자 박의만을 보았다.

"박 실장, 증상이 같은 거요?"

"예, 대통령님."

박의만의 목소리가 떨렸다.

"이건 의학적으로 설명드릴……."

"누가 말한 것처럼 외계인이 옮긴 병이라고 해야 차라리 어울리나?"

"예, 그렇게 말씀드릴 수밖에……."

"외국에서 수십 명의 전문가가 분석실에 참여한 것 같은데, 그 사람들도 그래?"

"예, 그들도 같은 의견입니다."

"세상이 멸망할 징조라는 학자도 있고?"

"예?"

되물었던 박의만이 시선을 내리면서 대답했다.

"예, 대통령님. 그런 학자들도 늘어나고 있습니다."

"내가 돌겠군."

어금니를 물었다가 푼 대통령이 핏발이 선 눈으로 백철을 보았다.

"이번에 죽은 200명, 딱 200명이오?"

"202명입니다, 대통령님."

"살인 사건이 70여 건이라면서요?"

"예, 대통령님. 그건 다른 수용소에서……."

"살인 사건도 증거가 없고?"

"예……."

"모두 대가리, 아니 뒷머리가 깨지거나 찔려서?"

"예."

"정말 세상이 망하려고 이러는가?"

대통령의 목소리가 떨렸다.

"왜 한국에만 이러는 거야? 한국이 무슨 죄를 크게 지었다고?"

마침내 대통령의 눈에서 눈물이 흘러내렸다.

제5수용소 안, 귀신 202마리는 지금 두 번째 작업을 하려고 두 번째 조 인간의 몸에 붙어 있다. 이 귀신들은 저승사자가 보낸 '정상 귀신'이 아니다. 저승사자가 보낸 귀신은 인간과 함께 이승을 떠나지만 이 귀신들은 사탄이 보낸 귀신들이다. 인간을 죽이고 나서 또 다른 인간에게 붙는다.

김동호가 제5수용소로 들어간 것은 제3수용소 옆에 있었기 때문이다. 이곳은 산골 마을 한 곳을 수용소로 만들었기 때문에 민가를 그대로 둔 채 옆에 천막을 세웠다. 돌담도 있고 창고, 축사 등이 그대로 보존되었다.

밤 9시 40분, 초소에는 서치라이트를 보유하고 있지만 수용소 내부를 비출 수는 없다. 더구나 밤이다. 고문하는 것처럼 빛을 비출 수는 없는 것이다. 그래서 군데군데 CCTV를 켜놓는 것 외에는 사각이 많다.

수용소 안은 조용해졌고 오가는 사람도 뚝 끊겼다. 사방 2킬로 면적에 37,500명 수용. 조금 전에 200명이 급사하는 바람에 수용소 안은 공포로 뒤덮여 있다. 가족들은 텐트 밖으로 나오지 못했고, 계엄사령관 특별 지시로 방독면을 쓴 특공대가 수용소 안으로 파견되었다. 5명씩 조를 편성한 특공대 30개 조가 빈틈없이 구역을 담당하고 순찰한다.

김동호는 수용소 끝 쪽 민가의 헛간 구석에 서서 순찰조가 지나가기를 기다리고 있다. 귀신을 찾으려는 것이다. 순찰조의 발자국 소리가 멀어졌을 때 김동호가 변신했다. 개로 변신한 것이다. 헛간에서 주황색 털을 가진 진돗개

341

가 나왔다. 그러고는 거침없이 골목을 나가 텐트 사이를 걷는다. 수용소 안에
는 떠돌이 개가 여러 마리 있었기 때문에 아무도 이상하게 보지 않는다.

귀신이다. 개가 된 김동호가 텐트 사이를 걸은 지 5분도 안 되어서 귀신을
보았다. 열린 텐트 안에 부부처럼 보이는 남녀가 앉아 있었는데 귀신이 머리
위에 떠 있다. 부부의 자식은 남매 둘인 것 같다. 열서너 살짜리 사내아이와
열 살쯤 되는 여자아이, 둘은 텐트 안쪽에 나란히 앉아 책을 보고 있다. 텐트
안에 TV가 설치되어 있지 않다.

김동호가 안을 기웃거렸더니 여자가 고개를 들어 이쪽을 보았다.

"개가 있네."

그 소리에 아이들이 고개를 들었다.

"개다."

여자아이가 짧게 소리쳤다.

"진돗개네."

"떠돌이 개다."

사내가 김동호를 보면서 말했다.

"저리 가!"

귀신들은 김동호에 대해서 관심을 보이지 않았다. 텐트 앞을 떠난 김동호
가 개로 변신하길 잘했다는 생각을 했다. 다른 인간으로 변신했다면 귀신들
의 의심을 받았을 것이다. 김동호는 텐트 문 옆에 앉았다. 그때 사내 뒤쪽 귀
신이 여자 위의 귀신에게 물었다.

"언제야?"

"한 시간쯤 후에."

"왜 그러지? 지루한데."

남자 귀신이 혀 차는 소리를 냈다. 지금 귀신들이 하는 이야기는 김동호만 듣는다. 아래쪽 인간들도 이야기를 하고 있었기 때문에 넷이 제각기 떠드는 셈이지만 김동호는 다 듣는다. 주파수가 다른 방송이라고 보면 될 것이다. 그 것을 김동호도 주파수가 다른 귀로 듣는 것이다.

그때 여자 귀신이 대답했다.

"지금 계엄사에서 난리가 난 거야. 그래서 CCTV를 분석하고 법석이거든."

"병신들, 그래서?"

"그래서 지금 또 데려가면 아마 집단 수용을 안 하고 분산시킬 가능성이 있다는 거야."

"누가 들었대?"

"계엄사 참모 놈들 위에도 붙어 있거든."

"계엄사령관이나 대통령 위에 붙으면 어때?"

"그것도 간단하겠지."

"사탄님이 결정하시겠지?"

"그래. 지금 1수용소에 계신다던데, 곧 결정을 하시겠지."

김동호가 숨을 들이켰다. 개가 심호흡을 한 셈이다. 이제 귀신들의 계획도 알았다. 1시간쯤 후에 또 대량 학살이 일어난다. 그리고 그 학살 명령은 현장 에서 사탄이 내린다. 거기에다 그 사탄은 제1수용소에 있는 것이다.

텐트 밖에서 개가 낑낑대는 소리가 났기 때문에 사내가 혀를 차면서 밖으 로 나왔다. 그 순간 문 밖에서 기다리고 있던 김동호가 길이가 40센티나 되는 쇠꼬챙이로 귀신의 머리 위를 찔러 버렸다. 이마가 오징어 꼬치처럼 꿰인 귀 신이 입을 딱 벌리고 죽더니 다음 순간 사라졌다.

"앗!"

외침 소리는 아래쪽 사내 입에서 터졌다.

"무슨 일이야?"

텐트 안에서 인간 여자가 외침을 듣고 밖으로 나왔을 때다. 어둠 속에 남편이 서 있었기 때문에 여자가 물었다.

"무슨 일인데?"

여자가 다시 물었을 때 남편으로 변신한 김동호가 다시 쇠꼬챙이로 위쪽 귀신의 머리를 꼬치구이처럼 꿰었다. 귀신이 사라진 다음 순간 김동호는 개가 되었고, 인간 여자 앞에는 뒤쪽에 서 있던 남편이 등장했다.

"뭐야?"

뭔가 히뜩히뜩했는데 물체 형성이 되지 않았기 때문에 남자와 여자가 눈을 껌뻑이면서 그렇게 말했다. 겨우 초점을 잡은 둘이 옆쪽에 서 있는 개를 보더니 머리를 기울였다.

개가 '운동 변신'을 했으니 보일 리가 없다. CCTV에도 잡히지 않는데 어떻게 보여? 김동호는 꼬리를 치켜들고 텐트를 떠났고 귀신들이 없어진 남녀만 그의 뒷모습을 보는 중이다. 사탄 귀신은 머리를 꼬챙이로 관통시키거나 부숴야 없어진다. 붉은 귀신은 뒤통수만 까면 되지만 애들은 다 부숴야 한다, 꼬치를 꿰든가.

김동호는 5수용소를 헤집고 다녔다. 누렁이 개가 되어서 다닌 것이다. 200명이나 들어와 있는 귀신들을 찾아 동분서주했다. 부부에게 붙은 귀신 둘을 처리한 후에 근처에서 다시 귀신 셋을 만났다. 젊은 부부와 5살쯤 되는 아이에게 붙은 귀신이다. 텐트 밖에 나와서 라면을 먹는 가족 위에 붙은 귀신들은 지나는 개를 거들떠보지도 않았다.

그러나 한번 지나갔던 개가 사람으로 돌아와 먼저 아이 위에 뜬 귀신을 죽이고, 라면을 먹는 사내 위의 귀신을 죽였다. 그리고 물 가지러 텐트 안으로 들어갔다가 나온 여자 위의 귀신을 죽였다. 남편으로 변신한 후에 몸의 초능력을 발휘하는 변신을 했으니 귀신이 당할 수가 없다.

셋을 처리한 곳에서 10미터 거리에 또 한 마리의 귀신이 여자 위에 떠 있었다. 개가 다가가자 여자가 쪼그리고 앉아 개의 머리를 쓰다듬었다. 머리 위의 귀신이 못마땅한 표정을 짓고 있을 때 개가 김동호가 되어서 귀신 머리를 꼬챙이로 꿰고는 다시 개로 돌아왔다. 눈 깜빡할 순간이어서 여자는 눈앞에서 뭔가 희뜩거렸다가 만 것으로 알았다. 그래서 여자가 손등으로 눈을 비비는 사이에 개는 그 앞을 떠났다.

그렇게 귀신을 찾아다니는 것이다.

제5수용소에 모인 귀신 지도자는 지금 순찰대장 위에 떠 있다. 5명의 순찰대 지휘관이다. 오른쪽 끝 텐트 앞에 선 양기식 하사가 방독면의 입 부분을 쳐들고 말했다.

"좀 쉬자."

방독면을 쓰고 걷자니 짜증도 나고 힘들다. 숨도 막혀서 눈앞이 흐려진다. 그러자 조원 넷이 제각기 주저앉거나 서서 방독면을 벗었다. 이제는 괴질이 공기 전염이라는 사실도 확인되지 않았기 때문에 방독면 착용도 느슨해졌다.

그때 개 한 마리가 어둠 속에서 나타났다. 개를 좋아하는 양기식이 손으로 부르자 개가 텐트 뒤쪽으로 사라졌다.

"저 자식이!"

중얼거린 양기식이 텐트 뒤쪽으로 다가갔고 죽이기 전까지는 인간 의지를 제어할 수 없는 귀신도 못마땅한 얼굴로 따라갔다. 잠시 후에 텐트 뒤에서 돌아온 양기식의 머리 위가 비었다. 그것을 본 귀신들이 서로 얼굴을 보았다. 순찰조원 5명 전원에게 귀신이 달라붙어 있었던 것이다.

"딴 데로 옮겨 간 거야?"

귀신 하나가 묻자 다른 귀신이 대답했다.

"글쎄, 그럼 저놈은 죽었어야 되잖아?"

"대장 귀신은 죽이지 않고 겅중겅중 옮겨갈 수도 있는 건가?"

"모르겠어, 대장이니까 그런 능력이 있는 건지."

넷이 중구난방 이야기하고 있을 때 개가 옆으로 지나갔다. 개를 본 순찰대원 하나가 인간의 말로 불렀다.

"야, 일루 와."

귀신들의 시선이 그쪽으로 옮겨졌다가 다시 대화가 이어졌다.

"곧 연락이 오겠지, 한 시간 후에 제2차 공격을 한다고 했으니까."

그때 개가 순찰조원 하나가 벗어놓은 방독면을 물고 텐트 뒤로 도망갔다. 그것을 본 순찰조원들이 웃었고 조장 양 하사가 나무랐다.

"얀마, 빨리 가서 방독면 찾아와."

방독면 주인이 서둘러 텐트 뒤로 달려갔다. 잠시 후에 개가 먼저 뛰어나오더니 이번에는 다른 순찰조원 둘의 방독면을 한꺼번에 물고 저쪽 텐트 뒤로 도망갔다.

"아니, 이 자식이 장난하네."

방독면 주인들이 웃음 띤 얼굴로 일어난 것은 조금 전에 저쪽 텐트로 달려갔던 병사가 방독면을 쥐고 나왔기 때문이다. 둘이 개를 쫓아 어둠 속으로 사라졌다.

순찰조원 셋이 남았다. 조장 양기식, 조금 전에 방독면을 찾아온 이 상병, 그리고 한 명. 그런데 이제는 귀신이 그 한 명 위에만 붙어 있다. 귀신이 위기감을 느꼈는지 눈동자가 흔들렸다. 그때 개를 쫓아갔던 둘 중 하나가 나왔다.

346

박 병장이다. 손에 방독면을 들었다.

"야, 조 일병은 어딨냐?"

양기식이 묻자 박 병장이 대답했다.

"지금 개하고 놀아요."

"시간 없다."

양기식이 손목시계를 보았다. 그때 박 병장이 고 상병 위를 손으로 휘둘렀기 때문에 이 상병이 눈을 가늘게 떴다.

"왜 그류?"

당사자인 고 상병이 목을 움츠리며 물었고, 이 상병은 박 병장이 손에 쥔 쇠꼬챙이를 보았다.

"그게 뭡니까?"

이 상병이 물었을 때 박 병장이 몸을 돌리더니 텐트 쪽으로 다가갔다.

"얀마, 어디 가?"

양기식이 소리쳐 물었을 때 어둠 속에서 다시 박 병장이 나왔다.

"왜요?"

박 병장 뒤로 개를 쫓아갔던 조 일병이 나왔다. 손에 방독면을 들었다. 그때 양기식이 투덜거렸다.

"왔다 갔다 하지 마, 새끼야. 자, 출발!"

개는 보이지 않는다.

200명을 이렇게 하나씩 처리하려면 시간이 너무 걸린다. 방법이 없는가? 이제는 돌아온 김동호가 어둠 속에 쪼그리고 앉아서 궁리했다. 시간이 촉박하다. 조금 전에 대장 격인 귀신을 처리했지만 이제 한 시간도 남지 않았다.

347

지금 남아 있는 귀신은 180명도 넘을 것이다. 귀신은 인체가 죽어야만 떨어지는 것이다. 그래서 귀신만 따로 죽여야 한다.

<2권 계속>

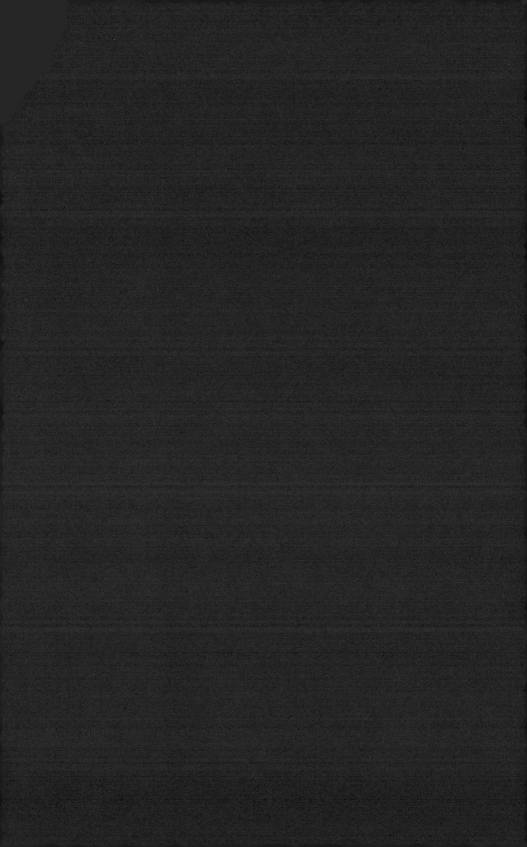